❖ 후한 말 삼국지 배경 시기의 13개 주 지도

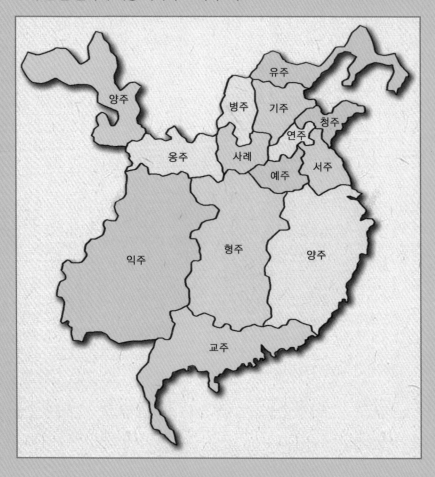

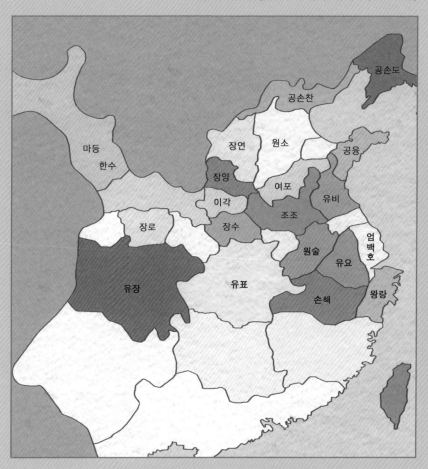

❖ 후한 말 군웅할거시대의 세력도(2세기 말)

동탁의 죽음 이후 각지에 난립하던 군웅들의 세력도이다. 손책은 아버지 손견이 죽은 후에 원술 밑으로 들어갔다가 독립하여 자신의 세력을 얻고, 파죽지세로 주변의 성을 정복해나간다. 동탁이 죽은 후에 조조는 청주의 황건적 토벌을 위해 출진하여 보다 많은 병력을 얻게 되고, 조조는 아버지를 맞아들이려 한다. 그러나 도중에 도겸의 부하인 장개에게 살해당하고 이에 화가 난 조조는 서주의 도겸을 토벌하기 위해 군사를 일으킨다. 그때 조조는 백성들까지 모두 살해하며, 도겸은 유비에게 서주를 양도하게 된다. 그 틈을 타 여포가 조조의 세력권 안에서 반란을 일으키나 진압당하고 유비에게 가서 소패를 얻는다. 또한 황제는 이각, 곽사 들에게서 달아나 조조가 천자를 받들게 된다.

三國志

삼국지 8
대붕도남·유비와 조조의 한중漢中 쟁탈

초판 1쇄 발행   2013년 1월 10일
　 15쇄 발행   2018년 8월 25일

지은이   나관중
평 역   요시카와 에이지吉川英治
옮긴이   강성욱
펴낸이   한승수
펴낸곳   문예춘추사

편 집   정내현
마케팅   신기탁
디자인   이은주

등록번호   제300-1994-16
등록일자   1994년 1월 24일

주 소   서울특별시 마포구 동교로27길 53 지남빌딩 309호
전 화   02 338 0084
팩 스   02 338 0087
E-mail   moonchusa@naver.com

ISBN   978-89-7604-108-1 04820
　　　　 978-89-7604-107-4 (전10권)

*책값은 뒤표지에 있습니다.
*잘못된 책은 구입처에서 교환해 드립니다.

대붕도남 · 유비와 조조의 한중漢中 쟁탈

三國志

8

나관중 지음
요시카와 에이지 吉川英治 평역

문예춘추사

| 일러두기 |

1. 이 책은 일본 고단샤講談社에서 발간한 요시카와 에이지 평역의『삼국지』(요시카와 에이지 역사
   시대 문고 33~40, 1989년 초판)를 저본底本으로 삼았다.

2. 원서는 총 8권으로 구성되어 있으나 커다란 제목에 따라 각 권으로 분리하여 총 10권으로 재편
   집했다.

3. 가능한 한 원본에 가깝게 번역했으나 지나치게 일본적인 표현은 중국 고전소설임을 고려하여
   우리 실정에 맞게 고쳤고, 원서 내용을 해치지 않는 범위 안에서 대화와 본문이 연결되는 부분을
   일부 수정하여 우리 독자들이 읽기 편하게 했다.

4. 각 권 및 각 장의 제목은 가능한 한 원서의 제목을 살려 풀어 썼으며, 원서의 각 장을 재편집하
   여 내용의 흐름을 쉽게 이해할 수 있도록 했다.

5. 한자 표기는 정오正誤에 상관없이 원서를 따랐으나 동일 인물이나 지명의 상반된 표기가 있는
   경우에는 올바른 한자를 찾아 표기했다.

6. 이 책의 삽화 및 지도는 내용에 맞게 새로 제작한 것이다.

85
유비의 회군回軍

구석의 예우를 받은 조조는 적벽의 패배를 설욕하기 위해 다시 오를 공격하고, 가맹관에서 장로와 대치하던 유비는 방통의 계책에 따라 형주로 돌아가려 하는데……

마침내 오후의 누이동생인 유비의 부인이 오의 수도로 돌아왔다.

손권이 동생에게 물었다.

"주선은 어떻게 되었느냐?"

"오는 도중 강 위에서 장비와 조자룡에 의해 죽었습니다."

"그런데 왜 아두를 데려오지 않았느냐?"

"아두도 빼앗겼습니다. 그보다 어머니의 병환은 어떠신지요? 어서 어머니를 뵙고 싶습니다."

"후궁에 가서 뵙도록 해라."

"용태는 어떠십니까?"

"아주 건강하시다."

"예? 건강하시다니요?"

"직접 가서 뵈어라."

손권은 의아해하는 동생을 쌀쌀맞게 후궁으로 내몰고 바로 관청으로 가서 군신들에게 선언했다.

"내 동생이 유비가 없을 때 가신들에게 쫓겨나 오로 돌아왔다. 이렇게 된 이상 오와 형주는 이제 아무런 연고가 없다. 즉시 군사를 일으켜 형주를 공격하여 다년간의 숙원을 일거에 해결하려 한다. 이에 대해 계책을 말해보라."

회의를 하는 도중 강북에서 조조가 적벽의 원한을 풀려고 40만 대군을 이끌고 남쪽으로 내려오고 있다는 첩보가 들어왔다. 회의는 순식간에 팽팽한 긴장감에 휩싸였다.

그때 병으로 누워 있던 장굉이 아침에 숨을 거두면서 손권에게 유언으로 서찰 한 통을 남겼다는 소식이 들어왔다.

"뭐라, 장굉이 죽었다고?"

오의 건국 이래 공신이었던 장굉이 죽었다는 소식에 손권은 눈물을 흘리며 유서를 펼쳐보았다. 유서에는 평생 동안 받은 주군의 은혜에 대한 감사와 오의 수도를 옮기는 것에 대한 생각을 적어놓았다. 그는 죽음에 이르러서 드리는 마지막 보은이라며 평상시 오의 수도는 좀 더 중앙에 위치해야 한다고 생각했고, 말릉秣陵(남경 부근)의 산천이야말로 실로 적합한 곳이라 만대의 기틀을 다지고자 한다면 반드시 그곳으로 천도해야 한다고 이야기했다.

"장굉이야말로 실로 충의로운 사람이다. 그와 같은 충신의 유언을 어찌 따르지 않을 수 있겠는가."

손권은 시시각각 다가오는 전란에 대비하면서 즉각 수도를 옮긴 후 말릉을 건업建業(강소성·남경)으로 개명했다.

건업 땅에 백두성白頭城을 지었고, 옛 부의 백성들도 이주를 마쳤다. 또 여몽의 의견을 받아들여 유수濡須(안휘성安徽省·소호巢湖와 장강의 중간)의 하천 입구 일대에 제방을 쌓았다. 역사役事에 동원된 인부만 수만 명에 이르렀는데, 오의 왕성한 국력은 토목건축에서도 유감없이 나타났다. 물론 그것은 언젠가 닥쳐올 위기에 대비한 국방사업의 일환이었다. 그 닥쳐올 위기란 바로 조조의 남진이었다.

조조는 그보다 훨씬 일찍부터 숙원인 남벌과 오에 대한 복수를 위해 군비를 확장해오고 있었다. 이미 40만으로 편제된 대군은 언제라도 출정할 태세를 갖추고 있었다. 마침내 허창을 출발하려고 할 때 장사長史인 동소董昭가 조조에게 아첨하며 권했다.

"자고로 역사에 승상과 같이 큰 공을 세운 분은 없을 것입니다. 주공周公도 여망呂望(강태공)도 승상에 비견할 수 없습니다. 난세에 떨쳐 일어나 도적의 무리와 역신을 평정하고 즐풍목우櫛風沐雨하신 지 어언 30여 년 동안 만백성과 한조를 위해 몸을 헌신해온 바는 온천하가 아는 일입니다. 하여 모름지기 위공魏公의 지위에 올라 구석九錫의 예우를 받으시고, 그 위용과 공덕을 만천하에 보여야 할 것이옵니다."

아무리 영웅호걸이라 해도 나이를 먹으면 인간이 지닌 평범한 습성에 빠지기 쉬운 법이었다. 젊은 날 조조는 일개 궐문지기에 지나지 않았지만 가슴에 큰 뜻을 품고 있었다. 그런데 어느 날, 한 동년배가 출세를 위해 상관에게 아부하는 것을 보고 경멸하며 불쌍히 생각했고, 또 부하가 자신에게 아첨을 하면 모욕감을 느끼며 혐오하기도 했다. 예전의 조조는 실로 의로운 기개를 지닌 청년이었다.

하지만 오늘날의 조조는 달랐다. 적벽대전 전날, 조조는 배 위에서 달을 바라보며 자신의 나이를 헤아려보았다. 하지만 그는 젊은 날의 기개와 고난을 떠올리기는커녕 측근의 달콤한 아부에 흡족해하고 있었다. 어느새 조조도 예전에 자신이 경멸했던 상관의 지위가 되어 있었던 것이다. 게다가 최고의 지위와 권력을 움켜쥐고 있는 만큼 교연영색에 대한 기쁨이나 만족감이 궐문지기의 상관과는 비교할 수도 없었다.

중신 동소가 위공의 지위에 올라 구석의 예우를 받으라고 권하자 조조는 아무 거리낌이 없이 왜 지금까지 그 생각을 하지 못했는지 후회하며 조정에 청을 넣었다. 그리고 드디어 위공이 되어 구석의 예를 받게 되었다.

구석이란 아홉 가지를 말했다. 첫째는 거마車馬인데 바로 흑마黑馬 두 마리가 끄는 황금 수레인 '대로大輅'와 황마黃馬 여덟 마리가 끄는 병거兵車인 '융로戎輅'였다. 둘째는 의복衣服으로 왕의 예복인 곤룡포와 면류관, 그리고 붉은 신이었다. 셋째는 악칙樂則인데 조정이나 집에서 들고 나갈 때 반드시 헌현軒懸과 당하堂下의 음악을 연주하게 했다. 넷째는 거처하는 집을 주호朱戶라 하여 문호門戶를 붉은 칠로 장식했다. 다섯째는 납폐納陛로 황제가 거처하는 궁중을 자유로이 오를 수 있었다. 여섯째는 호분虎賁인데, 호분군이라 부르는 3백 명의 호위군을 항상 문에 두었다. 일곱째는 부월鈇鉞이라 하여 병권을 상징하는 금도끼와 은도끼를 한 자루씩 받았다. 여덟째는 궁시弓矢로 붉은 활 한 벌과 붉은 화살 백 개, 검은 활 열 벌과 검은 화살 천 개를 받았다. 아홉째는 거초秬草와 검은 수수로 빚은 거창秬鬯과 종묘 제사에 쓰는 옥돌로 만든 제기인 규찬圭瓚과 제사를 지내기 위한 술이었다.

순욱은 완전히 변한 조조의 모습을 지켜보며 슬퍼했다. 그는 조조보다 나이가 어리지만 충신이었다.

"승상, 승상도 이제 나이를 많이 드시지 않았는지요?"

"무슨 말인가?"

"사람은 나이를 먹으면 다시 어려진다는 말이 떠오릅니다."

"내가 구석의 예우를 받는 것을 두고 하는 말이오?"

"그렇습니다. 공이 높을수록 스스로 겸양하고 물러서는 절조를 보여야 합니다. 그렇지 않으면 30여 년 동안 행해온 한실에 대한 충성과 만백성을 위한다는 대의명분이 결국은 자신의 욕망을 채우기 위함에 지나지 않게 됩니다. 약관부터 생사를 초월하고 백전고투하면서 쌓아온 그 정신과 절조를 대문의 장식과 겉치레와 바꾸는 것은 실로 보잘것없는 인생의 허영이지 않겠습니까."

순욱이 눈물로 간했다. 하지만 조조는 불쑥 자리에서 일어나더니 동소를 부르라고 한 뒤 큰 걸음으로 나가버렸다. 얼마 후 순욱은 병을 핑계로 집에서 나오지 않았다.

건안 17년 10월 겨울, 드디어 조조는 대군을 이끌고 수도를 출발했다. 하지만 순욱은 조조의 부름이 와도 출정을 사양했다. 그 후 위공이 순욱에게 사자를 보냈다. 사자는 순욱 앞에 그릇 하나를 내놓았다. 그릇 위에 '조조가 친히 이를 봉하다'라는 종이가 붙어 있었다. 사자에게 물어보니 그릇 안에는 아무것도 들어 있지 않다고 했다.

"아, 내 그 뜻을 알겠구나."

그날 밤 순욱은 독약을 마시고 자결했다.

* * *

남벌을 떠난 조조의 대군은 땅과 강을 타고 속속 남하하고 있었다. 조조에게 허창에서 순욱이 독약을 먹고 죽었다는 소식이 전해졌다. 조조는 눈을 감았다. 잠시 침묵을 지키던 조조가 입을 열었다.

"순욱이 올해로 꼭 쉰 살이었구나. 내가 몹쓸 짓을 했도다. 순욱에게 경후敬候란 시호諡號를 내리도록 하라."

조조는 더 이상 아무 말도 하지 않았다. 하지만 뉘우치는 기색이 역력했다.

얼마 후 조조의 대군은 안휘성에 들어가서 유수의 제방을 앞에 두고 2백 리에 걸쳐 진을 쳤다.

"먼저 적의 형세를 보도록 하자."

조조는 산에 올라 저 멀리 오의 포진을 조망했다. 장강의 지류들이 광야를 구불구불 굽이돌아나가는데, 그중 큰 강 하나에 오의 병선이 수백 척이나 정박해 있었다. 그 주변을 중심으로 오는 수륙으로 펼쳐져 있었다. 병선이 있는 곳에는 깃발이 펄럭였고, 창과 검이 빛나는 곳에서는 병사들의 소리와 말들의 울음소리가 들렸다. 산천초목도 일제히 나라를 위해 떨쳐 일어날 듯한 모습이었다.

"과연 동오는 남쪽의 강국이구나. 사기가 저러하니 방심할 수 없도다. 그대들은 적벽의 실패를 두 번 다시 반복해서는 안 될 것이다."

조조가 좌우의 부장들에게 경각심을 불러일으키며 산을 내려갔다. 그때 어딘가에서 북국에는 없는, 강력한 위력을 지닌 한 발의 포성이 들렸다.

조조와 부장들이 놀랄 틈도 없이 산기슭 가까이에 있는 강에서 홀연히 함성이 일었다. 그러더니 주변 갈대밭에서 작은 배들이 수없이 나타났고, 오의 정예병들이 제방을 넘어 위의 중군을 향해 돌격해왔다.

"물러서지 말라. 적은 얼마 되지 않는다."

조조는 급히 산을 내려온 후 진두에 서서 당황한 아군의 전열을 정비했다. 그러자 이번에는 제방 위에서 푸른 비단의 산개傘蓋를 쓰고 수많은 병사의 호위를 받고 있던 손권이 조조를 보고는 말을 타고 달려왔다.

"적벽의 패장, 아직도 살아 있었구나."

그 소리를 들은 조조가 돌아보니 푸른 눈에 자줏빛 수염을 기르고 다리가 짧은 손권이 창을 휘두르며 쏜살같이 달려오고 있었다.

"웬 놈이냐?"

조조는 일부러 큰 소리로 일갈했다. 자신보다 훨씬 젊은 손권과 싸울 생각은 애초부터 없었고 그저 위엄만 보이고 도망치려고 했다.

"위의 도적은 도망치지 말고 게 섰거라."

손권의 양옆에 있던 한당과 주태가 조조의 생각을 눈치채고 조조의 뒤쪽을 공격했다. 조조가 위험에 처하자 위의 허저가 칼을 휘두르며 나타났다. 허저는 주태와 한당을 물리치고 간신히 조조를 구해 중군으로 돌아왔다.

그날 밤, 물러갔던 오군이 사방의 들과 창고에 불을 지르며 기습해 왔다. 허를 찔리고 원정의 피로에 지쳐 있던 위의 병사들은 수많은 사상자를 남기고 50리쯤 뒤로 쫓겨나고 말았다.

"참으로 비참하구나."

조조는 전전긍긍하며 자신을 책망했다. 그리고 며칠간 막사 안에 틀어박혀 병서에만 눈길을 두었다. 기발한 계책을 얻고자 몸부림치는 듯 보였다. 그때 정욱이 발소리를 죽여 몰래 들어오더니 낮은 목소리로 말했다.

"승상, 피곤하지 않으신지요?"

"오, 정욱인가. 오의 단단한 포진을 뚫을 방도가 없구나. 이전 싸움에서 아군은 그들의 공세를 막아내기에 급급했을 뿐이다."

"본래 이번 출정은 시기를 너무 오래 끌었습니다. 그러는 동안 오는 국방에 전력을 쏟아부어 유수의 제방까지 쌓았습니다. 그러니 일단 물러난 후 다시 출정의 기회를 도모하는 것이 어떠하신지요?"

그날 밤 조조는 이상한 꿈을 꾸었다. 붉게 타오르는 태양이 구름을 헤치고 장강으로 떨어지는 꿈이었다.

다음 날 조조는 군사 5, 60명을 데리고 진중을 둘러보다 강변까지 걸어나왔다. 마침 새빨간 태양이 강의 상류에 있는 산 쪽으로 기우는 것을 보고는 어젯밤 꿈을 떠올렸다.

"어젯밤 이상한 꿈을 꾸었는데, 길몽인지 흉몽인지 모르겠구나."

조조가 좌우의 부장들에게 말했다.

저녁 태양빛과 강에 일렁이는 빛이 서로 어우러져 눈부시게 타올랐다. 그때 강 건너편 붉은 안개 속에서 무수한 깃발이 보이기 시작했다. 그러더니 어느새 조조 앞까지 다다랐다. 맨 앞에서 달려온 황금 투구를 쓰고 붉은 전포를 입은 장수가 채찍을 들어 올리더니 조조를 가리키며 외쳤다.

"나라를 침범한 도적이구나."

"그대는 손권인가? 나는 황제의 명에 따르지 않는 자를 징벌하라는 칙령을 받고 온 황제의 군대이다."

손권은 조조의 말에 실소했다.

"황제가 천하의 고귀한 주인이라는 사실은 누구나 알고 있다. 그러니 황제의 명을 사칭하는 자는 천하가 용서하지 않을 것이다. 천하제일의 악덕 조조야, 목을 내밀어라."

그 말을 들은 조조는 화를 참을 수 없었다. 하지만 조조는 또다시 적의 도발에 넘어갔다. 그날 싸움 역시 조조군의 비참한 패배로 끝이 나고 말았다.

"승상의 총기가 예전 같지 못한 듯하니 아무래도 이번 원정은 어려울 듯하오."

조조의 부장들은 불안해했다. 어떤 사람은 허창을 떠나올 때 순욱이 독을 마시고 죽은 일이 승상의 총기에 영향을 끼친 것 같다고 말했다. 그렇게 조조는 연전연패하며 남은 한 해를 보냈다.

다음 해, 건안 18년 정월이 되었지만 전황은 호전되지 않았다. 2월로 접어들자 매일 큰비가 이어져 전쟁은 생각할 수도 없었다.

밤낮으로 큰비가 내린 탓에 진채는 엉망진창이었다. 조조의 중군조차 뗏목을 만들어 멀리 북쪽의 산 위로 옮겨갈 정도였다.

드디어 식량난으로 심각한 날들이 이어지자 병사들의 원망도 자자했다. 그럴수록 병사들은 고향 생각이 간절했고, 부장들의 의견도 제각각이었다. 강경론을 주장하는 사람은 따뜻한 봄이 지척이니 어떻게 해서든 때를 기다려 일전을 겨뤄야 한다고 했다. 그런 상황 속에서 손권에게 한 통의 서찰이 왔다.

> 나와 그대는 모두 한조의 신하이자 덕으로 백성을 보살펴야 할 무가의 인물이 아닌가. 어진 자가 서로 싸우는 것을 비웃듯 하늘이 큰비로 세상을 가득 채워 그대가 물러가기를 재촉하고 있소. 그러하니 깊고 현명하게 생각하여 그대가 적벽의 어리석음을 다시 범하지 않기를 바라오.
>
> 건안 18년 봄 2월, 오후 손권

그리고 글의 뒷면에는 이렇게 쓰여 있었다.

그대가 죽지 않고는 이 몸이 편치 않으리.

조조는 쓴웃음을 지으며 다음 날 퇴각을 명했다. 오군도 그 모습을 보고 모두 말릉의 건업으로 돌아갔다.

손권은 자신감으로 충만해 군신들에게 물었다.

"조조는 무서워서 돌아갔고, 유비는 지금 촉에 있다. 이때를 놓치지 말고 형주로 진군하는 것이 어떠한가?"

젊은 손권을 자중시키는 역할을 맡아왔던 숙로宿老인 장소가 대답했다.

"촉의 유장에게 서신 한 통을 보내십시오. 먼저 유장에게 '유비가 오에 후진을 부탁해왔으니, 이는 촉을 강탈하려는 생각임에 틀림없다'라고 말해 의심을 품게 하십시오. 그리고 한중의 장로에게 군수물자의 원조를 약속하여 유비를 괴롭히게 한 후에 형주를 취하는 것이 가장 좋은 방법인 듯합니다."

* * *

사천과 협서의 경계에 있는 가맹관에 한중의 장로군과 촉을 대신해 지키는 유비군이 대치하고 있었다. 공격하기도 어렵고 지키기도 어렵다 보니 양군은 악전고투하며 서로 한 치도 물러서지 않은 채 몇 달을 보냈다.

"조조가 오를 공격했다는 연락이 왔소. 방통, 유수의 제방을 사이에 두고 위와 오가 싸움을 벌이고 있다 하니 어찌하면 좋겠소?"

유비가 공명을 대신해서 온 방통에게 물었다.

"멀고 먼 강남에서 벌어지는 싸움이니 이곳에는 아무런 영향이 없을 것입니다."

"아니오, 큰 관계가 있소이다."

"어째서입니까?"

"만일 조조가 이기면 그 즉시 형주도 집어삼키려 할 것이고, 또 오의 손권이 이기면 그 여세를 몰아 형주를 차지하려 할 것이오. 어느 쪽이든 우리 형주에게는 흥망과 관계되는 위기가 아니겠소?"

"형주에는 공명이 있습니다. 진심으로 그렇게 걱정하시는 것을 공명이 알면 섭섭해할 것입니다. 자신이 그토록 주군에게 믿음을 주지 못하는 자인가 하고 말입니다."

"흠, 그렇겠소이다."

"오히려 지금의 상황을 이용하여 촉의 유장에게 서신 한 통을 보내십시오. 지금 조조가 남하했는데, 오의 손권이 형주에 도움을 청해왔다고 말입니다. 오와 형주는 이와 입술의 관계이자 인척 관계이기도 합니다. 이에 군사를 이끌고 달려가야 하는데, 병력과 전량도 부족하니 군사 3, 4만 명과 전량 10만 섬을 도와주길 바란다고 요청해보십시오."

"너무 많이 청하는 건 아니오?"

"그만큼 요구해서 유장의 속내를 가늠해보는 것입니다. 만일 응한다면 제게 계책이 있으니 그 후의 일은 제게 맡겨주십시오."

"알았소이다."

유비의 사자가 성도를 향해 출발했다. 사자가 부수관涪水關(중경中慶의 동쪽)에 다다르자 산 위의 관문에서 망을 보고 있던 경계병이 양회와 고패에게 알렸다.

"유비의 부하인 듯한 형주의 사자가 오고 있는데 어찌해야 하겠습니까?"

산중에서 별일 없이 바둑을 두고 있던 두 사람은 유비라는 소리를 듣고는 눈을 치켜뜨며 통과시키지 말라고 일렀다. 그런 다음 서로 속삭였다.

관문의 관리는 성도로 가는 사자에게 서찰을 보이지 않으면 통과시키지 않겠다고 버텼다. 사자는 하는 수 없이 유비의 서신을 보였다. 뒤에서 고패와 양회가 그것을 지켜보았다. 관리는 곧 사자에게 서신을 돌려주었지만 그때 양회가 병사를 이끌고 오더니 성도까지 사자를 안내하겠다고 나섰다.

촉의 내부에는 유비에 대한 반감을 가진 세력이 많았다. 양회도 그중 하나로 그는 유장에게 가서 이렇게 진언했다.

"유비가 막대한 군사와 전량을 요청해왔는데 절대로 응해서는 안됩니다."

"동종의 연과 이곳까지 와준 은의가 있는데 어찌……."

유장이 탐탁지 않은 표정을 지으며 중얼거렸다. 그것을 보고 자가 자초子初인 유파劉巴가 나서며 말했다.

"주군, 사사로운 정에 얽매여 나라를 잃는 우를 범하지 마십시오. 그에게 군량과 군사를 빌려주면 호랑이에게 날개를 달아주는 격입니다."

그 자리에 있던 황권도 나서며 말했다.

"양회와 유파의 말이 지극히 옳습니다. 진정으로 나라를 걱정하는 충신의 소리입니다. 부디 깊이 헤아려 현명히 판단하십시오."

중신들 모두가 반대하자 유장도 그에 따르지 않을 수 없었다. 그래서 거절하는 대신 늙어서 싸울 수 없는 병사 4천 명과 곡물 만 섬, 그리고 쓰지도 못하는 무구들을 수레에 싣고 사자와 함께 유비에게 보냈다. 그것을 본 유비가 불같이 화를 냈다.

유비가 화를 내는 것은 드문 일이었다. 유비는 사자가 보는 앞에서 유장의 답신을 찢어버렸다.

"우리 형주군은 멀리 촉까지 와서 촉을 위해 싸우며 많은 인명과 물자를 바치고 있는데, 얼마 되지도 않는 병사와 식량이 아까워 이런 쓰지도 못하는 것들만 보내는 것은 무슨 경우란 말인가. 내 무슨 면목으로 우리 병사들에게 분전하라 격려할 수 있단 말인가. 유장에게 돌아가서 내 말을 그대로 전하라."

사자가 허둥지둥 성도로 돌아가자 방통이 말했다.

"화를 낼 줄 모르는 분이 오늘 이토록 화를 내시다니……."

"가끔은 화를 낼 필요도 있는 듯하오. 그런데 이제 어떻게 하면 좋겠소?"

"세 가지 방책이 있사오니 주군께서 마음에 드는 계책을 취하면 될 것입니다. 첫째는 지금 바로 성도를 치는 것으로 이는 반드시 성공할 상책입니다. 둘째는 거짓으로 형주로 돌아간다고 하면 양회와 고패가 바라는 일이라 기뻐하며 올 것입니다. 그때 둘의 목을 치고 즉각 부수관을 점령하는 것으로, 이는 중책이라 할 수 있습니다."

"흠, 셋째는 무엇이오?"

"군사를 거두어 백제성白帝城으로 물러가서 형주의 방비를 공고히한 후 다음을 기약하는 것입니다. 이는 하책에 불과합니다."

"하책은 취하고 싶지 않구려. 또 상책은 너무 급박하여, 만에 하나 잘못되면 일패도지一敗塗地할 것이오."

"그럼 중책을 취하시겠습니까?"

"중용이 내 생활신조이니 그렇게 하겠소."

며칠 후 성도의 유장에게 유비의 서신이 도착했다. 서신에는 오의 국경의 전란이 확전되고 있어 지금 당장 형주를 도우러 가야 하니, 가맹관을 지킬 장수를 보내주길 바란다고 적혀 있었다.

"이것 보라. 유비가 돌아간다고 하지 않는가."

유장은 슬퍼했지만 다른 부장들은 속으로 쾌재를 불렀다. 유비를 촉까지 데려온 장송만은 혼자서 전전긍긍했다.

장송은 집에 돌아오자마자 붓을 들어 유비에게 보낼 서신을 썼다. 지금 형주로 돌아가면 모든 일은 물거품으로 돌아갈 것인데, 어찌 군사를 이끌고 성도로 오지 않는지, 성도의 동지가 목을 길게 늘여 황숙의 군사를 기다리고 있다는 내용이었다.

그때 시종이 장송에게 손님이 왔다는 이야기를 전했다. 장송은 당황해서 서신을 소매 속에 숨기고 마루로 나왔다. 술을 좋아하는 그의 형인 장숙張肅이 술 단지를 끼고 앉아 술을 마시고 있었다.

"형님이십니까?"

"얼굴빛이 안 좋구나."

"공무에 쫓기다 보니 피곤해서 그럽니다."

"피곤하면 약을 먹어야 하느니라. 자, 한잔하거라."

장송도 앉아 같이 술을 마셨다. 그런데 장숙은 좀처럼 돌아갈 생각을 하지 않았다.

어느덧 장송도 취해 화장실을 다녀왔는데, 장숙이 돌아간다며 급히 나가버렸다. 그리고 얼마 지나지 않아 병사들이 집에 들이닥쳐 불문곡직하고 장송을 포박하더니 집안사람들을 모두 붙잡아갔다.

다음 날 성도 저잣거리에서 참수가 벌어졌다. 장송의 일가였다. 그 죄목은 나라를 팔아먹은 대역죄였고, 그의 형이 그를 고발했다는 소문이 저잣거리에 파다했다. 어젯밤 같이 술을 마시던 장송이 취중에 소매에서 떨어뜨린 서신이 그 증거라고 했다.

* * *

가맹관에서 물러난 유비는 부성의 성 아래에 전군을 주둔시킨 다음, 부수관을 지키는 고패와 양회에게 사자를 보내 급히 형주로 돌아가게 되었으니 내일 관문을 지나가겠다고 알렸다.

고패가 양회에게 말했다.

"촉의 우환을 없앨 절호의 기회가 왔소. 내일 유비가 이곳을 지나가면 그동안의 노고를 위로하는 연회를 열고 그 자리에서 죽여버립시다."

다음 날, 유비와 방통이 말 머리를 나란히 하고 이야기를 나누며 부수관을 향해 왔다. 그런데 일진광풍이 불어 깃대가 부러지고 말았다.

"이것은 흉조가 아닌가?"

유비가 말을 멈추고 근심스러운 얼굴로 묻자 방통이 웃으며 말했다.

"이것은 하늘이 미리 흉사를 알려준 것이니 흉조가 아닙니다. 오히려 길조라 할 수 있습니다. 분명 고패와 양회가 주군을 죽이려 기다리고 있는 듯합니다. 방심하지 마십시오."

"흠, 알겠소이다."

유비는 갑옷을 단단히 갖춰 입고 보검을 확인한 뒤 마음의 준비를 하며 앞으로 나아갔다. 방통도 위연과 황충에게 무언가를 속삭인 뒤 경계하며 나아갔다.

건너편 협곡 사이로 관문의 큰 건물이 보일 무렵이었다. 앞쪽에서 한 무리의 군사가 수려한 비단 깃발을 휘날리며 다가왔다. 맨 앞에 있던 장수가 유비에게 말했다.

"오늘 형주로 돌아가시는 유 황숙께 드릴 것이 있어 왔습니다. 원로에 드실 약간의 술과 안주입니다. 부디 받아주시길 바랍니다."

방통이 앞으로 나서서 인사를 했다.

"실로 과분한 선물이오. 황숙께서도 기쁘게 받으실 것입니다. 고패와 양회 두 분께도 감사의 마음을 전해주시길 바라오."

"두 분께서 곧 진중으로 인사를 하러 가신다면서, 먼저 예물을 드리라고 저희를 보내셨습니다."

그들은 술과 양고기, 닭 등을 내어놓고 돌아갔다. 유비 일행은 그곳에 막사를 치고 술병을 열었다. 주변 자연 풍광을 보며 한숨을 돌리고 잔을 기울이며 휴식을 취했다. 그때 고패와 양회가 군사 3백 명을 이끌고 유비의 진중에 나타났다.

유비는 그들을 막사로 맞아들이고 주연을 열었다. 방통은 유비가 평소와는 달리 술을 많이 마시자 걱정이 되었다. 한편 미리 지시를 받은 관평과 유봉은 밖으로 나가 부수관 병사 3백 명을 멀리 물러가게 했다. 그리고 자리로 돌아와 갑자기 앞으로 나서며 외쳤다.

"자객들은 꼼짝 말거라."

방통은 순식간에 고패와 양회를 붙들어 맸다.

"손님에게 이 무슨 짓이냐?"

양회가 위엄 있게 꾸짖자 관평이 그의 가슴께를 뒤져 숨기고 있던 단검을 찾아냈다. 고패에게서도 단검이 발견되었다.

"이것으로 무엇을 하러 왔느냐?"

"무인에게 검은 항시 지녀야 할 부적과 같은 것이다."

관평과 유봉이 허리에 차고 있던 장검을 뽑아들고 외쳤다.

"무인의 검이란 이렇게 정정당당히 차고 있어야 하는 것이다. 어디 무인의 검 맛이 어떤지 한번 보아라."

두 사람은 고패와 양회를 장막 밖으로 끌어내고는 그 자리에서 목을 베어버렸다.

"주군, 어찌 아무 말씀도 없으십니까?"

"방금 앞에서 함께 술을 마시던 고패와 양회가 죽었다고 생각하니 그다지 기분이 좋지 않구려."

"그렇게 마음이 약하신 분이 어찌 오늘날까지 수많은 싸움을 헤쳐

오셨습니까?"

"전쟁은 다른 문제요."

"여기도 전쟁터입니다. 아직 부수관을 점령한 게 아닙니다."

"고패와 양회가 데려온 병사들은 어찌하였소?"

"모조리 포로로 잡았습니다. 술과 안주를 내어주었더니 그들도 모두 기뻐했습니다."

"어찌 포로들에게 음식을 내어주었소?"

"해질녘까지 즐기도록 한 후에 그들을 이용할 계책이 하나 있습니다."

방통이 작은 소리로 속삭이자 유비가 고개를 끄덕이며 참으로 묘안이라고 되뇌었다. 해가 질 때까지 막사 주위에서는 주연이 이어졌고 노랫소리가 들리고 환성도 터져 나왔다.

"별이 떴다."

나팔 소리가 들리자 방통은 한 무리의 군사를 불러 부수관 밑으로 다가갔다. 포로로 잡은 부수관 병사 3백 명을 앞세웠는데, 그들은 이제 완전히 마음을 바꿔 방통의 수하가 되어 있었다. 방통이 기암절벽 같은 철문 아래 서서 고함을 질렀다.

"양화와 고패 장군님이 돌아오셨다. 문을 열어라."

낮에 어떤 일이 벌어진 줄 전혀 모르는 관문의 촉병은 그들 말을 믿고 철문을 활짝 열어젖혔다. 그 순간 함성을 올리며 방통의 군사들이 관문으로 돌격했다. 얼마 후 부수관은 피 한 방울 흘리지 않고 점령당하고 말았다.

유비는 즉시 부수관 요소요소에 군사를 배치했고, 이제 촉은 우리 손에 들어왔다며 개가를 올렸다. 그리고 창고에 있던 술을 내와 군사들과 마음껏 축배를 들었다.

유비는 낮부터 술을 마신 데다 주연 자리에서 부장들과 새벽까지 술을 마신 탓에 완전히 취해버렸다. 이윽고 그는 술병을 껴안은 채 잠이 들고 말았다. 그러다 문득 눈을 떠보니 방통은 여전히 술을 마시고 있었다.

"아직 밤이 새지 않았는가?"

방통이 웃으며 대답했다.

"벌써 아침 새가 울고 있습니다. 한잔 더 어떠하신지요?"

"아니오. 밤이 샜다면 술을 마실 때가 아니오."

"인생의 참맛은 이러한 때가 아니겠습니까?"

"그렇소. 어제는 실로 유쾌했소이다. 술을 마시며 성 하나를 취했으니 말이오."

"오호, 그렇게 유쾌하셨습니까?"

방통이 삐뚤어진 코에 주름을 잡으며 다시 물었다.

"타국을 빼앗고 즐겁다 하시니, 이는 어진 자가 취할 병법이 아니며 주군답지 않으십니다."

유비는 한 대 얻어맞은 기분에 정색을 하며 말했다.

"그 옛날 무왕은 폭군 주왕紂王을 치고 처음에는 노래를 나중에는 춤을 추었다 하오. 무왕의 병법은 인의의 병법이 아니었는가? 어불성설이오. 썩 물러가시오."

방통은 두려운 듯 황망히 물러갔다.

유비는 취기가 가시지 않아 시종들의 부축을 받으며 간신히 후당의 침소로 들어갔다.

유비가 한숨 푹 자고 일어나 의복을 입는데 호위 무장이 말했다.

"오늘 아침엔 참으로 분위기가 험악했습니다. 방통 군사도 간담이 서늘해져 물러갔습니다."

"뭐라? 내가 그렇게 심하게 그를 책망했단 말인가?"

유비는 급히 의복을 갖추고 방통을 불러 사죄했다.

"선생, 오늘 아침 내가 너무 취해 무례를 범한 듯하오. 용서해주시오."

방통은 아무 말도 듣지 못한 것처럼 잠자코 있었다. 유비가 거듭 사죄하자 그제야 방통이 입을 열었다.

"주군처럼 저도 심히 취했던 듯싶습니다. 모두 취중에 일어난 일입니다. 술에 취하면 다른 사람이 된다 하지 않습니까. 제 무례도 용서해주십시오."

두 사람은 함께 손뼉을 치며 유쾌하게 웃었다.

86
아, 낙봉파落鳳坡

부성을 취한 유비와 유장의 싸움이 시작되고, 방통은 낙성을 공략하기 위해
유비가 버준 백마를 타고 북쪽의 산길을 오르다 낙봉파에 이르는데……

축은 유비가 부성을 손안에 넣었다는 소식을 듣고는 혼란에 빠졌다.
태수 유장도 두려움에 떨며 통탄했다.

"내 오늘과 같은 일이 일어날 줄은 꿈에도 생각지 못했구나."

유괴, 냉포, 장임, 등현 등은 자신들의 선견지명을 자랑할 여유도 없
었다.

"너무 심려치 마십시오. 저희가 즉각 성도의 정예 5만 명을 이끌고
낙현雒縣으로 가서 그들을 막겠습니다."

"어서 그리하도록 하라."

유장은 그들에게 모든 것을 맡길 수밖에 없었다.

출병의 날이었다. 유괴가 다른 세 명의 장수에게 말했다.

"전부터 들은 말인데, 금병산錦屛山의 암굴에 용한 도사가 있다고 하오. 자허紫虛 상인上人이라 하는데 점괘를 잘 보고 길흉화복을 손바닥 안의 일인 양 잘 맞춘다고 하오. 성도의 대군을 움직이기 전에 승패를 점쳐보는 것도 헛일이 아닐 것이오. 덕분에 큰 승리를 얻을 수 있을지도 모르니, 한번 찾아가보는 것이 어떻겠소이까?"

장임이 비웃으며 말했다.

"바보 같은 소리 마시오. 일국의 흥망을 짊어진 장수가 산야에 묻혀 사는 한갓 도인의 말을 들으려 한다는 것은 싸울 자신이 없다는 말과 같소. 군사들의 사기까지 떨어뜨릴 것이오."

"싸움이 무서워 길흉을 점치려는 게 아니오. 지금의 일전이야말로 촉의 운명을 좌우하는 중대사이니, 만전을 기하여 조금의 흉이라도 조심하자는 뜻이오. 이 또한 나라를 생각하는 일이지 단순한 미신이나 두려움 때문이 절대 아니오."

"그런 뜻이라면 굳이 말리지는 않을 테니 장군 혼자서 찾아가보시오."

"좋소이다. 내 다녀오리다."

유괴는 부하 10여 명을 데리고 금병산으로 갔다. 자허 상인은 굴 앞에서 명상을 하고 있었다. 유괴가 무릎을 꿇고 물었다.

"상인, 무엇이 보입니까?"

자허 상인은 무뚝뚝하게 촉이 보인다고 말했다.

"서촉 41주뿐입니까? 천하는 보이지 않습니까?"

유괴가 다시 묻자 그가 대답했다.

"쓸데없는 것은 묻지 않아도 좋소이다. 그대가 알고 싶어 하는 것만 대답해주겠소."

자허 상인은 뒤에 있던 동자에게 일러 종이와 붓을 가져오게 했다. 그러고는 글 한 장을 써서 유괴에게 건넸다. 유괴가 그것을 펼쳐보았다.

왼쪽의 와룡과 오른쪽의 봉추가 서천으로 날아드니　左龍右鳳 飛入西川

봉추는 땅에 떨어지고 와룡은 하늘로 오르도다　鳳雛墜地臥龍昇天

하나를 얻으면 하나를 잃는 것이 하늘의 이치이니　一得一失 天數如然

마땅히 정도를 따라 구천에 들지 않게 하라　　　宜歸正道 勿喪九泉

"그럼 촉은 이길 수 있겠습니까?"

"하늘의 이치를 어찌 피할 수 있겠소."

"저희 네 장수의 운명은 어찌 되는지요?"

"역시 하늘이 정한 운수에 따를 것이오."

"무슨 뜻입니까?"

"말 그대로이오."

"그럼 유비는 촉에서 성공하겠습니까? 아니면 실패하겠습니까?"

"일득일실. 거기에 있는 글자를 보지 못했는가? 더 이상 묻지 말게나."

자허 상인은 눈을 감았다. 유괴가 무엇을 물어도 돌부처처럼 아무런 답도 하지 않았다. 유괴는 산을 내려와 세 장수에게 말을 전했다. 그러자 장임이 말했다.

"산속에 묻혀 사는 광인의 헛소리를 믿는다면, 말 울음소리와 개 짖는 소리에도 하나하나 진퇴를 물어야 할 것이오. 외부의 적에 맞서기 전에 먼저 마음속 적을 물리치는 것이 중요하오. 자, 더 이상 주저할 시간이 없소이다."

장임은 그날 바로 군사를 진군시켰다.

* * *

낙성雒城은 낙현의 산맥과 길목을 차지한 요충지로 성도와 부성의 중간에 있었다.

부성에서 내보낸 척후대가 급히 돌아와 유비에게 보고했다.

"촉의 네 장수가 병력 5만 명을 둘로 나눠 한쪽은 낙성을 지키게 하고, 또 한쪽은 낙산의 봉우리들을 배후로 삼아 진지를 구축하고 있습니다."

유비가 곧바로 제장들을 불러 의논했다.

"적의 선봉은 촉의 명장 냉포와 등현이라고 하오. 그들을 제압하는 것이야말로 성도에 들어가는 데 있어 가장 큰 산이라 할 수 있을 것이오. 누가 그들을 제압할 수는 없소?"

부장들 중에서 가장 나이가 많은 노장 황충이 자신에게 맡겨달라고 했다.

그러자 황충의 말이 끝나기도 전에 젊은 장수가 끼어들었다.

"황 장군의 나이에 비해 적이 너무 강합니다. 서전의 승패는 전체 판도에 큰 영향을 주니, 제게 선진을 맡겨주십시오."

위연은 노장의 손을 빌릴 수 없다며 자신을 선봉에 서게 해달라고 간절히 청했다.

"그것참 이상한 말씀이오."

황충도 잠자코 있지 않았다.

"그대가 제일 먼저 공명을 세우고 싶어 하는 마음은 잘 알겠으나, 이 황충을 쓸모없는 폐물로 취급하는 것은 듣기 거북하오. 그대는 말을 삼가시게."

황충이 화를 내자 위연이 말했다.

"이는 장군뿐 아니라 어느 누구라도 마찬가집니다. 나이가 들면 기력이 약해져 강한 적을 상대하기가 어렵소이다."

"조용히 하라. 노장이라고 젊은 자를 감당하지 못한다는 법은 없네. 오히려 그대처럼 단지 젊다는 것 하나만 믿고 나서는 자가 더 위험한 법이오."

"말씀이 지나치시오. 그렇다면 지금 주군 앞에서 누구의 뜻이 강하고 완력이 센지 가려보는 게 어떻겠소. 자, 황 장군 일어서시오."

"어디 한번 가려봅시다."

황충과 위연이 칼을 들고 싸우려고 하자 유비가 놀라며 제지했다.

"두 사람 모두 자중하라. 지금 적을 앞에 두고 사사로이 싸움을 벌인다면 우리에게 무슨 득이 되겠는가. 절대로 그대들에게는 선봉의 대임을 맡기지 않겠다."

유비의 책망에 황충과 위연이 땅에 엎드려 고개를 숙였다. 그때 방통이 유비의 기색을 살피더니 두 사람의 갈망을 저버리고 다른 장수에게 맡기는 것도 좋지 않다고 했다. 그러고는 한 가지 방책을 내놓았다. 유비도 진심으로 화를 낸 것이 아니기에 방통의 방책을 승낙했다.

"군사에게 맡기겠으니 알아서 처리하시오."

유비는 오히려 휘하의 장수들이 왕성한 전의를 보여주는 게 더없이 기뻤다.

방통이 두 장수에게 말했다.

"지금 촉의 냉포와 등현은 낙산 산맥을 등지고 좌우 두 갈래로 진을 치고 있소. 그대들도 두 편으로 나뉘어 각각 한쪽을 맡으시오. 어느 쪽이든 먼저 적진을 치고 아군기를 올리는 자가 공명을 세운 것이오."

황충과 위연은 즉각 진군했다. 그들이 떠난 후 방통이 유비에게 말했다.

"저 둘은 반드시 도중에 아군끼리 다툼을 벌일 것입니다. 주군께서 바로 군사를 이끌고 저들의 후진을 맡아주시길 바랍니다."

"부성의 방비는 어찌하겠소?"

"제가 맡겠습니다."

유비는 관평과 유봉을 데리고 서둘러 낙현으로 떠났다.

* * *

얼마 후 황충과 위연은 적들 앞에 다다랐다. 위연이 척후병에게 물었다.

"황충의 군세도 포진을 끝냈는가?"

"이미 끝내고 저녁을 준비하는지 밥 짓는 연기가 피어오르고 있습니다. 아마 밤늦게 왼쪽 산길을 따라가서 새벽에나 적을 공격하려는 듯싶습니다."

"황충은 방심할 수 없는 인물이다. 우물쭈물하다가는 그에게 선수를 빼앗길 것이다."

위연의 안중에 이미 적은 없었다. 오로지 황충에게 선수를 빼앗겨 체면이 깎이는 게 걱정이었고, 황충을 제치고 혼자서 공명을 세우려는 욕심뿐이었다.

"우리 부대는 이경에 밥을 지어 먹고 삼경에 출발한다."

위연의 명령은 병사들의 예상을 훨씬 뛰어넘었다. 시간이 너무 촉박한 탓에 병사들은 당황했다.

본래 부성을 출발할 때, 황충과 위연은 유비 앞에서 미리 작전의 방침을 들었다. 황충은 냉포를 치고 위연은 등현의 진영을 돌파하기로 약속되었다. 그런데 갑자기 위연의 생각이 바뀐 것이었다. 위연은 자신의 부대로 냉포의 진영을 친 후에 등현의 진영까지 분쇄하여 황충의 코를 납작하게 만들겠다고 생각한 것이었다.

위연은 급작스레 시각을 앞당겨 진로를 바꾼 후 황충의 진로인 왼쪽 산길로 진군했다. 밤을 새워 산을 넘어가자 미명 무렵에 적의 진영이 보였다.

"적은 아직 안개 속에서 잠을 자고 있다. 단숨에 제압하라."

위연의 부대는 산을 내려와 적의 진영으로 달려들었다.

"왔느냐, 위연!"

적이 영문을 열고 나와 위연의 군사에게 일제히 활을 쏘아댔다. 냉포는 말을 타고 나와 위연을 향해 달려들었다. 위연이 분연히 맞서 싸웠지만 후방이 무너지기 시작했다. 정신을 차리고 보니 산길 쪽에서 적의 복병이 나타난 듯했다. 어느새 위연의 부대는 앞뒤에서 협공을 당하고 있었다.

위연은 냉포와의 싸움을 포기하고 들판을 향해 5, 6리쯤 도망쳤다. 하지만 들판 끝에 있는 숲과 산기슭에서 군사들이 달려나왔다.

"위연, 어디로 도망가느냐, 어서 깨끗이 항복하라."

한 무리의 군사들이 북을 울리고 함성을 지르며 그를 둘러쌌다.

"등현의 군사구나."

위연은 당황하며 다시 방향을 바꿔 도망쳤다. 그러자 촉의 맹장 등현이 위연을 쫓아갔다.

"위연, 게 섰거라."

등현은 큰 창을 머리 위로 번쩍 들며 말의 등에서 일어섰다. 곧바로 창이 날아와 위연의 등에 꽂힐 기세였다. 그때 어디선가 한 발의 백우전白羽箭이 바람을 가르며 날아왔다. 비명 소리와 함께 공중으로 떠오른 것은 등현이었다. 하얀 화살이 등현의 숨통을 관통한 것이었다. 등현은 긴 창을 든 채 땅으로 떨어졌다.

그 모습을 본 냉포가 등현을 대신해 위연을 쫓아갔다. 위연의 주위에는 아군 병사가 한 명도 보이지 않았다. 그런데 갑자기 어디선가 북소리가 울리며 한 무리의 군사들이 들판을 가로질러 냉포의 부대를 측면에서 공격해왔다.

"황충이 여기에 있으니 위연은 굴하지 말라."

노장 황충이 활을 들고 선두에 있었다. 백우전을 쏘아 위연을 위험해서 구한 것도 바로 황충이었다. 승기를 잡았던 냉포는 황충의 기습으로 패색이 짙어지자 유괴의 진영으로 퇴각했다. 하지만 그곳에는 이미 낯선 깃발이 펄럭이고 있었다.

그곳을 점령한 것은 유비의 명을 받은 관평의 부대였다. 냉포는 돌아갈 진영을 잃고 여기저기 헤매다 말을 달려 산 쪽으로 도망쳤다. 그러자 갑자기 수풀 속에서 갈고랑이와 밧줄이 튀어나와 냉포를 잡아챘다.

"대어를 낚았다."

그곳에서 냉포를 기다리다 사로잡은 사람은 바로 위연이었다. 위연은 군법을 어기면서까지 황충을 앞질렀고, 서전에서 많은 군사를 잃고 대패를 당했다. 그것을 대신해 큰 공을 세우기 위해 마음을 졸이고 있던 참에 적의 수장을 사로잡은 것이었다. 위연은 득의만면한 웃음을 띠었다.

그 외에도 사로잡힌 촉의 병사는 헤아릴 수 없었고, 즉각 유비의 후진으로 후송되었다. 서전에서 대승을 거둔 유비는 장졸들에게 포상을 내리고 포로들에게 선처를 내려 모두 아군의 부대에 배치했다.

황충이 유비에게 호소했다.

"군명을 어기고 선수를 친 것은 군법에서 엄격하게 금하는 행동입니다. 위연은 공공연히 그 죄를 범했습니다. 처벌하지 않으면 군기가 흐트러질까 우려됩니다."

"위연을 부르라."

유비가 부르자 위연이 사로잡은 냉포를 직접 이끌고 나왔다. 유비는 그런 위연을 군법으로 처단하고 싶지 않았다. 그래서 마음을 내색하지 않고 위연을 꾸짖었다.

"듣자하니 그대의 목숨이 위급했을 때 황충이 화살을 쏘아 그대를 도와주었다고? 내 앞에서 황충에게 감사의 마음을 표하라."

"장군의 화살이 아니었으면 등현의 창에 쓰러졌을지 모릅니다. 깊이 감사드립니다."

위연은 황충을 향해 무릎을 꿇고 머리를 숙였다.

유비는 한 번 더 사죄하라고 말했다. 그러자 위연은 선수를 친 것을 말하는 것이라 깨달았다.

"제가 젊은 패기로 시각과 진로를 무시하고 스스로 위험을 초래했습니다. 장군께 면목이 없습니다. 하지만 이 또한 모두 오로지 주군의 은혜에 보답하고자 함이니 부디 혜량해주시기 바랍니다."

황충은 아무 말도 하지 못했다. 유비는 노장 황충의 공을 치하하며 성도에 들어간 날 반드시 큰 상을 내리겠다고 약속했다. 그리고 사로잡힌 수장 냉포에게 고했다.

"그대에게는 말을 내어줄 테니, 낙성에 돌아가서 그대의 벗에게 피를 흘릴 일 없이 성문을 열고 성을 내게 건네라고 전하라. 그렇게 하면 반드시 경들을 귀히 중용할 것을 약속하겠노라."

풀려난 냉포가 기뻐하며 낙성으로 돌아갔다. 이를 본 위연이 분한 얼굴로 말했다.

"저자는 분명히 돌아오지 않을 것입니다."

"돌아오지 않으면 그가 신의를 잃을 뿐, 나의 인애에는 아무런 해가 없을 것이다."

과연 냉포는 돌아오지 않았다. 냉포는 낙성에 들어가자 유괴와 장임에게 자신이 적에게 사로잡혔지만 경계병을 죽이고 도망쳐왔다고 말했다. 그러고는 서전은 패했지만 유비는 별 볼일 없는 자라고 허풍을 떨어댔다. 세 장수는 지금 당장 필요한 건 병사라고 의견의 일치를 본 뒤 성도에 원군을 요청했다.

얼마 후 유장의 적자인 유순劉循과 그의 장인인 오의吳懿가 2만 명의 병사를 이끌고 낙성에 도착했다. 군사 중에는 촉군에서 상승왕常勝王이라고 불리는 오란吳蘭과 뇌동雷同도 있었다. 하지만 역시 총사는 나이로 보나 지위로 보나 유장의 장인인 오의라 할 수 있었다.

"지금 부강의 수위가 높으니, 강물로 적의 진영을 단숨에 쓸어버려라."

오의가 도착하자마자 군사들을 향해 명령을 내렸다. 이에 5천 명의 병사가 부강의 제방을 무너뜨리기 위해 쟁기와 괭이를 들고 밤을 기다렸다.

* * *

유비는 빼앗은 부수의 영채 두 곳을 각각 황충과 위연에게 맡기고 일단 부성으로 돌아왔다. 그때 마침 멀리까지 정탐을 나갔던 척후가 돌아와서 보고했다.

"오의 손권이 한중의 장로에게 병력과 군수를 보내 돕겠다는 밀서를 보냈습니다. 이에 힘을 얻은 장로가 군사를 이끌고 가맹관으로 쳐들어오고 있습니다."

유비가 놀라 바로 방통을 불렀다.

"만일 가맹관이 장로의 손에 넘어가면 촉과 형주의 연락이 끊어지고 앞으로 나가지도 뒤로 물러서지도 못하게 되오. 누굴 보내야 막을 수 있겠소이까?"

"맹달이 좋을 듯합니다."

부름을 받고 온 맹달은 계책을 말하며 다른 장수 하나를 더 추천했다.

"일찍이 형주의 유표 밑에서 중랑장을 지냈던 곽준霍峻이라는 자가 진중에 있습니다. 성격이 조용하여 그다지 눈에 띄는 공을 세우지는 못했지만, 그와 함께 간다면 만전을 다해 지켜낼 수 있을 것입니다."

"그대 뜻대로 하시오."

맹달은 그날 바로 곽준과 함께 서둘러 가맹관으로 떠났다. 방통은 그들을 격려한 후 임시 거처로 돌아왔다. 그러자 문을 지키던 병사가 허둥지둥 오더니, 이상한 손님이 찾아왔다고 전했다.

"이상한 손님이라니 대체 어떤 사람인가?"

"키가 7척이나 되고 머리가 옷깃에 닿을 정도로 짧고 무엇보다 용모가 우람하고 씩씩합니다. 한마디로 장사라 할 수 있습니다."

방통이 곧장 밖으로 나가보니, 손님은 마루 위에서 대자로 뻗어 잠을 자고 있었다. 낭인 생활을 오랫동안 한 방통의 눈에도 그 모습이 어이없게 보였다.

"선생, 일어나시오."

"아, 그대가 주인이오?"

"뭐 그런 셈이오만, 대체 그대는 어디서 무엇을 하는 자란 말이오?"

"어허, 그대는 손님을 공경할 줄 모르는가? 먼저 예를 갖춘 후에 천하대사를 논하는 것이 순리일 터인데."

"거참, 사람 놀라게 하는구려."

"봉추 방통이 뭘 그리 놀라시오."

"하하하, 우선 일어나 앉으시오."

"먼저 술과 음식을 내오시오."

"이미 준비되어 있소이다."

"어디에 있소?"

"이쪽으로 오시오."

방통이 방으로 안내하여 그에게 상좌를 내어주고 술과 음식을 권하자 그는 정신없이 먹기 시작했다. 그러더니 천하대사에 대해서는 일언반구도 없이 벌렁 드러누워 잠들어버렸다.

방통이 그의 안하무인 행동에 혀를 차고 있는데 법정이 빠른 걸음으로 들어섰다. 손님이 술과 음식을 먹는 사이에 방통이 사자를 보내 촉의 사정이나 인물에 대해 잘 알고 있는 법정을 부른 것이었다.

"멀리까지 발걸음을 하게 하여 송구하오. 실은 저기 술에 취해 곯아

떨어진 자가 누구인지 아시겠소이까?"

법정이 손님의 얼굴을 엿보더니 손뼉을 치며 말했다.

"영년永年이라고 하는 정말로 유쾌한 사내입니다."

그 소리에 눈을 뜬 영년이 꾸물꾸물 일어나서는 법정의 얼굴을 보았다.

"법정이 아닌가?"

두 사람은 서로 얼굴을 쳐다보며 웃기 시작했다.

방통이 어안이 벙벙한 얼굴로 물었다.

"두 분이 친구시오?"

법정이 자랑스러운 듯 그렇다고 말하고 영년을 소개했다.

"이 사람은 자가 영년인 촉의 호걸 팽의彭義입니다. 일찍이 태수 유장에게 강하게 직언을 간한 후 관직을 박탈당하고 머리가 짧게 잘려 노예로 전락했습니다. 하하하."

"하하하하."

영년도 남의 일처럼 함께 웃었다.

촉에 들어오기 전에는 촉은 약하고 나라에 인물도 없다는 얘기를 믿고 있었다. 하지만 의외로 병사들은 강하고 인재도 많았다. 진정한 국력은 나라에 위기가 생겨야만 알 수 있었다. 방통은 그런 생각을 하면서 영년에게 다시 예를 취하고 법정에게 말했다.

"기왕 이렇게 선생이 오셨으니, 황숙께 인사를 드리는 것이 좋을 듯합니다."

그러자 법정이 영년에게 물었다.

"부성까지 가보지 않겠는가?"

"가고말고. 안 그래도 그 말을 하려고 온 것이네. 유 황숙을 만날 수 있다면 여기까지 온 보람이 있을 것이네."

세 사람은 서둘러 부성으로 떠났다. 유비를 만나자 영년은 가슴을 펴고 말했다.

"부수의 전선에 있는 군사가 실로 위험한 사지에 노출되어 있는 것은 알고 계신지요?"

"황충과 위연의 군사를 보고 히는 말씀이오?"

"물론입니다."

"위험하다니 어째서 그렇소?"

"그 일대의 평지는 한눈에 알아볼 수 없지만 지세를 자세히 살펴보면 강바닥에 들어앉아 있는 것과 마찬가지입니다."

"뭐요, 강바닥?"

"부강의 강물은 수십 리에 이르는 긴 제방에 막혀 있지만, 만일 그 제방이 무너진다면 강물은 낮은 곳으로 흘러들 것입니다. 그러면 그 일대가 깊은 호수로 변해 아무도 살아남을 수 없습니다."

그 말에 유비는 깜짝 놀랐고, 방통도 크게 깨달았다.

"참으로 좋은 가르침을 주셨소이다."

유비는 영년을 막빈으로 삼고 즉각 황충과 위연에게 파발을 보내 제방의 경계를 강화하라고 일렀다. 위연과 황충은 서로 긴밀히 연락을 취하고 밤낮으로 순찰을 강화하며 경계했다. 그렇다 보니 낙성의 촉군은 매일 밤 기회를 엿보았지만 제방을 무너뜨릴 기회를 얻지 못했다.

그러던 어느 날 밤, 비바람이 세차게 몰아쳤다. 그때를 놓칠 수 없었던 촉의 5천 군사는 칠흑 같은 밤을 타고 부강의 제방을 무너뜨리려 했다. 그런데 그들의 뒤에서 예상하지 못한 복병이 나타났다.

촉군은 밤이 너무 어두워 적의 모습도 또 그 수도 알 수 없었다. 그들은 아군을 적군으로 착각하며 서로 죽이고 사방팔방 흩어지는 큰 혼란에 빠졌다. 냉포는 도망치는 도중에 위연에게 다시 포로로 붙잡혔다.

촉의 오란과 뇌동은 냉포를 구출하려고 낙성을 나왔지만 황충의 공격을 받고 물러날 수밖에 없었다.

다음 날 냉포는 다시 포로가 되어 부성으로 압송되었다. 유비는 냉포를 보자마자 말했다.

"나는 너를 무인의 예로 대하고 인의로 살려 보냈는데, 너는 그것을 저버리고 배신했다. 이젠 네 목을 쳐도 너는 할 말이 없을 것이다."

유비는 곧바로 냉포를 성 밖으로 끌어내 목을 치게 했다. 그리고 위연과 황충에게 포상을 내리고 막빈인 영년에게 감사를 전했다.

"실로 선생의 한마디가 우리 군을 살렸소이다."

얼마 후 형주에서 마량이 찾아왔다. 마량은 형주를 지키고 있는 공명의 명을 받고 서신을 가지고 온 것이었다.

* * *

공명이 유비에게 서신을 보내왔다. 유비는 온통 공명의 서신에 마음이 쏠려 방통이 옆에 있는 것도 잊어버리고 반복해서 읽었다.

방통은 질투를 느끼며 속으로 한숨을 내쉬었다. 방통도 자신의 내면에 그런 감정이 있을 거라고 생각하지 못했다.

"선생, 형주에 있는 공명은 매일 나를 걱정하고 있는 듯하오. 형주는 아무 일도 없지만, 근래 천문을 헤아려보니 서쪽에 있는 항성의 빛이 강하고 혜성의 빛이 약하다고 하오. 또 올해는 원정군에 이롭지 못하고 내게 흉사의 조짐조차 있으니, 부디 몸조심하라고 적혀 있소이다."

"아, 그렇습니까?"

방통은 성의 없이 대답했다.

"그래서 곰곰이 생각하니 대사를 서둘러서는 안 될 듯하오. 우선 마량을 먼저 보낸 후 나도 형주로 돌아가서 공명을 만나 상의해보려 하는데 어떻게 생각하시오?"

방통은 잠시 아무 말도 하지 않았다. 그는 속으로 자기 자신과 싸우고 있었다. 마음 깊은 곳에서 솟아오르는 질투심을 부끄러워하며 떨쳐내려 했다. 하지만 자신도 모르게 감정적인 말이 입에서 튀어나왔다.

"지금 부성까지 취했는데, 어찌 여기서 멈추시려 합니까. 공명이 보낸 서신 한 통에 마음이 흔들리시면 안 됩니다."

방통은 공명의 서신을 보고 속으로 이렇게 생각했다.

'내가 촉에서 큰 공을 세울 듯하니, 공명이 이를 질투하는 게 틀림없다. 그래서 구실을 만들어 자신도 서촉 정벌의 공을 세우고자 하는 심사이다.'

방통은 끈질기게 유비에게 말했다.

"저도 천문을 조금 알고 있습니다. 천체의 운행을 헤아리니 올해가 주군께 대길은 아니지만 그렇다고 절대로 나쁜 해도 아닙니다. 서쪽에 항성이 있는 것도 알고 있었는데, 이는 드디어 주군께서 성도에 입성하는 징조입니다. 그러하니 서둘러 군사를 진군시키십시오. 황충과 위연을 부수에 계속 머무르게 하는 것은 하책일 뿐입니다."

유비는 방통의 말에 위안을 받고 다음 날 부성을 출발하여 전선으로 향했다. 그런 다음 장송에게서 받은 서촉 41주 두루마리를 펼치고 되뇌었다.

"낙성은 촉에서 가장 험하기로 이름난 요새인데, 이 난공불락의 성을 어떻게 깰 수 있을런지……."

그때 법정이 지도 한 장을 들고 왔다.

"낙산 북쪽에 한 갈래 비밀 통로가 있습니다. 그 길을 넘으면 낙성의 동문에 이릅니다. 또 저 산맥 남쪽에도 작은 길이 있는데, 그 길을 넘으면 낙성의 서문에 이른다고 합니다. 이 지도와 장송의 지도를 비교해 보십시오."

유비가 지도를 면밀히 비교해보자 법정의 말 그대로였다. 유비는 자신감과 믿음이 생겼다.

"두 편으로 나눠 갑시다. 군사는 북쪽 길로 진군하시오. 나는 남쪽에서 산맥을 넘어갈 테니, 서로 낙성에서 합류합시다."

유비의 말에 방통은 못마땅한 표정을 지었다. 북쪽 산길은 넓고 험하지 않았지만, 남쪽 산길은 좁고 많이 험했기 때문이다. 방통의 안색을 본 유비가 덧붙여 말했다.

"어젯밤 꿈에 신령이 나타나 쇠로 된 여의如意로 내 오른쪽 어깨를 때렸소. 그런데 꿈에서 깬 아침까지도 어깨가 아팠소. 그래서 군사의 신변이 걱정되어 그리한 것이오. 실은 나는 군사가 부성에 남아 지키는 편이 더 좋다고 생각하오."

방통은 유비의 말을 일소에 부치고 출발 준비를 서둘렀다. 그런데 출발 날 아침, 방통의 말이 갑자기 미쳐 날뛰다 오른쪽 앞다리가 부러졌다. 그 바람에 방통까지 말에서 굴러떨어졌다.

방통이 낙마한 것을 본 유비가 말에서 내려 그를 일으켰다.

"군사, 어찌 이런 좋지 않은 말을 타는 것이오? 말을 바꾸는 게 어떻겠소?"

방통은 허리를 주무르며 일어섰다. 그러고는 고개를 갸웃거리며 말했다.

"오랫동안 타왔던 말인데, 일찍이 이런 일은 없었습니다."

유비의 얼굴빛이 갑자기 어두워졌다. 출정을 앞두고 그런 일이 생긴 것은 절대로 좋은 징조가 아니었다. 유비는 자신이 타고 있던 백마의 고삐를 잡아끌고 와서 말했다.

"군사, 이 말을 타시오. 이 말이라면 앞으론 그런 일이 없을 것이오."

주군의 배려에 감격한 방통은 눈에 눈물이 고였다. 방통은 유비에게 절을 하며 감사를 표했다. 그리고 백마로 갈아타고 유비와 헤어져 북쪽의 대로로 들어섰다. 후일 생각해보면, 진군하기 쉬운 대로로 들어선 것이 오히려 방통에게 일생일대의 화근이었다.

촉군의 명장 장임과 용장 오의, 그리고 유괴 등의 장수들은 냉포를 잃은 원수를 갚기 위해 낙성안에서 머리를 맞대고 논의를 시작했다.

그때 척후병에게서 유비의 대군이 남북 두 길로 나뉘어 진군해오고 있다는 보고를 받았다. 그러자 장임이 다른 장수와 작전을 짰다.

장수는 곧바로 건장한 사수 3천 명을 뽑아 산길의 험로에 매복시키고 척후의 다음 보고를 기다렸다. 이윽고 척후가 숨을 헐떡이며 뛰어와서 적이 나타났다고 보고했다.

"말씀하신 대로 이곳으로 오고 있는 적군의 대장은 백마를 타고 있습니다. 지금 적군들이 적장의 지휘 아래 땀을 뻘뻘 흘리며 이곳으로 올라오고 있습니다."

그 말을 들은 장임이 무릎을 치며 기뻐했다.

"백마에 탄 자가 바로 유현덕이다. 이곳으로 가까이 오면 오로지 백마만을 노려 활을 쏘거라."

장임은 3천 명의 사수에게 명령하고 적이 나타나기만을 기다렸다.

늦은 여름이라 폭염이 산천을 가득 덮고 있었다.

방통의 부대는 벌과 모기에 쏘이며 열 발짝 걷고 숨 한 번 쉬고 스무 발짝 걷고 땀 한 번 닦으며 산길을 올라왔다. 그러다 문득 앞쪽을 올려보았는데, 양쪽의 절벽이 맞닿을 듯 들어섰고 나뭇가지는 서로 뒤엉켜 하늘을 가릴 듯 울창한 산길이 펼쳐져 있었다.

방통은 그늘로 들어가 한숨 돌리며 땀을 식혔다. 그러고는 도중에 포로가 된 적병에게 물었다.

"이렇게 험한 산길은 촉 말고 다른 곳에는 없을 것이다. 그런데 이곳의 지명은 무엇인가?"

"낙봉파落鳳坡라고 합니다."

"뭐라? 낙봉파?"

방통은 갑자기 얼굴빛이 바뀌었고 말을 멈추었다.

"내 도호가 봉추인데, 낙봉파라니! 참으로 불길하구나."

방통은 말 머리를 돌리고 급히 채찍을 들어 올려 전군에게 고함쳤다.

"퇴각하라. 길을 바꿔 다른 곳으로 넘어라."

그 순간 갑자기 산골짜기가 무너질 듯한 포성이 울렸다.

"앗!"

몸을 숨길 시간도 없이 화살이 날아왔다. 빗발치듯 쏟아지는 화살에 백마가 붉게 물들었고, 봉추 방통도 백마와 함께 쓰러졌다. 그때 방통의 나이는 불과 서른여섯으로 한창때였다.

백마를 탄 사람이 유비라고 생각했던 장임은 멀리서 방통의 죽음을 보고는 기뻐하며 명령했다.

"유비가 죽었다. 수장을 잃은 형주의 잔병들을 한 놈도 남기지 말고 모조리 죽여라."

촉의 병사들은 산을 뒤흔드는 함성을 올리며 어쩔 줄 몰라 허둥대는 방통의 군사들에게 달려들었다. 형주의 병사들은 가마솥 안 고기처럼 그저 도망치기 바빴다. 산을 기어오르고 골짜기를 향해 도망치던 병사들은 원숭이처럼 민첩한 촉의 군사들에게 쫓기다 그들의 칼과 창에 죽임을 당했다.

한편 방통의 중군보다 앞서 가던 위연은 뒤에서 전투가 벌어졌다는 전령을 받았다. 그는 적이 선봉과 주력의 연결을 끊으려고 작전을 쓰는 거라고 생각하고 진로를 돌려 돌아왔다. 그런데 바위산의 허리를 깎아 만든 동문洞門 앞에 이르자 장임의 군사가 불시에 모습을 드러내더니 화살을 쏘며 바위를 던졌다.

"복병이다."

"사람과 말의 시체와 암석으로 동문이 막혀버려 뒤로 돌아갈 수도 없습니다."

전방에 있던 병사가 뛰어와 외치자 위연이 생각했다.

"이렇게 된 이상 낙성까지 돌파하여 남쪽 길을 넘고 있는 주군의 본군과 연락을 취하는 것이 좋겠다."

위연은 말을 돌려 예정했던 진로로 계속 나아갔다.

마침내 낙산을 넘어 서쪽 기슭을 향해 내려가자 낙성의 서곡륜西曲輪이 보이고 아미문蛾眉門, 사월문斜月門, 철귀문鐵鬼門 등의 날카롭게 솟은 지붕들이 산을 배경으로 위용을 드러냈다.

형주군이 모습을 보이자 촉의 군사들이 북과 징을 울리며 쏟아져 나와 위연을 둘러쌌다.

적장은 오란과 뇌동이었다. 중군을 뒤에 남기고 선봉만으로 적지에 들어온 위연과 군사들은 죽음을 각오하고 적과 맞서 싸웠다. 그러자 뒤쪽 산에서 북소리와 함성이 울리더니 한 장수가 칼과 창을 든 병사들을 앞세우고 들이닥쳤다. 위연은 순간 유 황숙의 군대라고 생각했지만 그것은 장임의 군대였다. 마침내 위연도 포기할 수밖에 없었다. 그때 남쪽 산길에서 또 다른 군대가 나타났다.

"황충이 여기에 왔으니, 위연은 안심하라."

황충의 선봉이 달려왔고 조금 후 유비의 중군도 모습을 드러냈다.

그때부터 쌍방의 싸움은 백중지세로 변했다. 하지만 유비는 방통의 모습이 보이지 않는 것을 의심쩍게 생각하며 일단 부성으로 퇴각을 명했다.

부성을 지키고 있던 관평과 유봉 등이 유비를 맞이했다. 하지만 유비가 성안으로 들어서자 비참한 소식이 그를 기다리고 있었다.

"방통 군사께서 산속 낙봉파라는 곳에서 무참히 죽임을 당했습니다."

그곳에서 도망쳐온 병사들이 유비에게 말했다. 유비의 비통한 심정은 말할 필요도 없었다.

"아, 그 많은 징조들이 바로 이것을 말한 것이었던가!"

금성이 나타날 무렵, 유비가 제단을 쌓고 죽은 방통의 혼백을 부르자 모든 형주군이 머리를 조아리고 눈물을 흘렸다.

위연과 유봉 등 젊은 장수들은 설욕을 다짐했다. 하지만 유비는 성문을 굳게 닫아걸고는 절대로 밖으로 나가지 말라고 명했다. 그리고 공명에게 일각이라도 빨리 촉으로 오라는 서신을 썼다. 관평은 서신을 가지고 서둘러 형주로 갔다.

87
촉으로 가는 두 갈래 원군

낙봉파에서 방통이 죽자 유비는 부성에서 고립무원에 빠지고, 공명은 형주성
방비를 관우에게 맡기고 유비를 구하기 위해 군사를 수륙으로 나눠 촉으로 향한다

칠월 칠석 저녁, 거리마다 붉고 푸른 등이 한가득 내걸려 있었다.

공명은 주군 유비를 대신해 제례를 주관하고 주연을 열어 부장들과
자리를 함께했다. 그런데 깊은 밤, 커다란 별 하나가 빛의 꼬리를 물고
서쪽 하늘로 날아가는 듯하더니 하얀 빛을 남기며 어느 순간 땅으로
떨어졌다.

"아, 파군성破軍星! 아, 슬프구나."

공명이 술잔을 떨어뜨리며 외쳤다. 주변에 있던 사람들이 깜짝 놀라
물었다.

"군사, 어찌 그리 슬퍼하십니까?"

"오늘부터 제공들은 모두 멀리 나가지 마시오. 반드시 며칠 사이에 나쁜 소식이 올 것이오."

과연 그로부터 7일 후, 유비의 사자인 관평이 왔다.

"군사 방통께서 돌아가셨습니다. 주군과 형주군은 부성에 갇혀 고립 무원, 진퇴유곡의 형상입니다."

관평은 유비의 서신을 꺼내 공명에게 건넸다. 공명은 그것을 읽고 눈물을 흘렸다. 그리고 이내 주군을 구하러 갈 준비를 명했지만 자신이 떠난 뒤 형주성의 방비를 걱정하지 않을 수 없었다.

"관운장, 귀공이 관평과 함께 성의 방비를 맡아 동오에 대비하고 북의 조조를 막아 한 치의 땅도 빼앗기지 말고 지켜주시오. 이 일이야말로 촉에 들어가 싸우는 것 이상으로 막중한 일이니, 운장이 아니면 맡을 수 없는 듯하오. 그 옛날 도원결의의 정을 생각해서라도 전력을 다해주시오."

공명의 말을 들은 관우가 말했다.

"군사의 말씀에 어찌 따르지 않을 수 있겠습니까. 뒷일은 제게 맡기시고 어서 서둘러 촉으로 떠나십시오."

공명이 유비에게서 받은 형주 총수의 인장을 관우에게 건넸다. 그러자 관우가 머리를 숙여 인장을 받아들고 말했다.

"안심하십시오. 일국의 대사를 관장함에 있어 잠시라도, 또 설사 죽는 한이 있더라도 이 한 몸 다 바칠 것입니다."

하지만 공명의 표정은 그리 밝지 않았다. 관우가 죽음을 가벼이 입에 담은 게 마음에 걸렸던 것이다. 공명이 관우에게 시험 삼아 질문을 했다.

"그럴 일은 없겠지만, 만일 오의 손권과 북의 조조가 동시에 형주를 공격해오면 어떻게 막을 생각이시오?"

"물론 군사를 둘로 나눠 두 방향에서 맞서 물리쳐야겠지요."

"위험하오. 내가 귀공에게 여덟 글자를 알려드리겠소."

"여덟 글자라니요?"

"북거조조北拒曹操 동화손권東和孫權, 즉 북의 조조와는 싸우고 동의 손권과는 화친한다는 뜻이오. 절대 잊지 마시오."

"가슴 깊이 명심하여 절대 잊지 않도록 하겠습니다."

"부탁하오."

공명은 관우를 보좌하는 문관으로 이적, 미축, 향랑, 마량을, 무장으로 관평, 주창, 요화寥化, 미방 등을 임명한 후 출발했다. 공명이 이끌고 간 형주의 군사는 불과 만 명도 되지 않았다. 그들은 장비를 대장으로 하고 협수峽水의 수로와 험산嶮山의 육로 두 편으로 나눠 진군했다.

"장비는 파군巴郡을 거쳐 낙성의 서쪽으로 오시오. 나는 조운을 선봉으로 배편을 통해 낙성 앞으로 나갈 것이오."

공명은 그렇게 말하고는 들판에서 술자리를 마련했다.

"어느 쪽이 먼저 낙성에 도착할지 선진을 겨루어봅시다."

공명은 잔을 들고 서로의 건승을 기원했다.

장비와 헤어지기 전 공명은 장비에게 충고를 했다.

"촉에는 용맹하고 영민한 장수들이 많소. 장군 같은 호걸이 몇이나 된다오. 더군다나 산곡이 험하니 가벼이 몸을 움직여서는 안 되오. 또 부하들을 잘 단속하고 경계하여 혹시라도 백성들의 물건을 훔치거나 학대해서는 안 될 것이며, 항상 덕으로 백성들을 대하도록 하시오. 장졸들을 엄히 다스리는 것은 좋으나 그렇다고 사사로이 채찍을 휘둘러서는 아니 될 것이오. 그러한 연후에 선공을 세우시길 바라오."

장비는 공명에게 공손히 인사한 후 먼저 씩씩하게 출발했다. 장비가 이끄는 만 명의 군사는 한천을 휩쓸었지만 군령을 잘 지키고 약탈이나 살육 등 조금의 악행도 하지 않았다. 그러다 보니 그들이 가는 곳의 군사와 백성은 장비의 깃발을 보고는 모두 투항해왔다.

이윽고 장비의 군사는 파군(중경重慶)에 이르렀다. 촉의 명장 엄안嚴顔은 늙었지만 강한 활과 큰 칼을 잘 쓰고 선비의 지조가 높은 사람이었다. 성 밖 10리에 이르자 장비가 엄안에게 사자를 보내 고했다.

노장 엄한은 어찌 내 기를 보고 성을 나와 항복하지 않는가.
때를 놓치면 성곽이 부서지고 성안은 온통 피로 물들 것이다.

엄안은 장비의 이야기를 가소롭게 여겼다. 그는 사자의 귀와 코를 자른 후 사자를 성 밖으로 내쫓았다. 그 사실을 알게 된 장비가 벼락같이 화를 냈다.

"두고 봐라. 오늘 안에 파성의 기와와 벽돌을 다 재로 만들어버릴 것이다."

장비는 앞장서서 말을 달려 해자 앞에 이르렀다. 그런데 엄안은 성문을 굳게 닫고 방루를 견고히 하고는 싸움에 응하지 않았다. 그뿐 아니라 성루에서 고개를 내밀고 장비에게 욕설만 퍼부었다. 해가 질 때까지 장비가 맹공을 가했지만 좀처럼 성을 함락시킬 수 없었다.

병사들이 몇 번이나 성벽에 달라붙어 기어올랐지만 그때마다 화살을 맞고 해자로 떨어져 죽었다.

마침내 장비는 그곳에서 야영을 한 뒤 다음 날 일찍 다시 공격을 가했다. 그러자 성루 위에 엄안이 처음으로 모습을 드러내더니 장비를 놀려댔다.

"사자를 보내 성안을 피로 물들이겠다고 해놓고 어찌 된 일이냐? 참으로 고생이 많구나."

장비의 얼굴이 붉은 칠을 한 것처럼 불타올랐다.

"내 너를 산 채로 잡아 그 고기를 씹어 먹어주마."

장비가 말을 끝낸 순간, 엄안이 쏜 화살 한 대가 바람을 가르며 날아왔다. 장비는 깜짝 놀라 말갈기 가까이 몸을 숙였다. 화살은 장비의 투구 정수리에 맞고 튕겨져나갔다. 다행히 투구를 관통하지 않았지만, 심한 충격으로 머리가 흔들리고 눈에서 불이 이는 듯 어지러웠다.

"과연 촉에 인걸이 많구나."

장비가 적에게 감탄한 것은 드문 일이었다. 장비는 적을 인정하면서 단순히 힘만으로 성을 공격하는 것이 얼마나 힘들고 효과가 적은 일인지 깨닫게 되었다.

성 한쪽에 상당히 높은 구릉지가 있었다. 장비는 그곳에 올라 성안을 살펴보았다. 그랬더니 적의 배치와 대오가 정연하고 훌륭했다. 장비는 목소리가 큰 부하를 선발해 그곳에서 성안을 향해 온갖 험담과 욕설을 하게 했다.

하지만 성안에서는 아무도 나오지 않았고 상대도 하지 않았다. 병사를 접근시켜 적을 유인해보고, 거짓으로 도망치다가 적병이 쫓아오면 사로잡고 그들이 나온 문으로 돌격도 해보았지만 모두 실패했다.

"장비의 전법은 마치 어린아이의 전쟁놀이 같구나."

엄안은 웃으면서 장비를 지켜볼 뿐 좀처럼 장비의 계책에 빠져들지 않았다.

* * *

백 가지 계책이 소용없을 때, 그 고뇌로부터 한 가지 계책을 얻는 경우가 있다. 장비는 계책 하나를 떠올린 후 군사 8백 명을 모아놓고 명령했다.

"너희는 지금부터 낫을 들고 산에 가서 말에게 먹일 풀을 베어오라. 가능한 파성의 뒷산 깊은 곳에 있는 풀이어야 한다."

낫을 든 벌초 부대는 각자 흩어져 성의 뒷산으로 들어갔다. 다음 날도, 또 그다음 날도 벌초 부대는 풀을 베어 날랐다.

그 소식을 들은 성안의 엄안이 의아해하며 말했다.

"장비가 대체 무슨 생각으로 갑자기 산의 풀을 거두어들이고 있는 것인가?"

엄안은 장비가 아무리 성 밖에서 싸움을 걸어도 성문을 굳게 닫고 상대도 하지 않았다. 그러다 보니 성을 함락시킬 방법이 없었던 장비는 무척 곤란해하고 있었다. 그런 장비가 갑자기 공격을 늦추고 산속에 병사를 들여보낸 까닭이 무엇인지 알 수가 없었다.

엄안은 열 명의 척후를 뽑은 뒤 그들에게 저녁 무렵 낫을 들고 성 뒷문으로 모이라고 명했다.

"오늘 밤 뒷산에 숨어 있다가 새벽에 장비의 군사들이 오면 그들 틈에 섞여 들어가 적의 본진으로 잠입하라. 그리고 그들이 무엇을 하는지 알아낸 뒤 탈출하여 내게 보고하라. 제일 먼저 정확한 정보를 가져온 순으로 큰 상을 내리겠다."

장비의 벌초 부대로 변장한 엄안의 밀정들은 몰래 성을 나가 뒷산에 숨어들었다.

다음 날 저녁, 장비의 병사들이 말 등에 풀을 쌓고 본진으로 돌아가는데, 누군가가 장비에게 물었다.

"장군, 결코 이 일을 하기 싫어서 말씀을 드리는 게 아닙니다. 낙성을 통과하는데 왜 굳이 길이 없는 곳을 개척해야 합니까? 파성의 뒤쪽에서 파군의 서쪽으로 이어지는 지름길을 발견했는데, 어찌 그 샛길을 이용하지 않으십니까?"

그러자 장비가 처음 듣는 이야기처럼 눈을 크게 뜨고 말했다.

"뭐라, 그런 지름길이 있었단 말이냐? 너는 어찌 그런 길이 있다는 것을 알면서도 지금에서야 말하느냐?"

장비의 고함은 아군 진영을 뒤흔들 만큼 요란했다.

"우리의 목적은 오직 낙성이다. 한시도 지체할 수 없으니, 파성 따위는 개의치 말고 어서 진군할 채비를 하여라."

급작스러운 군령에 장비 진영의 군사들은 야단법석을 떨며 뛰어다녔다.

엄안의 밀정은 이경에 밥을 지어 먹고, 삼경에 병마의 대오를 정렬하여, 사경에 산의 샛길로 빠져나간다는 장비의 계획을 알아낸 뒤 저녁 무렵 탈출하여 성안으로 돌아왔다.

제일 먼저 돌아온 밀정부터 그 뒤를 이어 돌아온 밀정들까지 모두 엄안에게 똑같이 보고했다.

"우리가 성 밖으로 나가 싸우지 않자 드디어 장비가 지름길을 이용해 낙성으로 가려는구나. 어리석은 장비, 그것이야말로 내가 바라던 바다."

엄안은 성의 모든 군사를 두 편으로 나눠 샛길 요소요소에 병사들을 매복시켜놓았다. 그러고는 부장들에게 장비의 선진과 중군이 산을 넘을 무렵 병참을 실은 말과 수레가 그들의 후진에 있을 것이니, 북소리를 신호로 일시에 달려들어 적진을 양단한 후 섬멸하라고 지시했다.

이윽고 적의 선봉과 중군이 무성한 나무들을 헤치고 지나갔다. 그 속에 장비의 모습도 보였다. 그렇게 그들이 지나간 후 병참 부대의 모습이 나타났다. 엄안은 북을 울려 공격 신호를 보냈다.

복병이 함성을 올리며 먼저 적의 행군을 양단하고 후미의 병참 부대를 포위했다. 그런데 놀랍게도 앞서 지나간 중군에 있어야 할 장비가 병참 부대 속에서 큰 소리로 외치며 뛰어나왔다.

"늙은 엄안아, 잘 왔다."

엄안은 깜짝 놀라 하마터면 말에서 굴러떨어질 뻔했다. 다시 자세를 고치고 돌아보니 호랑이 수염을 한 장비가 틀림없었다. 앞서 중군을 이끌고 지나간 사람은 사실 장비가 아니었다. 장비가 부하들 중 자신과 닮은 사람을 뽑아 위장을 시킨 것이었다.

"장비, 드디어 만났구나. 거기 꼼짝 말거라."

엄안은 부하들 앞에서 굴하지 않고 장비의 장팔사모를 향해 용감하게 달려들었다. 장비는 그런 엄안을 비웃으며 한쪽 손을 뻗어 엄안의 갑옷 끈을 붙잡았다. 그런 다음 자신의 부하들을 향해 엄안을 내던졌다.

하지만 무예에 조예가 깊은 노장 엄안은 바로 자세를 갖춰 일어나 주위의 적들과 맞서 싸웠다. 그렇다 해도 나이는 속일 수 없었는지 곧 힘이 다하여 적들의 밧줄에 사로잡혀버렸다. 선봉대도 바로 돌아와서 엄안의 병사들을 포위했다.

"엄안은 이미 포로로 사로잡혔다. 항복하는 자는 살려주고 계속 싸우는 자는 사지를 찢어 늑대 밥으로 던져줄 것이다."

장비의 말이 끝나자마자 적병 중 절반 이상이 앞다퉈 갑옷과 칼을 내던지고 항복했다.

파성을 함락시킨 장비가 성으로 들어가 세 가지 법을 선포했다. 그것은 백성을 해하지 말고, 성안의 문물을 파괴하지 말고, 옛 군신과 백성을 존중하라는 것이었다. 파성의 사람들은 소문으로는 무서웠던 장비가 실제로는 자신들을 위하자 장비의 말을 잘 따랐다.

장비는 엄안을 끌고 오라 이른 다음 청상廳上에 올라앉았다.

잠시 뒤 엄안이 장비의 앞에 끌려왔다. 그런데 엄안은 무릎을 꿇지 않았다. 장비가 큰 소리로 질타했다.

"그대는 예도 모르는가?"

엄안이 비웃으며 말했다.

"나는 적에게 취하는 예를 모른다."

"늙은 필부가 참으로 간사하구나. 지금 당장 항복하지 않으면 그 목을 칠 것이다."

"어디 마음대로 하라. 하하, 내 목과 오랜 세월을 함께해왔는데, 이제 안녕을 고해야겠구나. 장비야, 어서 내 목을 쳐라."

엄안은 자신의 목을 내밀었다. 그런데 장비가 갑자기 그의 뒤로 가더니 밧줄을 풀었다. 그런 다음 엄안의 손을 잡고 대청 위로 이끌더니 무릎을 꿇고 절을 했다.

"엄안, 그대는 진정한 무장이오. 사람의 절의를 더럽히는 것은 내 절의를 더럽히는 것과 같소. 이제까지의 무례를 용서해주시오."

"그대가 절의를 아는가?"

"그대도 유현덕과 관우와 이 장비의 도원결의를 들어보았을 것이오."

"아, 물론 들었소. 그대가 이러한데, 유현덕과 관우는 얼마나 절의를 중히 여기는 사람이겠는가!"

"부디 촉의 백성들을 위해 유비 형님을 도와주시지요."

엄안은 장비의 절의에 감복해 드디어 항복을 맹세한 후 성도에 들어갈 계책 하나를 가르쳐주었다.

"이곳에서 낙성까지 가는 데 크고 작은 관문이 서른여섯이나 있소.

그저 힘으로만 밀어붙이려고 한다면 백만 대군이라 해도 3년은 넘게 걸릴 것이오. 하지만 내가 선두에 서서 설득하면 그들도 투항해올 것이오."

실제로 엄안이 선봉에 서서 나아가자 관문이 열리고 길이 열려 피를 한 방울도 보지 않고 통과할 수 있었다.

* * *

7월 10일, 공명이 형주를 출발할 때 보낸 답신이 유비에게 도착했다.

"수륙 두 편으로 나눠 촉으로 출발했다 하니, 과연 언제쯤 공명과 장비가 도착할지……."

부성에 틀어박힌 유비는 하늘만 쳐다보고 있었다. 어느 날, 그런 유비에게 황충이 자신의 생각을 이야기했다.

"황숙, 근래 아군이 부성을 나가지 않자 촉병도 마음이 풀어져 있는 듯합니다. 아마도 공명의 원군이 도착하면 적들도 다시 전의를 다지며 진용을 바로 갖출 것입니다. 허송세월하며 원군의 도착을 기다릴 게 아니라 저들의 허점과 풀어진 마음을 틈타 공격해 승리를 거두면 조금이라도 빨리 성도 입성을 이루지 않을까 싶습니다."

황충의 말을 들으니 유비도 마음이 움직였다. 척후병들도 황충의 말을 뒷받침했다. 드디어 유비는 야음을 틈타 군사를 이끌고 기습을 감행했다.

예상대로 야전에 진을 친 적들은 깜짝 놀라 도망치기 바빴다. 유비군은 막대한 군량과 병기를 노획하며 적들을 낙성 아래까지 몰아붙였다.

패주한 적들은 모두 성안에 숨어서 사대문을 닫아버렸다. 그들은 촉의 명장 장임의 명령을 잘 따르는 듯했다.

낙성의 남쪽에는 두 갈래의 산길이 있고, 북쪽은 부수의 큰 강에 닿아 있었다.

사흘 동안 유비가 서문을, 황충과 위연의 두 부대가 동문을 공격했지만 꿈쩍도 하지 않았다. 그렇다고 크게 피해를 주지도 못했다.

촉의 장임은 오란과 뇌동 두 장수에게 이젠 때가 된 듯하다고 말했다. 그러자 그들도 고개를 끄덕였다. 사실 그들은 지금까지 정말로 싸운 게 아니었다. 유인책을 써서 적들을 끌어낸 뒤, 유비군이 지치기를 기다렸던 것이다.

촉병은 남쪽 산의 샛길을 이용해 우회해서 들판으로 내려왔다. 또 북문을 나와 강에 배를 띄워 한밤중에 강 건너편으로 오른 후 유비의 퇴로를 끊기 위해 숨을 죽이고 기다렸다.

"성의 방비는 백성만으로도 좋다. 일부 병사만 남기고 모두 성을 나와 유비의 군사들을 모조리 섬멸하라."

장임은 마침내 봉화가 오르자 징과 북을 울리고 함성을 지르며 일시에 성문을 열었다.

며칠 동안 공격하느라 지친 유비의 군사들이 저녁밥을 지어 먹고 있을 때였다. 흡사 황하강이 무너지듯 적들이 밀물처럼 밀려들었다. 아무런 방비가 없었던 유비의 군사들은 대적할 틈도 없이 사방으로 도망치기 시작했다.

하지만 그들 앞에는 산과 강을 우회하여 기다리던 촉병들이 진을 치고 있었다. 오란과 뇌동의 부대는 닥치는 대로 적들을 쓰러뜨렸다.

"아, 내 어찌 이것을 깨닫지 못했단 말인가!"

유비는 비통한 얼굴을 말갈기에 숨긴 채 정신없이 도망쳤다. 그의 주위에는 아무도 없었다. 가을바람이 불고 푸른 별이 총총 떠 있을 뿐이었다.

유비는 피곤에 지친 말에 채찍을 가하며 간신히 산길로 들어섰다. 하지만 뒤에서는 촉병의 목소리가 끈질기게 따라오고 있었다. 골짜기와 봉우리에서도 적들의 목소리가 들렸다.

"하늘도 나를 버리시는구나."

유비가 눈물을 흘렸다. 그때 갑자기 산 위에서 군사들이 달려왔다. 유비는 눈물을 훔치며 조용히 마지막을 준비했다.

"적의 수장으로 보인다. 생포하라."

달려오는 군마 속에서 외치는 소리가 들렸다. 그리고 귀에 익은 또 다른 목소리가 들렸다.

"잠깐, 잠깐 기다려라."

한 사람이 병사들을 제지하며 유비의 곁으로 달려왔다. 바로 장비였다.

"아니, 그대는 장비가 아닌가?"

"아! 형님 아니십니까?"

장비는 말에서 뛰어내려 유비의 손을 잡고 눈물을 흘렸다. 촉병은 산중턱까지 쫓아왔다. 사태가 급박해지자 장비는 즉각 전군에게 공격

태세를 갖추게 한 다음 반격하여 적을 물리쳤다.

촉장 장임은 어디선가 새로운 군사가 홀연히 나타나 닥치는 대로 아군을 공격하자 당해내지 못하고 성 밑까지 쫓겨왔다.

"다리를 내리고 성문을 닫아라."

장임은 군사를 수습하여 성으로 들어간 뒤 문을 굳게 걸어 잠갔다.

그날 이후 사람들은 말했다.

"그날의 패전으로 유 황숙의 목숨이 다했는데, 엄안의 안내를 받아 낙성에 당도한 장비의 원군과 마치 약속이라도 한 듯 조우하여 구사일생 목숨을 부지한 것은 단순히 기적이나 우연이 아니다. 이는 태어나면서부터 훗날 천자가 될 홍복을 지녔기 때문이다."

어찌 됐든 유비는 무사히 부성으로 돌아왔다. 장비가 유비에게 엄안의 공로를 이야기하자 유비가 기뻐하며 말했다.

"노장군, 그대의 공이 아니었다면 제 동생이 이렇게 빨리 서른 곳의 관문을 뚫고 올 수 없었을 것이오."

엄안의 덕분으로 서른 곳이 넘는 성을 무혈로 통과할 수 있었고, 장비의 병력도 어느덧 몇 배로 늘어날 수 있었던 것이었다. 그 결과 부성의 병력은 갑자기 우위를 차지하게 되었다.

촉의 오란과 뇌동은 그런 사실을 모르고 며칠 후 낙성을 나와 부성을 공격하러 왔다. 그들은 장비와 황충, 위연이 짜놓은 교묘한 생포 작전에 완전히 속아 넘어갔고, 결국 유비 앞에서 항복을 하게 되었다.

낙성에 있던 오의와 유괴는 오란과 뇌동의 한심한 행동에 이를 갈며 분통을 터뜨렸다.

"이렇게 된 이상 누가 이기든 일전을 겨룰 준비를 해야겠다. 어서 성도에 사태의 급박을 알리고 군사를 더 보내달라 청하도록 하자."

장임이 침통하게 말했다.

"그도 좋지만, 우선 이렇게 해보는 건 어떻습니까?"

장임은 붓을 들어 작전도를 그리며 무언가를 속삭였다.

다음 날, 장임은 한 무리의 군사를 이끌고 성문을 나섰다. 그것을 본 장비가 장팔사모를 휘두르며 달려들었다. 장임은 10여 합을 싸운 뒤 도망치기 시작했다.

성의 북쪽 지형은 산기슭에서 골짜기로, 또 부수의 강기슭으로 이어져 대단히 복잡했다. 지리를 잘 모르는 장비는 결국 장임의 행방을 놓치고 소수의 병사와 함께 길을 찾아 헤맸다. 그때 갑자기 북소리가 들렸다.

"저기 호랑이 수염을 한 자를 잡아라."

갑자기 나타난 촉병이 장비의 부하들을 몇 겹으로 에워싸더니 모조리 죽이고 말았다. 장비는 혼자 간신히 탈출하여 부수 쪽으로 도망쳤다. 오의는 비겁하다고 소리치며 장비를 쫓다가 갑자기 제방을 넘어 달려온 장수와 몇 합 싸우지도 못하고 사로잡혔다.

"장비, 내가 왔소이다. 말 머리를 돌려 함께 적을 섬멸하지 않겠는가?"

장비가 누군지 의아해하며 돌아보자 도중에 공명을 따라간 상산 조자룡이었다.

장강에서 협수로 접어들어 배편으로 천 리를 거슬러 올라온 공명의 군사가 드디어 부수의 강가에 도착한 것이었다.

적을 물리친 조자룡에게 장비가 물었다.

"그럼, 군사는 벌써 부성에 들어가 계신가?"

조자룡이 그렇다고 하자 장비도 급히 서둘러 부성으로 돌아왔다. 조자룡은 입성의 선물로 도중에 사로잡은 촉의 오의를 끌고 갔다.

유비가 오의에게 자신을 따르지 않겠느냐고 묻자 오의는 유비의 인품에 감복해 진심으로 항복했다.

공명도 오의에게 상빈의 예를 갖추고 물었다.

"낙성의 병력은 어느 정도인가? 유장의 적자인 유순을 돕고 있는 장임은 어떤 인물인가?"

오의가 대답했다.

"유괴와는 달리 장임은 지모와 지략이 뛰어난 장수입니다. 촉의 제일가는 명장이니 쉽사리 낙성을 함락시킬 수 없을 듯합니다."

"그럼 우선 장임을 사로잡은 연후에 낙성을 공격하는 것이 순리겠구려."

공명이 마치 탁상공론을 하듯 쉽게 말하자 오의가 의심스러운 눈초리로 공명의 얼굴을 바라보았다.

어느 날 공명은 오의의 안내를 받아 부근의 지세를 살펴본 후 위연과 황충을 불렀다.

"금안교 근교 5, 60리 사이에 갈대와 억새가 무성하니 병을 숨겨놓기 쉬울 것이오. 위장군은 철창을 든 군사 천 명과 함께 왼편에 숨어 있다가 적이 지나가면 일제히 달려들어 말에서 적병을 떨어뜨리시오. 또

황 장군은 언월도를 든 병사들과 오른편에 매복해 있다가 오직 말과 사람의 다리를 후려치시오. 장임은 상황이 불리해지면 반드시 동쪽의 산을 향해 도망칠 것이오."

공명은 장기판의 말을 움직이는 것처럼 말했고, 장비와 조자룡도 아무 말 없이 그의 말을 따랐다.

낙성 앞에서 북소리가 울렸다. 적에 대한 도전이었다.

망루에서 싸울 기회를 엿보던 장임은 적들의 후방에 지원군이 없는 것을 보고 공명이 병법에 어둡다고만 생각했다. 그래서 최대한 적들을 가까이 끌어들인 후 일제히 공격하여 물리치려 했다. 적병들이 해자에 바짝 다가와서 성벽으로 모여들었다.

"이때다! 공격하라."

장임의 명령에 병사들이 성문을 열고 밖으로 나왔다. 남북의 산기슭에 매복시켜놓았던 촉의 병사들도 붕익鵬翼을 펼쳐 적병들을 크게 에워쌌다. 유비군은 공격을 받고 뒤로 물러났다.

"지금이 기회이다."

장임이 드디어 선두에 나타났다. 그는 그때를 놓치면 형주군을 섬멸할 기회가 없다고 생각하여 자신이 직접 지휘에 나섰다. 그러고는 금안교를 넘어 2리 정도까지 싸우며 왔을 때였다. 장임이 문득 돌아보니 뒤쪽으로 적의 군사들이 보였다. 게다가 어느 틈에 금안교는 무너져 있었다.

"적장 조자룡이 뒤에 있으니, 방심하지 마라."

장임과 군사들이 당황하며 돌아가려는데 좌우의 갈대밭 사이에서 수많은 병사가 창을 들고 뛰쳐나왔다. 창에 찔린 병사들은 하나둘 쓰러져갔다. 병사들이 창을 피해 우왕좌왕하는 사이 이번에는 언월도를 든 군사들이 달려와 말과 사람의 다리를 후려치고 벴다.

"남쪽으로 퇴각하라."

하지만 이미 그곳에도 형주의 군사가 기다리고 있었다. 장임과 부하들은 어쩔 수 없이 부수의 지류를 따라 동쪽의 산지로 도망쳤다. 얕은 여울을 건너 간신히 건너편 들판으로 들어섰다. 그러자 한 무리의 군사가 깃발을 펄럭이며 한 대의 사륜거를 호위하고 있었다.

"수레 위에 앉아 부채를 들고 나를 부르는 자가 누구인가?"

장임이 부하에게 묻자 누군가가 군사 공명일 것이라고 대답했다.

"하하하, 저자가 공명인가."

장임이 어깨를 들썩이며 웃었다. 공명의 사륜거를 둘러싸고 있는 병사들이 늙거나 살이 쪄서 보기에도 약해 보였기 때문이다.

"내 앞에 있는 공명은 일찍이 내가 듣던 공명과는 너무 다르구나. 병법에 능하여 손자 이래 당해낼 자가 없다고 명성이 자자하더니, 저런 진영과 병사를 가지고 어찌 나를 당해낼 수 있단 말인가. 자, 어서 공격하라."

장임의 명령에 수천 명의 병사가 함성을 지르며 달려나갔다. 그러자 공명의 병사들이 우왕좌왕 물러서기 시작했다.

"공명은 게 섰거라."

장임은 공명을 사로잡는 게 너무나 쉬워 보여 적병은 안중에도 두지 않고 오로지 사륜거를 향해 달려들었다. 그리고 손을 뻗어 공명을 잡으려던 순간이었다. 그때 갑자기 밑에서 장임이 탄 말의 다리를 잡아챈 사람이 있었다. 장임은 쿵 하는 소리와 함께 말에서 떨어졌다. 그 순간 누군가 덤벼들었는데 무서운 힘을 지니고 있었다. 그들은 바로 병사들 속에 숨어 있던 위연과 장비였다. 무너져 내린 듯 보였던 금안교가 실은 완전히 파괴된 게 아니었다.

장임은 체념하고 상류 쪽 지천을 향해 도망쳤다. 그가 성 쪽으로 우회하여 바라보니 갈대밭에 있던 적군들이 사륜거를 에워싼 채 강을 건너 앞질러온 뒤 장임을 기다리고 있었다. 산과 골짜기로 도망쳤던 촉의 병사들은 칼에 맞아 죽거나 항복했다. 그중에는 며칠 전 성도에서 원군으로 온 탁응卓膺도 있었다.

장비, 황충, 위연 등의 장수들이 모두 공을 세운 뒤 그곳으로 집결했다. 활짝 핀 꽃봉오리처럼 전군이 합세한 유비의 진영은 실로 웅장했다.

"아아, 촉의 국운도 여기까지구나."

장임은 포로로 잡혀 이송되는 도중 하늘을 우러르며 길게 한숨을 쉬었다. 부성에 다다르자 장임은 유비의 앞으로 끌려갔다. 장임을 본 유비가 말했다.

"촉의 장수들은 모두 항복했으니, 장군 혼자 항복하지 말란 법도 없을 것이오."

"촉의 충신을 자처하는 내가 어찌 주군을 바꿀 수 있으리오."

장임은 의연히 거절했다.

유비는 그의 사람됨을 아까워하여 여러모로 그를 설득했다. 하지만 그는 좀처럼 유비의 말을 듣지 않았다. 보다 못한 공명이 유비에게 권했다.

"너무 강요하는 것도 충신에 대한 예가 아닙니다. 빨리 목을 쳐 그가 충절을 지킬 수 있게 하는 것이 자비로운 마음일 것입니다."

유비가 고개를 끄덕이는 순간 장임의 목이 날아갔다. 유비는 병사들을 시켜 그의 시신을 수습한 후 금안교 한쪽에 충혼비를 세워주었다.

이제 낙성은 유비의 군사들에게 완전히 포위되었다. 항복한 대장인 오의와 엄안 등이 앞장서서 성안의 병사들을 설득했다.

"무익한 싸움은 오히려 성안의 백성들을 고달프게 할 뿐이다. 우리도 항복한 이상 너희가 무엇을 할 수 있겠는가? 괜히 헛되이 죽음을 재촉하지 말라."

그러자 성루 위에서 홀로 남은 장수인 유괴가 모습을 드러냈다.

"촉에서 받은 은혜를 저버린 자들이 무슨 말을 하는 것이냐."

그 순간 유괴가 성루에서 떨어지고 말았다. 누군가가 뒤에서 그를 민 것처럼 보였다. 그러더니 성문이 열렸다.

즉각 성 위에 유비의 깃발이 걸리고 성안에 있던 사람들 대부분이 항복을 했다. 유괴의 적자인 유순은 상황이 급변하자 병사 몇 명과 함께 북문을 나와 오로지 성도를 향해 도망쳤다.

"유괴를 성루에서 민 자는 누구인가?"

유비가 물었다.

"무양武陽 출신으로 자가 백공伯恭인 장익張翼입니다."

유비는 장익에게 큰 상을 내렸다.

                     ***

　낙성의 시가지는 예전의 평온을 되찾았다. 피난을 갔던 사람들도 속속 돌아와 팻말 앞에 모여 새로운 법령의 포고를 칭찬했다.

　공명이 마을의 분위기를 시찰한 후 유비에게 말했다.

　"주군의 공덕이 백성들에게까지 잘 이르고 있는 듯합니다. 이제 남은 일은 성도를 공략하는 일뿐인데, 서둘러서는 자칫 경을 칠 수 있습니다. 먼저 낙성을 중심으로 하여 부근의 주와 군의 백성들의 반감을 푼 뒤, 성도를 공략해도 늦지 않을 것입니다."

　공명의 말에 공감한 유비는 즉시 엄안과 탁응을 장비와 함께 파서巴西에서 덕양德陽 지방으로, 장익과 오의를 조자룡과 함께 정강定江에서 건위犍爲 지방으로 보내 민심을 안정시켰다. 그들이 지방 민심을 안정시키고 있는 사이에 공명은 항복한 장수들을 불러 성도 공략을 의논했다.

　"이곳 낙성에서 성도 사이에는 어떤 요새가 있는가?"

　항복한 장수가 대답했다.

　"먼저 요새라고 할 만한 것 중에는 면죽관綿竹關이 첫 번째입니다. 그 외에는 사람들의 왕래를 검문하는 검문소 정도로, 보잘것없습니다."

　그때 법정이 들어오더니 공명에게 말했다.

　"성도의 백성들도 곧 유 황숙께서 다스려야 할 자들입니다. 그러니 그들을 놀라게 하거나 전쟁으로 두려움에 떨게 하는 것은 바람직하지 않습니다. 먼저 어진 정치를 베푸시면서 서서히 은덕으로 민심을 얻어야 합니다. 저는 서찰을 가지고 성도의 유장을 설득하겠습니다. 유장도 민심이 멀어지는 것을 알게 되면 자연히 항복하지 않을까 합니다."

"그대의 말이 지극히 옳소이다."

공명은 법정의 생각을 크게 칭찬하고 그대로 따르기로 했다.

한편 성도의 백성들은 유비가 당장이라도 공격해올 거라고 생각하며 크게 동요했고, 유장도 소란스럽게 대책을 강구하고 있었다. 태수 유장을 중심으로 어떻게 형주군을 막을 것인지 의견이 분분했다. 그때 종사從事 정도鄭度가 열변을 토했다.

"나라가 위급하면 자연히 방어력은 몇 배로 늘기 마련입니다. 관민이 일치단결하여 결의를 다지면, 형주군 따위는 무서워할 필요가 없습니다. 이제껏 저들이 아무리 싸움에서 승리했다고 해도 점령지의 백성들은 아직 진심으로 유비에게 굴복한 것이 아닐 것입니다. 파서 지방의 농민들을 모두 부수 서쪽으로 이주시키고, 그곳에는 닭 한 마리도 남기지 말고, 논밭과 미곡을 불태우고, 물에는 독을 풀어 저들이 한 끼의 식량도 얻지 못하도록 조치하면, 필시 저들은 백 일 안에 굶어 죽을 수밖에 없을 것입니다. 그리고 성도와 면죽관 두 곳을 굳게 지키면서 밤낮을 가리지 말고 기습을 감행하면 겨울이 올 때쯤 유비의 군사들은 전멸당할 게 틀림없습니다. 다른 분들의 생각은 어떠하시오?"

모두 잠자코 있자 태수 유장이 입을 열었다.

"예전부터 국왕은 나라를 지켜 백성을 편안하게 해야 한다고 들었는데, 백성을 방랑하게 하고 적을 막는다는 얘기는 들은 적이 없다. 그것은 이미 패전의 책략과 마찬가지니 바람직하지 않다."

유장은 단번에 정도의 계책을 물리쳤다.

그때 법정이 보낸 서찰이 도착했다. 서찰에는 현재의 형세에 대한 설명과 지금 유비와 강화를 체결해야 하는 이유, 그리고 그것이 가문을 유지하는 현명한 일이라는 내용이 담겨 있었다.

"적과 내통하여 나라를 팔아먹은 역적이 또 내게 이런 망발을 늘어놓는구나."

유장은 화를 내며 사자의 목을 베어버렸다. 그리고 즉시 면죽관에 증원군을 보내고 가신인 동화董和의 권유를 받아들여 한중의 장로에게 급히 사자를 보냈다. 마침내 유장은 호시탐탐 촉을 노리는 한중에 읍소하여 원군을 부탁하는 궁여지책을 선택하고 말았다.

88
마초를 설복시키는 이회

장로에게 몸을 의탁한 마초는 가맹관을 공격하여 장비와 자웅을 겨루고,
촉의 이회는 공명을 찾아와 마초를 설득하여 항복시키겠다고 하는데……

홀연히 몽골고원에 나타나 오랑캐 강羌과 융戎을 규합하여 농서隴西
(감숙성甘肅省) 지방을 평정하고 세력을 키워나가는 무리가 있었다.

건안 18년 8월, 그 몽고군의 대장은 바로 조조에게 패한 후 자취를
감췄던 마등 장군의 아들 마초였다.

마초는 아버지의 원수를 갚기 위해 몽고족의 부락에 숨어 지내며 와
신상담 세력을 키워왔던 것이다.

"반드시 조조의 목을 쳐 아버지의 원수를 갚겠다."

마초는 가는 곳마다 적을 섬멸하며 그 세력을 키워나갔는데, 기현冀

縣의 성 하나를 쉽사리 함락시키지 못하고 있었다.

기성의 대장은 위강偉康이었다. 위강은 하후연에게 사자를 보내 원군을 기다렸지만 하후연은 승상의 허락이 없으면 병사를 움직이기 어렵다는 답을 보내왔다.

"이런 소수의 병력으로는 도저히 성을 지키기 어렵다. 아무런 도움도 되지 않는 아군을 믿고 기다릴 바에야 차라리 항복하는 게 좋겠다."

위강은 마침내 항복을 결심했다. 동료이자 참군參軍인 장수 양부楊阜가 완강히 반대하며 설득했지만 소용이 없었다. 마침내 위강이 성문을 열고 마초에게 무릎을 꿇고 말았다.

마초는 항복을 받아들여 성안으로 들어가자마자 위강과 그의 휘하 40여 명을 잡아들여 목을 쳤다.

"이제야 항복하는 자는 의義를 모르는 자이고 우리에게도 도움이 되지 못할 것이다."

그러자 신하 한 명이 마초에게 말했다.

"양부는 어찌 목을 치지 않으십니까? 저자는 위강에게 간하여 항복을 반대한 역적입니다."

"양부는 의를 아는 자이니 목을 칠 수 없다."

마초는 양부를 참군으로 삼아 기성의 수비를 맡겼다. 양부는 마음속 깊이 생각한 게 있어 겉으로는 마초를 따르는 척했다.

그러던 어느 날, 양부는 마초에게 며칠 동안 휴가를 청했다.

"제 아내가 두 달 전에 고향인 임조臨洮에서 죽었는데, 아직 장례도 치르지 못했습니다. 제가 가서 장례를 치르고 올 수 있도록 허락해주시길 청합니다."

마초는 즉시 다녀오라며 허락했다.

양부는 고향으로 돌아갔다. 하지만 그의 목적은 역성歷城에 있는 고모를 만나는 것이었다. 그녀는 정절을 지키는 열녀로 알려져 있었다.

양부는 고모를 보자 면목이 없다며 바닥에 엎드려 통곡했다.

"지금 제 몸은 적의 수하에 있지만 마음까지 그런 것은 아닙니다. 제가 여기 온 것은 다른 뜻이 있어서입니다."

"양부야, 어찌 그렇게 통곡하느냐? 인간은 마지막에 그 진심을 보이면 되는 것이다. 살아생전의 칭송과 비방 등에 얽매이지 마라."

"제가 통곡하는 것은 부끄러움 때문이 아닙니다. 고모님의 자제분인 형님께 분개했기 때문입니다."

"아니, 그게 무슨 말이냐?"

"형님은 이곳 역성에 있으면서도 역적 마초가 날뛰는 것을 못 본 체할 뿐 아니라, 각 주의 사대부가 치욕을 당하고 있는 작금의 상황을 보면서도 어찌 태평하게 지내는 것인지요. 그것이 더 분하고 억울하여 이렇게 찾아뵌 것입니다. 그러고도 형님이 어찌 열녀로 추앙받는 고모님의 자제라 할 수 있겠습니까?"

"거기 누구 없느냐? 당장 강서姜叙를 불러오너라."

그녀가 시녀에게 고하자 잠시 뒤 한 청년이 들어왔다.

"어머니, 부르셨습니까. 강서입니다."

강서는 역성의 무이撫夷 장군이었다. 강서와 양부는 고종형제지간이고, 또 위강과 강서는 주종 관계였다.

당연히 강서가 역성의 병사를 이끌고 주군인 위강을 도왔어야 했지만 기성이 너무 빨리 항복하는 바람에 도울 시간이 부족했다.

"아까부터 장막 뒤에서 이야기를 들어보니, 내가 태평하게 있다며 분개하는데, 자네야말로 마초에게 항복하여 기성을 건네주지 않았나. 그래 놓고 지금에 와서 아무것도 모르시는 어머니께 내가 비겁하다 말하는 것은 자신의 잘못은 묻어두고 다른 사람의 잘못을 들춰내는 게 아니고 무엇인가?"

강서는 모친이 앞에 있는 것도 잊고 양부를 책망했다. 그러자 양부는 오히려 강서의 의기를 기뻐하며 자신이 항복한 것은 잠시 동안 치욕을 참고 주군의 원수를 갚기 위해서라고 말했다.

"만일 형님이 군사를 이끌고 기성을 공격한다면 제가 성안에서 돕겠습니다. 고향에 있는 아내의 장례를 핑계로 마초에게 시일을 얻어 이곳을 찾아온 것도 바로 그 때문입니다."

강서는 본래 정이 많은 인물이라 양부에게 의를 위해서 몸을 아끼지 않겠다고 답했다. 그러고는 은밀히 병사를 일으킬 준비에 들어갔다.

역성에는 강서가 신뢰하는 장수 통병교위 윤봉伊奉과 조앙趙昻이 있었다. 그런데 조앙의 아들 조월趙月이 기성과 낙성의 공격 이후 마초를 섬기며 비장裨將으로 있었다.

조앙이 집에 돌아오자마자 아내에게 걱정스레 말했다.

"오늘 주군에게 마초를 칠 준비를 하라는 명을 받았는데 어찌하면 좋겠소? 우리 아들이 적의 성에 있지 않소. 만일 마초가 조월의 아비가 자신을 친다는 사실을 알게 되면 바로 조월을 죽일 것이오. 대체 어떻게 하면 좋을지, 부인에게 좋은 생각이 없소?"

조앙의 아내는 그 말을 듣고 눈물을 흘렸다. 그리고 이내 목소리를 가다듬고 조앙에게 말했다.

"자식 하나 때문에 주군의 명을 거스르고 고향을 배신한다면, 무인으로서 체면이 서지 않을뿐더러 조상의 이름을 더럽히고 자손들도 부끄러워할 것입니다. 무엇을 망설이십니까? 만일 당신이 대의를 버리고 불의를 따른다면 저는 더 이상 세상을 보지 않겠습니다."

아내의 말에 놀란 조앙이 마음을 굳혔다.

"알았소. 더 이상 망설이지 않겠소."

이윽고 강서와 양부는 역성의 군사를 이끌고, 윤봉과 조앙은 향토의 병사를 이끌고 기산祁山으로 진군했다. 그러자 조앙의 아내가 의복과 폐물을 전부 팔아 마련한 술과 음식을 가지고 기산에 있는 진영을 찾아왔다.

"출정을 축하하고자 마련했으니 부디 병사들에게 한 잔씩 나눠주시길 바랍니다."

통병교위 조앙의 부인의 술을 받은 병사들이 감격해서 눈물을 흘렸다. 덕분에 병사들의 사기는 하늘을 찌를 듯했다.

한편 그 일이 기성에 있는 마초에게 알려지자 격노한 마초가 조앙의 아들인 조월의 목을 쳐서 출정의 의식으로 삼았다. 그리고 방덕과 마대에게 즉시 출정할 것을 명하고 자신도 그들의 뒤를 이어 역성에 도착했다.

그때 마치 하얀 백로 떼와 같이 새하얀 군대가 길을 가로막고 기다리고 있었다. 바로 강서와 양부의 군대였는데, 모두 하얀 전포를 입고 하얀 깃발을 펄럭이며 비장하게 진을 치고 있었다.

"주군의 원수 마초를 쳐서 황천을 떠도는 영혼을 달래리라."

"참으로 가소로운 시골 필부들이구나."

마초는 그들을 비웃으며 백색의 군대를 향해 달려들었다.

마초의 용맹함은 천하무적이라 역성의 병사들은 모두 도망치기 급급했다. 강서와 양부도 그의 적수가 되지 못하여 비참하게 패퇴하고 말았다.

하지만 기산에 진을 치고 있던 윤봉과 조앙이 북을 울리며 마초의 측면을 공격하자 강서와 양부도 말 머리를 돌려 군사들을 독려하며 협공했다.

마초는 그들의 협공에 잠시 곤궁에 빠졌다. 하지만 무기에서 열세인 지방군과 완벽한 무기를 갖춘 마초의 정예는 비교가 되지 않았다.

마초군은 즉시 불리한 형세를 만회하고 반격에 나섰다. 그러자 강서의 역성군이 궤멸당하기 직전까지 몰렸다. 그때 새로운 군대가 산을 넘어 마초군의 배후에서 공격해 들어왔다. 바로 장안의 하후연이었다.

"조 승상의 명을 받고 역적의 무리를 징벌하러 왔다. 목숨이 아깝거든 이 깃발 아래 무릎을 꿇어라."

하후연의 군대는 훈련된 정예이자 뛰어난 무기를 갖춘 중앙군이어서 마초군도 밀리기 시작했다.

"안 되겠다. 일단 후퇴하고 전열을 재정비하자."

마초는 군사들을 물리고 기성까지 퇴각했다. 하지만 기성에 가까워지자 갑자기 성에서 자신을 향해 무수한 화살이 날아왔다.

마초는 고함을 치며 성문까지 달려갔다. 이번에는 성 위에서 마초를 향해 몇 구의 시체가 날아왔다. 마초가 깜짝 놀라 살펴보니 바로 자신의 아내 양씨楊氏였다. 다른 시체들은 마초의 세 아들이었다. 성 위에서는 계속해서 시체가 떨어졌다. 모두 마초의 친족들이었다.

마초는 가슴이 찢어지는 아픔으로 말에서 굴러떨어질 뻔했다. 그때 마대와 방덕이 달려와서 소리쳤다.

"성안의 양관梁寬과 조구趙衢가 성이 비어 있는 틈을 타 반기를 들고 하후연과 내통한 듯싶습니다. 여기에 있다가는 위험하니 어서 피해야 합니다."

마대와 방덕과 마초가 밀려오는 적을 물리치며 도망쳤다. 밤새 도망치던 마초 일행은 아침 안개 속에서 홀연히 서 있는 성문을 발견했다. 마초가 크게 두려워하며 그곳이 어디인지 묻자 방덕이 역성이라고 대답했다.

마초는 망설였다. 병사의 수가 겨우 5, 60명뿐이라 아무리 생각해도 승산이 없었다. 방덕은 살려면 그곳을 지날 수밖에 없다는 것을 잘 알고 있었다. 이윽고 방덕이 마초와 마대를 설득한 후 선두로 성문 앞에 섰다.

"강서의 군대이다. 문을 열어라."

방덕이 큰 소리로 외치자 성문이 열리고 그들은 안으로 들어갔다.

지난밤 이후 계속된 승전보에 득의양양한 성의 병사들은 그들이 적인 줄 꿈에도 생각하지 못했다. 성안으로 들어온 마초군은 강서의 거처를 습격해서 그의 어머니를 죽였다.

또 윤봉과 조앙의 집을 포위하고 그들의 처자와 시종들까지 모조리 죽였다. 하지만 조앙의 아내는 기산의 진영에 가 있어서 봉변을 면할 수 있었다.

역성은 소수의 병사들이 지키고 있었던 터라 5, 60명의 마초군에게 하룻밤 안에 점령당하고 말았다.

하지만 날이 밝자 하후연과 강서, 그리고 양부의 군사가 마초군을 공격하여 성을 탈환했다. 마초는 마대와 방덕 등과 함께 도망쳐 멀리 사라졌다.

*　*　*

마초는 혜성처럼 나타났다 혜성처럼 사라졌다. 어찌 됐든 농서의 주군州郡은 안정되었고 예전의 모습을 되찾았다.

하후연은 주군의 치안 임무를 강서에게 맡겼다. 그리고 이번 환란을 수습하는 데 일등공신으로 양부를 지목하고 그를 허창으로 올려 보냈다.

양부의 수레가 허창에 도착하자 조조는 그의 충의를 치하하며 관내후로 봉했다. 그러자 양부가 완곡히 사양하며 말했다.

"기성의 주인을 잃고, 역성의 일족이 원귀가 되었고, 아직 마초가 살아 있는데 무슨 면목으로 제가 그런 봉직을 받겠습니까. 부끄러울 따름입니다."

"서토의 사람들 모두 그대의 충의와 겸손을 아름답게 여기고 있소. 한데 그대가 그 충절에 답하지 않으면 사람들은 나를 어리석고 아둔한 자라 여길 것이오. 관내후라는 봉직을 내린 것은 그대만을 위한 것이 아니라 만인에게 충의와 선행의 마음을 닦게 하기 위한 것이니, 그대는 그 점을 잘 헤아리시오."

조조의 끈질긴 권유에 양부도 더는 사양하지 못하고 관내후의 자리에 올랐다.

한편 마초와 그의 부하 마대와 방덕 등은 떠돌다 한중으로 들어가 오두미교의 종문대장군 장로에게 몸을 의탁했다.

장로에게는 혼인 적령기의 딸이 있었는데, 장로는 마초를 사위로 삼고 싶어 했다.

"마초는 당대의 영웅호걸이다. 나이도 젊으니 내 사위로 삼으면 한중의 위업은 더욱 확고해질 것이다. 더욱이 앞으로 촉을 취하는 데에도 큰 힘이 될 것이다."

그러자 양백楊柏이 내키지 않는 듯 난색을 표하며 말했다.

"마초는 용맹하지만 재략이 없는 사람입니다. 게다가 마초의 성격과 행동거지를 보면 부모와 처자식을 돌보지 않고 오직 세상의 공명에만 관심이 있는 듯하지 않습니까? 자신의 부모와 처자식에게조차 그러한데 어찌 다른 사람을 사랑하겠습니까?"

그의 말에 장로는 더 이상 혼인 얘기를 하지 않았다. 하지만 마초가 두 사람의 대화를 엿듣고서는 양백에게 앙심을 품게 되었다.

'저자가 쓸데없는 얘기를 하여 남의 일에 찬물을 끼얹는구나.'

양백은 마초가 자신에게 앙심을 품고 있다는 것을 알고 그가 자신을 죽일까 봐 두려웠다. 그래서 형 양송楊松을 찾아가 읍소하며 자신이 살 수 있는 방법을 알려달라고 부탁했다.

그때 촉의 태수 유장의 밀사인 황권이 한중에 왔다. 그날 양송은 황권과 밀담을 나눌 약속이 잡혀 있어 동생을 집에서 기다리게 하고 황권의 객사를 방문했다.

황권이 양송에게 말했다.

"정식으로 사자를 통해 장로 장군께 원군을 요청했지만 좀처럼 촉을 도와주시지 않소이다. 만일 지금 촉이 유비에게 넘어간다면 지리적으로 이와 입술의 관계인 한중에게 반드시 큰 위협이 될 것이 분명한데 말이오."

그리고 황권은 만일 한중의 병사로 유비를 격퇴시켜준다면 한중에게 촉의 20주를 나눠줄 용의가 있다고 했다.

"알겠소이다. 다시 한번 장로 장군께 말씀드려보겠소이다."

양송이 그렇게 약속하고 장로에게 가서 이 일을 의논하는데, 때마침 마초가 들어와서 말했다.

"제게 군사를 빌려주시면 가맹관을 쳐부수고 촉에 들어가 유비를 붙잡아오겠습니다."

장로는 마초라면 분명히 성공할 것이라고 믿었다. 그래서 그는 마초에게 군사를 내리고 양백에게 감군監軍을 맡긴 후 드디어 촉에 원군을 보냈다.

이제 성도는 면죽관을 경계로 하여 지호지간指呼之間에 있었다. 그곳만 손에 넣는다면 촉은 이미 유비의 손안에 들어온 것과 마찬가지였다. 하지만 여기서 패한다면 유비의 군사들은 마른 낙엽처럼 흩어져 허무하게 원정의 땅에서 원혼이 될 것이었다.

유비가 본진에 있는데 귀가 먹먹할 정도로 징소리와 북소리가 크게 들려왔다. 유비는 눈을 치켜떴다. 그때 산기슭 쪽에서 사자가 달려와 큰 소리로 외쳤다.

"면죽관의 제일가는 용장 이엄李嚴을 위연 장군이 사로잡았습니다."

"그럼 이것은 개가를 올리는 소리인가?"

유비는 자리에서 일어서서 기다렸다.

위연이 포로로 잡은 이엄을 끌고 왔다. 유비는 위연의 공을 칭찬하면서 이엄의 밧줄을 풀어주었다.

"평시라면 다른 이들의 귀감인 사대부를 아무리 전쟁 중이라고 해서 욕을 보일 수는 없다."

이엄은 유비의 은덕에 감화되어 복종을 맹세한 뒤 말미를 받고 일단 면죽관으로 돌아갔다. 면죽관의 수장 비관費觀과 이엄은 막역지우莫逆之友였다. 이엄은 바로 벗에게 유비의 높은 덕을 알리고 설득했다.

"자네가 그토록 칭송할 정도라면 유비는 진정 어진 인물일 것이네. 우리는 생사를 함께하기로 맹세한 사이니, 자네의 말에 따라 성을 열도록 하겠네."

비관은 이엄과 함께 성을 나왔다. 면죽관도 마침내 유비에게 넘어왔다.

그즈음 먼 이국의 영웅이라고만 생각했던 서량의 마초라는 이름이 홀연 촉의 땅에 들려왔다. 게다가 급히 당도한 파발에 의하면 마초가 한중의 병사를 이끌고 가맹관을 향해 진군해오고 있다는 것이었다.

"성도의 유장이 다급한 나머지 한중에 나라를 쪼개주고 장로에게 무릎을 꿇은 듯합니다."

유비가 공명에게 대책을 물었다. 공명은 장비를 불러 의논할 것이 있다고 말했다.

"무엇입니까?"

"관운장의 일이오."

"형주에 계신 관우 형님에게 무슨 일이 생긴 것입니까?"

"아니, 그런 것이 아니라 관운장을 불러야 할 일이 생겼소. 장군과 교대를 하는 것이 좋을 듯하오."

"나를 형주로 보내고 관우 형님을 부르려는 까닭이 무엇입니까?"

장비는 자세를 고쳐 앉으며 불만스러운 얼굴로 그 이유를 듣고자 했다. 공명도 분명하게 이야기했다.

"지금 가맹관을 향해 진군해오는 마초는 서량 제일의 영웅호걸이니, 관운장이 아니면 당해낼 자가 없을 듯하오."

"군사는 나를 어찌 보고 그런 말씀을 하시오. 마초 따위의 일개 필부가 얼마나 대단한지 모르겠으나, 지난날 장판교에서 백만의 조조군을 눈길 하나로 물러가게 한 게 바로 이 장비가 아니오."

장비가 눈을 부릅뜨자 공명이 고개를 갸웃거리며 웃었다.

"하지만 나는 마초의 용맹함이 장판교의 호걸 이상이라고 생각하오."

"만일 이 장비가 마초에게 패하면 어떠한 군벌도 달게 받겠소."

장비가 손가락을 깨물어 군령장을 쓴 다음 유비와 공명 앞에 내밀었다.

"장군이 그렇게까지 말한다면……."

공명은 장비에게 선봉을 맡기면서 위연을 붙여주었고, 후진에는 유비를 세웠다. 그런 편제만 보더라도 공명이 가맹관의 수성을 얼마나 중시했는지 알 수 있었다.

가맹관은 사천과 협서의 경계에 위치한 험준한 요해였다. 그곳에 유비의 원군이 들어간다면 앞으로 그들을 물리치기가 어려울 것이었다. 그래서 마초는 유비의 원군이 도착하기 전에 가맹관을 빼앗으려고 연일 맹공을 가했다. 하지만 유비의 원군은 이미 관내에 들어가 있었다.

마초는 그것을 알고도 공격을 늦추지 않았고, 드디어 관문으로 들이닥쳤다. 그러자 관문 위에서 한 장수가 한중군의 선봉에 싸움을 걸어왔다.

"나는 유 황숙 휘하의 위연이다."

위연이라는 말을 듣고 한중의 양백은 호적수를 만났다고 여기며 달려나가 10여 합을 싸웠다. 하지만 그는 위연을 당해내지 못하고 도망치기 바빴다.

"비겁하구나."

위연이 여세를 몰아 쫓아가다 그만 적진 깊숙이 들어가고 말았다. 그곳에는 마대가 위연을 기다리고 있었다. 마대의 모습을 본 위연은 마대를 마초라고 생각하고 칼을 휘두르며 달려들었다. 마대가 창을 휘두르며 맞서 싸우다 갑자기 말을 돌려 방패를 든 병사들 속으로 도망쳤다. 위연이 멈추라고 고함을 치자 마대가 뒤를 돌아 창을 던졌다. 위연이 몸을 숙여 피하는 사이에 마대가 활을 뽑아 쏘았다. 화살은 위연의 오른팔에 꽂혔다. 위연은 간신히 안장을 붙잡아 말에서 떨어지지는 않았다. 하지만 말의 등자를 빨갛게 물들일 정도로 피를 흘렸다.

위연은 즉시 말을 돌려 가맹관으로 피신했다. 마대는 병사들을 수습하고 전열을 재정비한 뒤 다시 관문 아래로 돌격했다.

그러자 이번에는 관문 위에서 새로운 장수가 달려 내려왔다.

"도원결의 연인 장비가 간다."

"오랫동안 만나고 싶었던 장비가 그대인가. 내 바라던 바이다."

마대는 대검을 휘두르며 달려들었다.

"네가 마초인가?"

"나는 마초의 일족 마대이다."

"마대? 네가 어찌 내 상대가 되겠느냐. 마초를 불러라."

"닥쳐라. 내 실력을 보고도 그런 말이 나올지 두고 보자."

마대는 벌써 지척에서 달려들었다. 하지만 장비가 장팔사모로 후려치자 마대의 검이 땅바닥에 떨어지고 말았다.

"마대야, 네 목을 내놓고 가거라."

장비가 마대를 놀리며 쫓아가려고 하자 관문 위에서 유비가 장비를 불렀다.

"적을 너무 경시해서는 안 된다. 오늘 막 도착했으니 말과 병사도 피곤할 것이다. 관문을 닫고 휴식을 취하게 하라."

그리고 유비는 성루에 올라 적진을 바라다보았다. 산기슭 가까이에 고요한 숲과 같은 일군의 깃발들이 보였다. 그 진영 앞에서 말을 탄 장수도 보였는데, 사자 형상의 투구에 은백의 갑옷을 입고 긴 창을 비껴든 모습이 위풍당당했다.

"아, 마초구나. 세상 사람들이 마초의 용맹함을 칭송하며 서량의 금마초錦馬超라고 하는 이유를 내 이제야 알겠구나."

유비가 마초를 칭찬하자 장비는 심사가 뒤틀리고 몸이 근질근질해서 당장이라도 달려나갈 기세였다.

마초가 관문 밑으로 와서 소리쳤다.

"장비는 어디로 숨었느냐? 나를 보고 무서워 도망쳤느냐? 어서 문을 열고 나오너라."

장비는 오늘은 더 이상 나가지 말라는 유비의 엄명 때문에 성루 위에서 발만 동동 구르고 있었다.

다음 날도 마초군이 찾아와서는 성문에 침을 뱉었다. 그것을 본 유비는 장비에게 나가도 좋다고 허락했다. 장비는 관문이 열리자마자 장팔사모를 옆에 끼고 달려나갔다.

"나를 알겠느냐? 내가 바로 연인 장비이다."

마초는 장비를 보며 비웃었다.

"우리 가문은 대대로 공후公侯를 지낸 가문인데, 어찌 너와 같은 시골 출신의 촌부 따위를 알겠느냐."

드디어 두 호걸의 팽팽한 결전이 벌어졌는데, 그들의 치열한 싸움은 보는 이들의 간담을 서늘하게 만들었다. 고기를 앞에 둔 호랑이 두 마리가 서로 달려들어 물어뜯고 하늘을 향해 포효하는 듯했다. 백여 합을 겨룬 뒤 말을 바꿔 타고 나와 5, 60합을 겨루다 다시 물을 마시고 싸웠다.

그사이에 양군은 멀리 물러나 그저 징을 울리고 북을 치며 함성으로 아군을 격려했다.

중천에 걸려 있던 해가 서쪽 하늘로 기울어질 때까지 승부는 나지 않았다. 마초와 장비도 심신이 지쳐가기 시작했다.

어느새 사위가 어두워졌다. 양군은 서로 사자를 보내 화톳불을 피울 동안 잠시 군을 수습하고 두 장수에게도 휴식을 취하게 하여 원기를 회복한 뒤 다시 싸우기로 합의를 보았다.

양군이 동시에 징을 울려 퇴각을 알리자 마초와 장비는 만면에 가득한 땀을 훔치고 온몸에서 피어오르는 김을 날리며 자신의 진영으로 돌아갔다. 그리고 얼마 후 장비가 다시 관문을 나가려고 하자 유비가 날이 어두워졌으니 싸움은 내일로 미루라고 만류했다.

오늘 싸움을 본 유비는 장비가 마초에게 져서 죽임을 당할까 봐 걱정이 되었다. 하지만 적들은 밤이 되었는데도 물러가지 않았다. 그들은 횃불과 화톳불을 피워놓고 장비에게 빨리 나오라고 재촉했다.

그러자 장비가 유비의 명을 어기고 관문을 열고 나가 마초에게 달려들었다. 마초는 힘없이 도망치기 시작했다. 하지만 이는 위장술이었다. 장비도 그것을 알고 있었지만 자신의 성격을 이기지 못하고 뒤를 쫓다 그만 적진 깊숙이 들어가고 말았다.

장비가 급히 말을 멈추자 마초가 뒤를 향해 화살을 쏘았다. 장비는 몸을 숙인 채 말을 달려 돌진했다. 활을 버린 마초는 동銅으로 만든 팔

각봉을 들고 장비를 기다렸다. 장비가 팔을 뻗어 장팔사모를 앞으로 찌르는 순간 뒤에서 목소리가 들렸다.

"장비, 멈춰라."

유비가 장비의 뒤를 쫓아온 것이었다. 유비는 마초에게 말했다.

"나는 이제까지 한 번도 인의를 어긴 적이 없네. 하여 오늘은 물러가겠으니, 그대도 그만 물러가는 것이 어떻겠는가?"

하루 종일 싸우느라 지친 마초도 유비의 말을 듣고는 인사를 하고 돌아갔다.

그날 밤 공명이 가맹관에 도착했다. 공명도 그곳의 전황을 걱정하고 있었다. 오늘의 전황을 상세히 들은 공명이 유비에게 충언했다.

"마초와 장비가 이대로 계속 싸우면 반드시 한쪽은 죽을 수밖에 없습니다. 두 사람 모두 희대의 영웅호걸이니, 이대로 죽게 놓아둔다면 주군의 덕망에도 폐가 될 것입니다."

유비도 공명과 같은 생각이었다. 하지만 적인 마초를 살리기 위해서는 그를 아군으로 만들어야 했다. 그렇지 않으면 아군에게 큰 화가 될 테니, 모든 수단을 강구해서 그 화근을 제거해야만 했다.

"하늘이 도우신 건지, 한 가지 계책이 있습니다. 반드시 마초를 아군으로 만들겠습니다. 제가 급히 이곳에 온 이유도 바로 그 때문입니다."

공명은 방책을 말하고 나서 그 이유를 설명했다.

"마초가 평소보다 강해진 것은 지금의 상황 때문입니다. 앞으로 나아가도 적, 뒤로 물러서도 적, 이른바 진퇴양난에 빠져 있기 때문입니다."

공명은 잠시 숨을 돌린 뒤 말을 이었다.

"마초가 왜 그렇게 어려운 상황에 빠져 있는지 말씀드리면, 실은 제가 일찍이 손을 써서 그 불씨를 지펴놓았기 때문입니다. 본래 한중의 장로는 무슨 수를 써서라도 한녕왕漢寧王의 칭호를 얻고 싶어서 안달이 난 야심가로, 그의 심복인 양송에게 제가 밀서를 보냈습니다. 양송역시 탐욕스런 자이기에, 그에게 많은 금품을 안겨주었습니다. 밀서에 주군이 촉을 평정하면 황제에게 표문을 올려 반드시 장로를 한녕왕으로 봉하도록 확약할 터이니, 그 대신 마초를 가맹관에서 불러들이라고 써놓았습니다."

유비는 공명의 지략에 놀라 새삼스레 공명을 쳐다보았다.

"한중의 방침이 일변하여 마초에게 즉시 철수하라는 장로의 파발이 몇 번이나 왔을 것입니다."

"그렇군."

"하지만 마초가 그 말을 순순히 들을 리 없습니다. 마초는 나라가 없는 몸으로 이번이야말로 자신의 기반과 병력을 갖출 일생일대의 기회라고 생각할 것입니다. 그러니 한중의 명령은 개의치 않고 오히려 더욱더 맹렬히 이곳을 공격할 것입니다."

"흐음."

"마초에 대한 장로의 마음은 악화일로입니다. 동생인 장위도 역시 양송과 친밀하여 마초를 모함하고 있습니다. 마초가 한중의 병사를 빌려 촉을 공략하고 그 후에는 한중으로 그 칼끝을 돌릴 것이라고 말입니다."

"그럼 장로는 뭐라 하였소?"

"당연히 노발대발하여 장위에게 군사를 내려 국경을 지키다가 마초가 돌아오면 한중에 발을 들이지 못하게 하라고 명했습니다. 한편 마초에게 사자를 보내 이르길, 명령에 따르지 않고 가맹관에서 철수하지 않을 생각이면 한 달 사이에 세 가지 공을 세우라 했는데, 그것은 촉을 취하고 유장의 목을 친 후 형주군을 촉 밖으로 내쫓으라는 것입니다. 이것이 마초가 지금 처한 상황입니다. 제가 그런 궁지에 몰린 마초를 세 치 혀로 구하려 합니다."

"군사가 직접 가서 마초를 설득하겠다는 말씀이오?"

"그렇습니다. 이쪽에서 그 정도의 성의를 보이지 않으면 어찌하겠습니까?"

"위험하지 않겠소? 만일 예기치 않은 일이 발생하면 되돌릴 수 없을 것이오."

"아닙니다. 심려치 마십시오. 내일 아침 해가 뜨는 대로 가서 마초를 만나도록 하겠습니다."

"오늘 하룻밤 잘 생각해본 뒤에 결정합시다."

유비는 쉽게 허락하지 않았다. 그런데 다음 날이 되자 전혀 예상하지도 못했던 인물이 유비를 찾아왔다.

그 사람은 촉의 현인이라고 불리며 사람들이 깊이 존경하는 덕앙德昻이라는 자를 가진 이회李恢였다. 그는 면죽관에 있는 조자룡의 서찰을 가지고 온 것이었다.

이회가 유비에게 말했다.

"공명 군사가 이곳에 계시지 않습니까?"

"어젯밤 이곳에 도착했소."

"마초를 설득하여 항복하게 만들려는 것이 아닌지요."

"그걸 어찌 알고 있소?"

"제삼자의 입장에서 보면 오히려 사물이 잘 보일 때가 있지 않습니까. 제가 지켜보니 공명 군사가 이제까지 한중의 장로에게 어떤 계책을 써놓았는지 잘 알 수 있었습니다."

"흠, 한데 그대는 이곳에 무엇 때문에 온 것이오?"

"마초를 설득하러 왔습니다."

"그럼 그대가 마초를 설득하여 내 휘하로 만들 자신이 있다는 말이오?"

"그렇습니다. 공명 군사를 제외하고 이 일을 성공시킬 사람은 저밖에 없습니다."

"하지만 그대는 일찍이 유장에게 나를 촉에 들여서는 안 된다고 간언하지 않았소. 이제 와서 나를 위해 일을 하겠다니 무슨 생각인 것이오?"

"좋은 새는 나무를 가려 앉는다 했습니다. 황숙께서는 촉을 죽이기 위해 온 것이 아니라 인仁으로써 다스리기 위해 온 것이 아닌지요."

방의 칸막이 뒤에서 두 사람의 이야기를 듣고 있던 공명이 모습을 드러냈다.

"이회, 그대가 나를 대신하여 마초에게 가주시오. 그대라면 반드시 이 일을 완수할 수 있을 듯하오."

공명 또한 유비의 승낙을 청했다.

드디어 이회가 유비의 서신을 가지고 마초의 진영으로 찾아갔다. 마초가 이회를 보자마자 물었다.

"그대는 유비의 부탁으로 온 세객일 것이다."

이회는 조금도 두려워하지 않고 고개를 끄덕이며 대답했다.

"그렇소이다. 하지만 부탁한 것은 유비가 아니오."

"그럼 누구인가?"

"돌아가신 장군의 부친이오. 불효자를 잘 타일러달라고 내 꿈에 나
타나셨소이다."

"요사스러운 자구나. 지금 내 칼집에는 잘 갈아놓은 보검이 있느니
라."

"그 보검이 장군의 목을 향하지 않기를 바랄 뿐이오."

"잘도 지껄이는구나."

"내 장군의 앞날을 걱정하여 드리는 말이니 잘 들어보시오. 장군, 대
체 그대의 부친은 누구에게 죽임을 당하셨소? 본래 서량의 군사를 일
으킨 곡절은 불구대천의 원수인 위의 조조를 치기 위함이 아니었단 말
이오?"

"……"

"그런 조조에게 패하여 한중으로 도망쳐오더니, 이번에는 장로에게
이용만 당하고, 양송에게까지 모함을 당하여 화를 입지 않았소. 또한
자신의 본분을 잊고 명분 없는 싸움으로 스스로를 망치려 하다니, 참
으로 어리석다 하지 않을 수 없소. 그대의 선친인 마등 장군도 지하에
서 통곡하고 있을 것이오."

"흐음."

94

"황천을 떠돌고 계실 부친의 원한을 생각해보시오. 만일 장군이 유비를 이기면 누가 제일 기뻐할지 알고 있소이까? 바로 조조가 아니오."

"귀공의 말을 듣고 이제야 눈이 떠졌소이다. 내가 잘못 생각했소."

마초는 이회의 앞에서 몸을 엎드리더니 통곡했다.

"잘못을 깨달았다면 어찌 장막 뒤에 숨겨둔 병사를 물리지 않는 것이오?"

마초가 병사들을 물리자 이회가 그의 팔을 잡고 말했다.

"자, 어서 갑시다. 유 황숙이 장군을 기다리고 계시오. 절대로 장군을 욕보이지 않을 것이오. 모든 것은 내게 맡기면 되오."

89
성도 함락

유비가 촉을 평정하자 손권은 제갈근을 보내 형주의 삼군 반환
약속을 받아내고, 노숙은 계책을 꾸며 관우를 임강정으로 초대하는데……

이회가 마초에게 다시 말했다.

"유 황숙은 인의가 두텁고 덕이 많은 분이오. 또한 현명한 자를 공경
하며 선비를 귀히 대하오. 반드시 대성할 인물인데, 이러한 공명한 주
군을 따르는 것이 어찌 나쁜 일일 수 있겠소. 무엇보다 유 황숙을 도와
조조를 치는 일은 크게는 사해 만민을 위하는 일이며 작게는 선친의
원수를 갚는 효행이 아니겠소."

마초는 이회와 말 머리를 나란히 하고 순순히 가맹관으로 가서 유비
를 만났다. 유비가 상빈의 예를 갖추어 대하자 마초가 감격했다. 마초

가 은덕에 감사하며 진심으로 말했다.

"제 앞을 가로막던 안개와 구름이 걷히고 이제야 비로소 진정한 주군을 만난 듯합니다."

그때 마대가 수급을 가지고 왔는데, 바로 한중군의 군감 양백의 머리였다.

"이것은 제 마음의 표시입니다."

마초는 그것을 유비에게 올렸다.

그렇게 가맹관의 근심이 사라지자 유비는 본래대로 곽준과 맹달에게 그곳을 맡기고 군사들을 이끌고 다시 면죽관으로 돌아갔다.

면죽관에 도착하니 촉의 유준劉晙과 마한馬漢이 한창 그곳을 공격하고 있었다. 그런 중에도 황충과 조자룡은 평소와 다름없이 마중을 나왔으며, 성안에 주연을 준비해놓고 유비의 개선을 축하했다.

그런데 그사이 조자룡이 잠깐 자리를 비우겠다고 말하고 성 밖으로 나가더니, 잠시 뒤 마한과 유준의 목을 들고 와서 술안주라고 내려놓았다. 사람들은 모두 손뼉을 치며 웃었다.

마초도 그 자리에 함께 있었는데, 그런 조자룡을 보고는 과연 영웅호걸이라며 속으로 감탄했다. 또한 그런 영웅들과 함께하게 된 것을 큰 보람으로 생각했다.

마초가 유비에게 물었다.

"황숙을 섬긴 처음의 임무로, 저와 제 아우 마대가 성도로 가서 유장을 만나 장로의 흑심을 말하고 황숙과 맞서는 일이 어리석은 일임을 전할까 하는데, 어떻게 생각하시는지요?"

유비가 공명의 생각을 묻자 공명도 찬성했다.

그로부터 10여 일 후, 마초와 마대는 촉의 부성인 성도의 해자 앞에 말을 세우고 태수 유장에게 할 말이 있다고 소리치고 있었다. 이윽고 성루에 유장이 나타나자 마초가 큰 소리로 말했다.

"공은 한중의 도움을 기다리며 성에서 버티고 있지만, 백 년을 기다려도 장로의 원군은 오지 않을 것이오. 설사 온다고 한들 이는 촉을 구하러 오는 것이 아니라 촉을 빼앗고자 하는 것이오. 공은 한중의 내정과 장로 일족의 야심을 제대로 알지 못하고 있소이다. 이미 나도 그들에게 실망하여 양백을 죽이고 유 황숙을 따르고 있소이다."

마초의 말에 유장은 크게 낙담하여 정신을 잃을 뻔했다. 마초와 마대는 대신들의 부축을 받으며 들어가는 유장의 모습을 지켜보다 말을 돌렸다. 그러고는 성 밖에 진을 치고 유장의 답변을 기다렸다.

성안에서는 나가서 싸우자는 의견과 성의 문을 닫아걸고 오로지 수비만 하자는 의견과 화평을 해야 한다는 의견 등으로 나뉘어 이틀 밤낮으로 논쟁이 분분했다. 그리고 결국 옥쇄인가 항복인가 두 가지 안이 남았다.

그런 와중에 성을 빠져나와 투항하는 사람이 속출했다. 유장은 촉군의 허정許靖까지 성을 나가 항복했다는 소식을 듣고는 성도도 이제 마지막이라고 생각하며 하룻밤 내내 통곡했다.

다음 날, 간옹이 수레를 타고 성문 앞에 도착했다. 유장이 문을 열고 맞아들이라고 하자 간옹은 수레를 탄 채 성안으로 들어와 마중을 나온 사람들을 내려다보며 오만하게 굴었다. 그러자 촉의 장수 중 한 사람이 말했다.

"어찌 이리 오만한가. 촉에는 사람이 없는 줄 아느냐?"

그 장수가 칼을 빼들고 간옹의 코앞에 들이대자 간옹이 당황하며 수레에서 뛰어내려 무례를 사죄하고 예를 갖추었다.

"선생은 무슨 일로 오셨소이까?"

유장은 간옹을 당상으로 맞으며 귀빈의 예를 취했다.

"태수의 현명한 판단을 도와 촉의 백성들을 구하기 위해서입니다."

간옹은 공손히 유비의 사람됨을 칭송했다. 그리고 그를 관대하고 온화한 마음으로 맞아들이면 절대로 다칠 일이 없을 거라고 말했다.

유장은 하룻밤 간옹을 머물게 하고 다음 날 아침, 마음을 고쳐먹은 듯 인수印綬와 문적文籍을 간옹에게 건네고 함께 성을 나가 항복할 의사를 표했다. 그러자 유비가 직접 마중을 나가 유장의 손을 잡고 말했다.

"개인적으로는 인정으로 대해야 마땅하겠지만, 작금의 형세와 공적인 입장에서 어쩔 수 없이 성도를 공격하고 이처럼 그대의 항복을 받아들이게 되었소. 부디 개인적인 인정과 공적인 대의를 혼동하여 이 유비를 원망하지 마시길 바라오."

유비의 눈에서 눈물이 흐르자 유장은 오히려 늦게 항복한 게 죄처럼 느껴졌다. 성도의 백성은 향을 피우고 꽃을 뿌려 길을 장식했다. 유비와 유장은 말을 나란히 하고 성안으로 들어갔다.

유비가 공청公廳에 올라 말했다.

"촉은 오늘을 기점으로 하여 새롭게 다시 태어날 것이오. 어제에 미련을 품고 불평을 하는 자가 있으면 지금 당장 물러가시오."

촉의 무관과 문관이 모두 모여 다른 뜻이 없음을 맹세했다. 그런데 오직 황권과 유파만이 집에 틀어박혀 문을 닫아건 채 모습을 보이지 않았다.

그 두 사람에게 사람들의 비난이 쏟아졌지만, 유비가 험악한 기운을 감지하고 엄히 말했다.

"만일 사적으로 두 사람에게 위해를 가하는 자가 있다면, 그 죄를 물어 삼대를 멸할 것이다."

의식이 끝난 후 유비는 유파와 황권의 집을 찾아갔다. 그런 다음 시대의 변화와 새로운 정치에 대한 필요성을 논하며 설득했다. 먼저 황권이 문을 열고 나와 머리를 조아리며 자신의 잘못을 사죄했고 유파도 따를 것을 맹세했다.

그렇게 성도가 수습되고 촉이 평정되자 공명이 유비에게 권했다.

"이제 시대가 달라졌으니 유장은 형주로 보내십시오."

"촉의 실권이 이미 유장에게 없는데, 가엾게 굳이 멀리 보낼 필요가 없지 않소이까?"

"한 나라에 주인이 둘일 수 없습니다. 인정에 연연해서는 안 됩니다."

유비는 그다지 마음이 움직이지 않았지만 공명의 말에 수긍했다. 공명은 즉시 유장을 진위振威 장군에 봉한 후 처자와 일족을 데리고 형주에 부임하라는 명령을 내렸다. 유장은 촉을 떠나 형주의 남군으로 옮겨갔다.

유비는 기존의 신하들은 물론이고 항복한 문무관에게 후한 상과 관직을 골고루 내렸다. 형주에 있는 관우와 그 밑에서 후방을 지키고 있는 장교와 사졸 들에게까지 은전을 베풀려고 성도에서 황금 5백 근, 은 5만 근, 비단 만 필을 보냈다.

촉의 가난한 자들에게는 곳간을 열어 나눠주고, 백성 중에서 효자와 열녀를 찾아 송덕하고, 노인에게는 수미壽米를 나눠주는 등 선정을 베풀었다. 그러다 보니 촉의 백성들은 유장 시대와 비교하며 유비의 덕을 칭송했고 집집마다 웃음소리로 가득했다.

"내가 처음으로 나라를 갖게 되었구나."

유비도 만감이 교차하는 듯했다. 나라뿐이 아니었다. 그때만큼 그의 곁에 인재들이 모인 적도 없었다.

군사 공명을 위시하여 탕구장군盪寇將軍 수정후壽亭侯 관우, 정려장군征虜將軍 신정후新亭侯 장비, 진원장군鎭遠將軍 조자룡, 정서장군征西將軍 황충, 양식장군揚式將軍 위연, 평서장군平西將軍 도정후都亭侯 마초가 있었다. 그 외에 기존에 있던 손건, 간옹, 미축, 유봉, 오반, 관평, 주창, 요화, 마량, 마속馬謖, 장완, 이적 등과 새로이 유비를 돕거나 항복해온 전장군前將軍 엄안, 촉군태수蜀郡太守 법정, 장군중랑장掌軍中郎將 등화, 장사長史 허정, 영중사마營中司馬 방의龐義, 우장군右將軍 유파, 좌장군左將軍 황권 등 쟁쟁한 인물들이 있었고, 여기에 오의, 비관, 팽의, 탁응, 비시費詩, 이엄, 오란, 뇌동, 장익, 이회, 여의, 곽준, 등지鄧芝, 맹달, 양홍 등의 유능한 인재까지 실로 장관을 이루었다.

"나라를 갖게 되었으니 장군들에게도 집과 논밭을 나눠주어 그들의 처자들과 함께 살도록 해야겠소."

유비의 말에 조자룡이 반대하며 나섰다.

"안 됩니다. 옛날 진秦의 충신들은 흉노를 멸하기 전에는 집도 짓지 않았다고 합니다. 촉의 밖으로 한 발만 나가면 여전히 난적들로 가득합니다. 그런데 어찌 작은 공에 만족하여 집과 논밭을 바라겠습니까. 천하를 완전히 평정한 후에야 비로소 고향에 집 한 채 마련하여 백성들과 함께 농사를 짓는 즐거움을 소망으로 삼을 것입니다."

공명이 조자룡의 말에 공감하며 말했다.

"촉의 백성들은 오랫동안 악정과 병난으로 심히 피폐해 있습니다. 지금 전답과 집을 그들에게 돌려주고 본업에 힘쓰게 하면 나라를 위해서도 좋을 듯싶습니다."

그 후 공명은 두문불출하며 새로운 촉의 법령들을 만들기에 여념이 없었다. 그런데 그것을 본 법정이 법조문이 지나치게 엄하다며 공명에게 직언했다.

"지금 촉의 백성들은 인정에 기뻐하고 있으니, 옛날 한고조漢高祖의 약법삼장約法三章으로 줄여 관대하게 대하시는 게 어떤지요?"

공명이 웃으며 말했다.

"고조께서는 전대의 진秦나라의 상앙商鞅이 가혹하고 모진 법령을 펴서 백성들의 고초가 심했기에 이른바 세 가지의 관대한 법령으로 우선 민심을 달랜 것이오. 이전의 유장은 암약했고 법 또한 문란하여 위엄과 법도가 없었소. 그러다 보니 백성들이 오히려 나라에 엄한 법률과 권위가 없는 것을 한탄하였소. 백성이 준엄한 법을 원할 때 위정자가 이를 따르지 않는 것만큼 어리석은 일은 없소. 인정이라 하는 것은 잘못된 것이오."

그러더니 공명이 다시 말했다.

"백성에게 은정恩政을 베푸는 것이 정치의 도리이나, 은정에 익숙해지면 민심이 오만해지기도 하오. 그것이 습성이 된 후 이를 바로잡기 위해 법령을 강제하면, 그 가혹함을 비방하고 서로 상극하여 나라는 문란해질 것이오. 전란이 끝난 뒤 촉의 백성들은 생기를 되찾고 본업에 갓 임했는데, 이러한 때 법률을 준엄하게 세우는 일은 인정仁政이 아닌 듯하지만, 사실은 그 반대라 할 수 있소. 즉 지금의 민심은 아무리 법률이 엄하다 해도 안심하고 생업을 영위할 수 있으며, 이전의 유장 시절과는 달리 상벌 제도가 분명해진 것을 알면 나라의 위엄을 느끼고 오히려 기뻐할 것이오. 집안에 착한 어미만 있고 엄한 아비가 없어 집안의 규율이 흐트러진다면 자식들은 슬플 것이고, 집안에 엄한 아비가 있고 착한 어미가 있어 자식이 제멋대로 행동할 수는 없어도 가정이 번창한다면 그 자식들은 모두 즐거울 것이오. 이처럼 한 나라의 정치와 법도도 한 가정의 가훈과 닮았다 할 수 있을 것이오."

"황송합니다. 군사의 깊은 뜻을 헤아리지 못하고 무용한 말을 드려 오히려 부끄러울 따름입니다."

법정은 진심으로 사죄했고, 그 후 공명에 대한 존경의 마음이 더욱 커졌다.

며칠 후 국법과 군법과 형법 등이 포고되어 서촉 41주에 걸쳐 병부가 설치되었다. 안으로는 백성을 보호하고 밖으로는 국방에 힘쓰니 촉은 그제야 비로소 한 나라로서의 체제를 갖추게 되었다.

***

　한중과 서촉에 대한 정보가 천 리의 상류에서 강을 따라 내려와 빠르게 동오로 들어갔다.

　"유비가 성도를 점령했습니다."

　"촉의 치안을 바로잡고 새로운 법령을 포고했다고 합니다."

　"이전 태수인 유장이 형주의 공안公安으로 옮겨갔다고 합니다."

　오의 중신들은 만날 때마다 소식을 나누었다.

　어느 날, 손권이 중신들에게 말했다.

　"유비는 예전부터 촉을 취하면 반드시 오에 형주를 돌려주겠다고 입버릇처럼 약속했소. 한데 촉 41주를 취했는데도 아직 아무런 성의도 표하지 않고 있으니, 내 인내심도 한계에 다다랐소. 지금 당장 군사를 일으켜 형주를 취하려 하는데 그대들은 어떻게 생각하시오?"

　숙장 장소가 아직 때가 아니라는 듯 홀로 고개를 내저었다. 손권이 그런 장소를 보며 형주를 취하는 것에 동의하지 않는가 묻자 장소가 고개를 끄덕였다.

　"촉, 위, 오 이 세 나라 중에서 지금 가장 혜택을 받은 나라는 오입니다. 나라는 안녕하고 백성은 풍족하고 병사는 강하며 그 수는 늘어나고 있습니다. 자처하여 대군을 일으킬 필요가 없습니다."

　"하나 이대로 두고 보고만 있다가는 언젠가 형주가 오를 능가할 것이오."

"병사를 일으키지 않고도 형주를 되찾아오겠습니다."

"그런 명안이 있는가?"

"있습니다. 유비가 믿고 의지하는 자는 제갈공명 한 사람뿐입니다. 그 공명의 형인 제갈근은 오랫동안 오에서 주군을 섬기고 있지 않습니까? 그를 촉에 사자로 보내, 만일 형주를 돌려주지 않으면 공명의 형이라는 죄목으로 자신을 비롯해 처자식과 그 일족까지 모두 참수를 당하게 되었다고 말하라 하십시오."

"아주 좋은 계책이오. 공명은 정으로 고민하고 유비는 의리로 고심할 것이오. 그런데 제갈근은 나를 섬긴 이래 한 번의 잘못도 한 적이 없는 성실한 군자인데, 어찌 그의 처자식을 감옥에 가둘 수 있겠는가?"

"주군께서 이번 계책의 취지를 잘 설명하고 임시로 만든 옥사에 보내면 아무것도 문제 될 것이 없을 것입니다."

다음 날, 제갈근은 군명을 받고 손권을 만나러 궁으로 들어갔다.

* * *

어느 날, 촉의 유비는 당황한 기색을 감추지 못하며 공명을 불러 말했다.

"선생의 형님이 촉에 오시지 않았소이까?"

"어젯밤 도착했다고 합니다."

"아직 만나지 않았소?"

"형이라고는 하나 오의 사신으로 온 몸이고, 저는 촉의 신하이니 사적으로 만나는 것은 바람직하지 않습니다."

"무슨 일로 오신 듯하오?"

"필시 형주 때문일 것입니다."

공명은 유비에게 다가가 귓속말을 했고 유비는 고개를 끄덕였다.

그날 밤, 공명은 불시에 객사에 있는 형을 찾았다. 제갈근은 공명을 만나자 목을 놓아 큰 소리로 통곡했다.

"형님, 대체 무슨 일이십니까?"

"내 처자 일가가 모두 옥에 갇히고 말았구나."

"형주를 돌려주지 않은 것을 문제로 삼은 것입니까?"

"그렇다. 어찌하면 좋겠느냐?"

"너무 심려치 마십시오. 형주만 돌려주면 모두 옥에서 풀려날 것입니다. 형님의 처자 일가에게 화가 미치는 것을 제가 어찌 두고만 볼 수 있겠습니까. 주군께 말씀드려 꼭 형주를 오에 돌려드리겠습니다."

"아, 그렇게 해주겠느냐?"

다음 날, 제갈근은 유비를 만나서 손권이 보낸 서찰을 건넸다. 그런데 서찰을 펼쳐본 유비의 얼굴빛이 변했다. 제갈근도 공명도 그 모습을 보고 놀랐다. 유비가 손에 들고 있던 서찰을 갈기갈기 찢더니 하늘을 올려다보며 혼잣말처럼 외쳤다.

"손권이야말로 참으로 무례하구나. 내 본래부터 언젠가 형주를 오에 돌려주려 생각하고 있었다. 그런데 간교한 계책으로 내 아내를 속여 오로 데려가 내 체면을 깎고 부부의 정을 끊어놓은 그 원통함을 내 가슴 깊이 새기고 있는 것을 모른단 말인가. 나는 지금 촉의 41주를 평정하여 10만의 병마를 거느리고 있고 전량이 풍족하다. 만일 백성들이 나의 이러한 원통함을 헤아린다면 모두 전쟁도 불사할 것인데, 손권은 아직 이 유비를 예전처럼 무시하고 있구나. 손권이 아무리 간교를 쓰고 힘으로 형주를 빼앗으려 한들 어찌 그 뜻을 이룰 수 있겠는가."

유비가 흉중의 분노를 일시에 쏟아내는 것을 보며 두 사람은 아무 말도 하지 못했다. 그때 공명이 갑자기 얼굴을 감싸며 통곡하기 시작했다.

"만약 형님과 그의 처자 일족까지 오후에게 죽임을 당하면 제가 어찌 남은 여생을 홀로 살아갈 것이며 세상에 얼굴을 들 수 있겠습니까?"

공명은 하늘을 우러르며 눈물을 흘리고 땅바닥에 엎드린 채 몸까지 들썩이며 울었다. 유비가 감정을 자제하며 공명의 심정을 헤아린 듯 말했다.

"군사가 그렇게 통곡하시니 내 마음도 찢어지는 듯하구려. 지금 당장 형주를 돌려주기도 어렵고 군사의 비통함을 못 본 체하기도 어려우니, 이렇게 하면 어떻겠소? 형주 중에서 장사, 영릉, 계양의 세 군만 오에 돌려주면 오의 체면도 서고 군사의 형님의 처자도 살릴 수 있지 않겠소?"

공명이 황송하다는 듯 머리를 조아리며 말했다.

"그럼 주군의 뜻을 글로 적어 제 형님에게 건네주십시오. 형님에게 형주로 가서 관우와 의논해 인수 절차를 밟으라 하겠습니다."

유비가 바로 서찰을 써서 제갈근에게 건네며 덧붙였다.

"내 아우 관우는 심성이 솔직하고 불같은 자라 나도 무서울 때가 있으니, 말썽이 나지 않도록 신중히 말을 해야 할 게요."

제갈근은 성도를 떠나 형주에 도착하자마자 바로 관우를 만나러 갔다.

관우 옆에는 양자인 관평이 서 있었다. 제갈근이 관우에게 유비의 친서를 보여주며 말했다.

"유 황숙께서 형주의 세 군을 오에 돌려주기로 하셨으니 속히 그 준비를 부탁드립니다."

관우는 가타부타 말도 없이 제갈근을 노려볼 뿐이었다. 제갈근이 다시 읍소하여 말했다.

"만일 장군이 세 군을 돌려주지 않으면 제 처자식은 죽임을 당하고 저도 오로 돌아갈 면목이 없습니다. 부디 헤아려주시길 바랍니다."

관우는 칼자루를 잡고 말했다.

"아니 되오. 절대로 돌려줄 수 없소. 그것은 모두 오의 계략이오. 또 다시 그런 말을 하면 내 칼이 용서치 않을 것이오."

관평이 관우를 진정시켰다.

"이분은 군사의 형님이십니다. 그만두십시오."

"알고 있다. 군사의 형님이 아니었다면 벌써 내 칼에 목이 떨어졌을 것이다."

관우는 더욱 노기를 띠며 말했다.

어찌할 방도가 없었던 제갈근은 다시 촉으로 돌아가서 유비를 만나려 했다. 하지만 공교롭게도 유비가 병중이라 면회가 허용되지 않았다. 동생 공명 역시 지방 시찰로 자리를 비워 만날 수가 없었다.

제갈근은 천 리 길을 왕복한 보람도 없이 일단 오로 돌아갔다. 손권은 그 모든 것이 공명의 술책이라며 화를 냈다.

"그렇다고 해서 그대나 그대의 처자에게 죄가 있는 것은 아니오."

손권은 제갈근의 가족을 모두 풀어주었다. 그런 다음 관리들에게 군사를 붙여 형주에 파견하며 엄명을 내렸다.

"유비가 돌려준다고 말한 세 군인 장사, 영릉, 계양은 그의 신하 관우가 아무리 거부해도 오가 취해야 할 땅이다. 그대들은 관우를 내쫓고 군을 접수하라."

하지만 얼마 지나지 않아 관리들이 관우의 부하들에게 쫓겨 모두 도망쳐왔다. 그뿐 아니라 함께 간 군사들도 절반 이상을 잃고 말았다. 그러자 노숙이 나서며 말했다.

"보통 방법으로는 도저히 형주를 되찾을 수 없을 듯합니다. 제게 이일을 일임해주시면 저 멀리 육구陸口(한구漢口의 상류)의 임강정臨江亭에서 연회를 열고 관우를 초대하여 잘 타이르겠습니다. 만일 듣지 않으면 그 자리에서 관우를 죽이겠습니다. 제게 맡겨주시겠습니까?"

반대 의견도 있었지만 손권은 노숙의 말을 받아들이고 허락했다.

"지금이 아니면 언제 형주를 손안에 넣을 수 있겠소. 어서 실행하시오."

노숙은 병사들과 함께 겉으로는 친목을 도모하는 사자로 위장한 채양자강을 한참 거슬러 올라갔다. 그리고 육구성 나루 근처에 있는 풍광이 빼어난 땅 임강정에 도착해 성대한 연회를 준비했다. 한편 여몽과 감녕에게 관우가 나타나면 어떻게 해야 하는지 지시했다.

임강정은 호북성에 있으니 형주와는 대안對岸이었다. 노숙의 사자는 화려하게 치장한 후 정말로 연회에 초대하는 사자처럼 평화롭게 배를 저어갔다.

이윽고 형주성에 도착한 사자는 관우에게 공손히 서신을 올렸다. 관우는 노숙이 예를 다하여 써내려간 글을 보고는 도저히 거절할 수 없었다.

"알겠소. 가도록 하겠소."

관우는 흔쾌히 초대에 응하고 사자를 돌려보냈다. 관평이 놀라며 위험하다고 관우에게 간했다.

"노숙은 장자의 풍모를 지닌 인물이지만, 이번에는 어떤 함정이 도사리고 있을지 모릅니다. 어찌 그리 가벼이 승낙하셨습니까?"

"너무 걱정 말거라. 나는 주창을 데리고 갈 것이니, 너는 빠른 배 스무 척에 날랜 병사 5백 명을 태우고 멀리서 기다리고 있거라. 그리고 내가 강가에서 깃발을 들어 올려 부르면 달려오너라."

"알겠습니다."

관평은 아버지 관우의 명령에 따랐다.

드디어 연회가 열리는 날이 되자 관우는 녹색 전포를 입고 푸른 두건을 두른 후 배에 올랐다. 수행하는 주창의 얼굴은 이무기처럼 푸르고 입술은 앙다물고 팔은 천 근도 들어 올릴 듯 굳세 보였다. 그런 주창이 도원결의 이래로 관우가 손에서 내려놓은 적이 없는 청룡언월도를 들고 관우의 뒤에 서 있었다.

배에는 붉은 기 하나를 꽂았는데, '관關'이라는 큰 문자가 새겨져 있었다. 강바람은 완연하고 물결은 잔잔하여 배 안의 관우는 졸린 듯 눈을 지그시 감고 있었다.

강 건너에서 오의 사람들이 눈이 부신 듯 손으로 그늘을 만들어 바라보고 있었다. 그들은 관우가 많은 병사를 이끌고 올 것이라고 예상했다. 만약 대군을 이끌고 온다면 철포 소리를 신호로 여몽과 감녕의 부대가 포위하려고 준비하고 있었다. 그것이 노숙의 첫 번째 계책이었다.

그런데 예상과는 달리 관우가 화려한 복장을 하고 수행하는 사람 한 명만 데리고 온 것이었다. 이에 노숙은 눈짓을 하고 두 번째 계책을 시행했다.

노숙은 임강정 뒤뜰에 굳건한 병사 50명을 숨겨놓고 관우를 맞아들였다. 물론 길가의 수풀과 정원 곳곳에도 많은 병사가 숨어 있었다. 일단 그곳에 발을 들여놓은 이상 아무리 관우라고 해도 살아서는 나갈 수 없게 되어 있었다.

임강정은 꽃과 진귀한 물건으로 꾸며져 있었고, 새들의 울음소리가 끊이질 않았다. 저 멀리 오에서 싣고 온 남쪽의 진귀한 술과 음식은 귀한 손님을 맞기에 부족함이 없었다.

노숙은 절을 하고 관우를 상빈의 자리에 앉혔다. 곧이어 음악과 노래가 울려 퍼지고 노숙이 관우에게 술을 권했다. 하지만 노숙은 이야기를 나누면서 관우의 눈을 똑바로 쳐다보지 못했다. 술자리가 무르익자 그제야 노숙이 허물없는 태도를 보이며 말했다.

"장군도 잘 알고 계실 겁니다. 지난날 형주 문제로 오후의 명령을 받고 몇 번 유 황숙을 찾아뵈었는데, 그때는 참 제 입장이 곤란했었지요."

"무엇 때문에 말입니까?"

"완전히 농락당하고 말았지 뭡니까."

"무슨 말이시오. 저희 형님께서는 털끝만큼도 신의를 저버리는 일을 할 분이 아니시오."

"그렇다면 어찌 아직도 형주를 돌려주지 않으시는 것입니까?"

"하하하하."

"웃으실 일이 아닙니다. 이 문제를 해결하기 위해 사자의 임무를 받고 간 자들의 체면이 말이 아닙니다. 언젠가 촉의 41주를 취하면 돌려주겠다고 말씀하시고선 촉을 손에 넣으시고도 이를 지키지 않으셨습니다. 그러더니 겨우 형주의 세 군만 돌려주겠다고 하시고, 그것마저도 장군이 거부하여 돌려주지 않고 있습니다."

"생각해보시오. 형주는 제 형님과 저희 신하들이 오림의 전투에서 모두 목숨을 걸고 취한 땅인데 어찌 그리 쉽게 타국에 양보할 수 있겠소이까. 만일 선생이 저희 입장이라면 어떻게 하시겠소이까?"

"옛일을 말하자면 당양 전투에서 장군을 비롯해 유 황숙께서 비참하게 패배하고 몸을 의거할 나라와 땅도 없이 곤궁할 때 도와드린 것은 누구입니까? 바로 오가 아닙니까?"

노숙이 상대의 급소를 붙잡아 집요하게 물고 늘어졌다.

"생색을 내는 듯하여 불쾌하실지 모르지만 당시 패망 일보 직전에 구원의 손길을 내민 것은 천하에 오직 오후뿐이셨습니다. 그 후에도 막대한 비용과 군마를 들여 조조를 적벽에서 물리쳤기 때문에 황숙께서 다시 재기할 수 있었습니다. 그러한데 촉을 취했는데도 아직 형주를 돌려주시지 않는 건 이른바 지나친 탐욕이라고 해도 과언이 아닙니다. 하물며 황숙께서는 사람들의 표사가 되시는 분이 아닌지요. 장군은 어떻게 생각하십니까?"

"……."

머리를 숙이고 있던 관우가 고개를 들며 대답했다.

"형님에게 그럴 만한 이유가 있어 그리하신 것이 아니겠소? 나는 모르는 일이오."

"황숙과 장군은 도원의 결의를 맺어 한마음으로 생사를 함께하기로 한 사이가 아니시오? 어찌 상관이 없다, 모른다 하십니까?"

그러자 관우 옆에 서 있던 주창이 관우가 곤란해하는 것을 보고 말했다.

"하늘 아래 오로지 덕이 있는 자가 이를 취하고 다스리는 것은 당연한 일이거늘, 형주를 다스릴 자가 오후 손권뿐이라는 법이 세상에 어디 있소이까?"

관우는 불쑥 자리에서 일어났다. 그리고 주창에게 맡겨둔 청룡언월도를 집어 들고 소리쳤다.

"주창, 조용히 하라. 이는 국가의 중대사이다. 네가 마음대로 혀를 놀릴 문제가 아니다!"

순간 임강정 안에 긴장감이 돌았다. 관우가 갑자기 노숙의 팔을 잡고 걸었고, 주창이 난간으로 달려가더니 강 위를 향해 빨간 깃발을 흔들었기 때문이다.

관우는 크게 취한 듯이 말했다.

"일국의 중대사를 가벼이 술자리에서 논하는 것은 좋지 않소이다.

이는 서로의 원만한 정을 해치고 주흥을 깰 뿐이오. 후일 새로 호남에 자리를 마련하여 답을 드릴 터이니, 오늘은 이만하는 걸로 합시다. 이 취객을 위해 배가 있는 곳까지 마중을 해주시오."

사람들이 어리둥절해하는 사이 관우는 노숙의 팔을 붙잡고 정자에서 내려와서는 정원을 지나 문밖으로 나가버렸다. 어느새 두 사람은 강가에 다다랐다. 여몽과 감녕이 그곳에 병사들을 매복시켜놓았지만 관우의 오른손에 청룡언월도가 들려 있고 왼손에 노숙이 붙들려 있는 것을 보고는 섣불리 나서는 것을 자제했다.

그사이에 관우는 주창이 끌고 온 배에 훌쩍 뛰어올랐다. 그제야 관우는 노숙을 놓아주고는 또 보자는 말을 남기고 멀어져갔다. 감녕과 여몽의 병사가 활을 쏘았지만 배는 강 건너편에서 마중 온 수십 척의 배들과 합류하여 순풍을 받으며 유유히 사라졌다.

노숙은 교섭이 깨졌고, 이로써 국교의 단절은 피하기 어려울 듯하다는 파발을 오의 말릉으로 보냈다. 그때 오의 손권에게는 위의 조조가 30만 대군을 이끌고 남하하고 있다는 첩보가 들어왔다.

90
한중을 평정하는 조조

복황후는 조조를 제거하려는 계획이 발각되어 죽임을 당하고,
조조는 유비를 촉에서 몰아내기 위해 대군을 일으켜 한중을 공격한다

위의 대군이 오로 진군해오고 있다는 첩보는 소문으로 끝났다. 거짓
은 아니었지만 성급한 오보였다.

이번 겨울을 기점으로 조조가 숙원인 강동 토벌을 꾀한 것은 사실이
었다. 이미 남하해 있던 부대를 재편하여 장수의 임명까지 내정했지만,
참군인 부간(傅幹)이라는 자가 장문의 상소를 올려 간언했다. 그러자 조
조도 생각을 바꾸고 출정을 연기한 후 당분간 내정과 문치에 전념하기
로 했다.

상소는 지금은 때가 아니니, 한중의 장로와 촉의 유비 등의 동향이

더 중요하고, 오가 새로 옮겨간 말릉의 견고함과 수상전의 어려움, 위의 내정을 확충하고 임전태세를 더 강화해야 한다는 내용이었다.

조조는 새로이 문부文部의 제도를 설치하고, 각 곳에 학교를 세우고 교학의 진흥을 꾀했다. 조조가 조금 선정을 베풀자 바로 그것을 과하게 칭송하며 아부하는 사람들이 나타났다. 궁중의 시랑侍郎 왕찬王粲, 화흡和洽, 두습杜襲 등이 조조가 왕위에 올라야 한다고 선동했다.

"이제 승상은 위왕의 자리에 오르셔야 합니다. 왕위에 오르셔도 이상할 것이 없습니다."

그런 이야기를 들은 순유가 그들을 힐책하며 말했다.

"불과 얼마 전에 구석의 예우와 위공의 금새金璽를 받은 것은 이른바 신하의 가장 높은 지위를 얻은 것이오. 그 위에 위왕의 자리까지 오른다면 승상께 결코 좋은 일이 아닐 것이오. 그대들은 경거망동을 삼가시오."

이윽고 그 일이 사람들의 입을 통해 조조의 귀에도 들어갔다. 조조는 심히 불쾌했다.

"순유가 순욱의 본을 받으려고 하는 것인가. 어리석은 자로다."

조조가 크게 화를 냈다는 얘기를 전해 들은 순유는 두문불출했다. 그 후 그는 마음의 근심과 울화가 쌓여 그해 겨울에 병으로 죽고 말았다.

"공신 중의 한 명인 순유가 쉰여덟에 세상을 뜨다니……."

순유가 죽자 조조도 그의 죽음을 비통해하며 장례를 성대하게 치렀다. 그렇게 위왕에 오르는 문제는 잠시 물밑으로 가라앉았다. 그런데 그 일이 궁정의 간의랑諫議郎 조엄趙儼의 입을 통해 황제의 귀에 들어가고 말았다.

조조가 그 사실을 알고는 조엄을 거리로 끌어내어 죽이자 황제가 두려움에 떨며 말했다.

"오늘 아침까지 나를 섬기던 자가 하룻저녁에 거리에서 목숨을 잃었단 말인가. 짐도 황후도 언젠가 같은 운명을 당할 것이로다. 조조의 오만방자함이 하늘을 찌르는구나."

궁의 깊숙한 곳에서 두 사람의 눈물은 마르지 않았다. 조조와 그가 있는 허도의 권위가 강해질수록 조정의 위엄이 쇠락하여 위의 관민은 헌제가 있다는 사실조차 잊고 있는 듯했다.

"이렇게 아침저녁으로 바늘방석에 앉아 있으니, 제 아버지 복완伏完께 은밀히 밀명을 내리시면 아버지가 반드시 조조를 죽일 계책을 세울 것입니다. 목순穆順이라면 이를 믿고 맡길 수 있으니 그를 이용해 전하십시오."

복황후伏皇后는 헌제에게 결단을 내릴 것을 재촉했다. 그러자 오랜 세월 참고 견뎌온 헌제의 가슴속 울분이 이성을 제압해버리고 말았다.

헌제는 삼엄한 감시의 눈을 피해 밀서를 적은 후 환관 목순에게 건네며 은밀히 복황후의 부군인 복완을 찾아가 전하라고 했다. 충직한 목순은 헌제의 조서를 머리에 넣고 궁궐을 빠져나와 복완의 집으로 갔다.

조정에는 조조의 첩자가 많이 있었다. 첩자가 조조에게 고했다.

"목순이 황망히 궁궐을 나와 복완의 집으로 간 듯합니다."

눈치가 빠른 조조가 급히 병사를 데리고 금중의 집으로 가 목순이 오기를 기다렸다. 한밤중에 아무것도 모르는 목순이 돌아왔다. 문을 지키는 병사에게는 나갈 때 뇌물을 쥐여주었다. 주위에는 아무도 없었다. 목순은 종종걸음으로 금중의 문에 이르렀다.

그때 갑자기 어둠속에서 그를 부르는 소리가 들렸다. 옆을 돌아보니 조조가 서 있었다. 목순은 너무 놀라 온몸의 털이 곤두서는 듯했다.

"어디를 다녀오느냐?"

"예?"

"무엇을 망설이느냐? 어디를 다녀오느냐고 물었다."

"실은 황후께서 저녁부터 복통을 일으키셔서 의원을 찾으러 다녀왔습니다."

"거짓말하지 마라."

"아닙니다. 정말입니다."

"궁중에도 의원이 있는데 어찌 저잣거리에서 의원을 찾는단 말이냐? 네가 찾으러 간 것은 다른 의원일 것이다."

조조는 병사들에게 명하여 목순의 몸을 뒤져보라 했다. 병사들이 목순의 의복을 벗긴 후 발끝까지 뒤져봤지만 아무것도 나오지 않았다. 조조는 어쩔 수 없이 목순을 보내주었다.

목순은 의복을 다시 입고는 호랑이 입 안에서 도망치는 것처럼 부리나케 뛰기 시작했다. 그때 머리에 쓰고 있던 모자가 바람에 떨어졌다. 목순이 당황하며 집으려 하자 조조가 그것을 집어 들고 자세히 살폈다. 하지만 역시 아무것도 나오지 않자 던져주며 가라고 했다.

목순은 두 손으로 모자를 받아서 머리에 썼다.

"잠깐, 기다려라."

조조는 목순이 쓴 모자를 잡아채서는 머리카락 속을 샅샅이 헤집었다.

"이것이로구나!"

조조는 목순의 머리카락 속에서 작은 글씨로 빼곡히 쓰여 있는 한 장의 종이를 발견했다. 복완의 자필로 그의 딸 복황후에게 보내는 것이었다.

오늘 황제의 밀서를 받으니 눈물이 앞을 가립니다. 시절이 시절인 만큼 또 제게 생각이 있사오니 잠시 더 기다리는 게 좋을 듯합니다. 촉의 유비와 한중의 장로로 하여금 위에게 창끝을 겨누게 하면 조조는 반드시 나라 밖으로 병사를 이끌고 나올 것입니다. 그 틈을 이용해 안으로 은밀히 동지를 규합하고 대의를 내세워 일거에 대사를 이루면 반드시 성공할 것입니다. 그때까지 다른 이들이 눈치채지 않게 신중히 처신하십시오.

조조는 복완의 편지를 소매에 넣고는 부로 돌아갔다.

새벽녘, 옥사가 와서 조조에게 고했다.

"목순을 밤새 고문했지만 아무것도 불지 않습니다."

한편 복완의 집을 기습한 병사들이 헌제의 조서를 찾아 가지고 왔다. 조조는 차갑게 무장들에게 명을 내렸다.

"복완과 그의 삼족을 사로잡아 옥에 처넣고 연고가 있는 놈들도 모조리 잡아들여라."

또 어림장군御林將軍 치려都慮에게 명하여 궁궐에 들어가 황후의 새수璽綬(옥새와 인수)를 빼앗고 평인으로 떨어뜨린 후 죄를 밝히라고 했다.

위공 조조의 명령을 받은 치려는 무장한 어림군(근위군)을 이끌고 황제의 처소인 금원禁園까지 쳐들어갔다. 그때 헌제는 외전外殿에 머물고 있었는데, 무장한 어림군을 보고 놀라 물었다.

"무슨 일이냐?"

치려가 거침없이 헌제의 앞으로 나가 거만한 태도로 말했다.

"위공의 명으로 황후의 인수를 거두러 왔습니다."

헌제는 아연실색했다. 그제야 목순이 실패한 것을 깨달았다.

"황후가 어디에 숨었는지 샅샅이 뒤져라."

궁궐 쪽에서 궁녀들의 비명이 들려왔다. 황후를 찾는 어림군의 살기에 찬 목소리도 여기저기서 들렸다. 복황후는 궁녀들의 도움으로 자신의 방에 있는 이중으로 된 벽 안쪽에 숨었다. 황후의 침소를 수상하게 여긴 치려가 상서령尙書令 화흠을 불렀다.

치려와 화흠이 함께 황후의 방으로 들어가 살펴보았지만 황후는 보이지 않았다. 치려가 밖으로 나가려고 할 때 이중벽의 구조를 잘 알고 있는 화흠이 검을 뽑아 이중벽에 깊숙이 꽂았다. 그러자 그 안에 숨어 있던 복황후가 비명을 지르며 뛰쳐나왔다.

"살려주시오."

황후가 애걸했다.

"그 말은 위공께 직접 올리시오."

화흠은 황후를 그대로 잡아 일으킨 다음 조조에게 끌고 갔다. 조조는 황후를 노려보았다.

"내 일찍이 너를 죽이지 않았더니 오히려 네가 나를 죽이려 했구나. 그 대가가 어떤 것인지 알려주마."

조조의 명을 받은 병사들이 채찍과 몽둥이로 황후를 사정없이 후려치기 시작했다. 황후는 끝내 맞아 죽고 말았다.

황후의 비명과 조조의 성난 목소리는 외전까지 들릴 정도였다. 헌제는 머리를 감싸고 몸부림치다 절규하며 혼절했다.

"어찌 이런 일이 있을 수 있단 말인가. 금수만도 못한 세상이로다."

치려는 병사들에게 헌제를 억지로 끌고 가서 비궁 안에 가두라고 지시했다.

황후를 죽인 조조는 성에 차지 않았는지 복완의 일가에서 목순의 일족까지 모두 잡아들였고, 궁아문宮衙門 앞의 저잣거리에서 목을 베었다. 그 수가 2백여 명에 이르렀다.

그때가 건안 19년 11월 겨울이었다. 하늘도 이를 슬퍼했는지 검은 구름이 허창의 하늘을 가득 덮었고 마른 잎은 구슬프게 울었고 며칠 동안 아문衙門의 서리는 녹지 않았다.

얼마 후 조조는 헌제를 찾아가 말했다.

"폐하, 제가 듣기로 며칠 동안 아무것도 드시지 않으셨다 하오이다. 이제 더는 걱정하지 마십시오. 신도 더 이상 그 일을 문제로 삼고 싶지 않사옵니다."

그러고는 자신의 딸을 강제로 황후로 삼게 했다. 헌제는 거절할 힘이 없어 조조의 말에 따랐다.

다음 해 정월, 조조의 장녀는 궁중에 들어가 황후의 자리에 올랐다. 이는 조조가 국구國舅의 신분이 된 것을 의미했다.

* * *

조인은 가후의 사자가 보낸 편지를 받았다.

"위공이 급히 하후돈과 함께 은밀히 상의할 것이 있다고 하니 당장 승상부로 오십시오."

조인은 낙중洛中의 자택에서 서둘러 승상부로 향했다. 조인은 조조의 일문으로 어디든 의세당당하게 드나들 수 있었는데, 조인이 조조가 있는 중당中堂 입구까지 오자 허저가 칼을 차고 그를 불러 세웠다.

"무슨 일인가?"

"장군은 어디를 가시는 길입니까?"

"위공을 뵈러 왔다. 나를 모르진 않을 텐데 어찌 막아서는가?"

"위공께서는 지금 오수午睡 중이시니 들어가실 수 없습니다."

"아무리 오수 중이라도 나는 괜찮네."

"안 됩니다."

"뭐라? 나는 위공의 친족이다."

"아무리 친족이라고 할지라도 위공의 허락 없이는 가까이 가실 수 없습니다. 비록 이 몸이 미천하다고는 하나 저는 위공의 안위를 호위하는 중책을 맡고 있으니, 위공께서 일어나시면 허락을 구하고 안내하

122

겠습니다. 그때까지 밖에서 기다려주십시오."

조인이 어쩔 수 없이 기다리고 있는데, 이윽고 조조가 일어났다는 연락이 왔다. 그제야 조인이 들어가 조조를 만날 수 있었다.

"지금 허저라는 자에게 어처구니없는 일을 당했습니다."

조인은 조금 전의 일들을 조조에게 그대로 전했다.

"허저와 같은 자가 있어 내가 베개를 높이 하고 잠을 잘 수 있는 것이 아닌가."

조조는 오히려 허저의 충성을 크게 칭찬했다.

이윽고 하후돈과 가후까지 모두 모이자 조조는 그들을 부른 이유에 대해 말하기 시작했다.

"근래에 곰곰이 생각해보니, 촉을 저대로 내버려두면 앞으로 큰 우환이 될 듯하오. 어떻게든 유비를 촉에서 내쫓을 방법이 없겠는가?"

하후연이 대답했다.

"그러기 위해서는 먼저 한중을 쳐야 합니다. 한중은 서촉으로 들어가는 입구와 같습니다."

"맞는 말이다. 한중은 지금 상황이 어떠한가?"

"현재 한중은 고립무원입니다. 지금이라면 북소리 한 번으로 물리칠 수 있을 것입니다."

"그럼 한중의 장로를 먼저 치도록 하세."

가후가 말했다.

"한중을 취한다면 서촉은 창고의 문이 닫힌 쥐새끼처럼 그 속에서 꼼짝도 할 수 없을 것입니다."

얼마 후, 이 사실을 알게 된 한중 안은 난리법석이었다. 장로와 그 일족은 매일 회의를 열어 대책을 강구했다.

"위의 대군이 세 편으로 나뉘어 온다고 한다. 첫째가 하후돈, 둘째가 조인, 셋째가 하후연과 장합이고 조조는 중군에 있다고 하는데 어찌 막아야 하겠는가?"

"한중에서 제일 험한 요새인 양평관陽平關을 중심으로 지켜야 합니다."

장위張衛를 대장으로 양앙楊昻, 양임楊任 등이 속속 양평관으로 출발했다. 양평관은 좌우 산맥으로 삼림이 펼쳐져 있으며, 산 곳곳에 험준한 봉우리가 있어 적을 맞아 지켜내기에 적합했다.

이미 위의 선봉은 양평관을 15리 앞에 두고 진지를 구축하고 있었다. 하지만 위의 선봉은 양평관 서전에서 대패를 당하고 말았다. 위의 병사들이 지세에 어두웠고, 한중군이 요소마다 기습을 감행하여 위의 선봉을 갈라놓은 후 고립된 위군을 공격하는 전법을 쓴 것이 주요 원인이었다.

조조는 하후연과 장합이 싸움에서 패하여 중군으로 쫓겨온 것을 보고 화를 내며 말했다.

"그대들의 공격을 보고 있으면 마치 어린아이들 전쟁놀이를 보는 것 같다."

조조는 직접 선진을 편제하여 허저와 서황을 이끌고 높은 곳에 올랐다. 양평관의 적이 보이자 조조가 채찍으로 가리키며 말했다.

"저것이 장위의 진영인가? 낡아빠진 포진에 불과하구나."

조조의 말이 끝나자 뒤에 있는 산 쪽에서 화살이 비처럼 날아왔다. 깜짝 놀라 돌아보니 양앙과 양임과 양평 등의 군사가 북을 울리며 산기슭의 퇴로를 차단하고 공격해왔다.

이틀에 걸친 이번 싸움에서 위군은 다시 막대한 손실을 입었다. 조조는 사흘째도 고전을 면치 못하다 구사일생으로 목숨을 건져 도망쳤다.

진영을 70리 정도 물리고 50여 일을 대치하던 조조는 양평관 함락이 쉽지 않다는 것을 깨달았다. 그래서 일단 허창으로 돌아가서 전열을 재정비하기로 마음먹었다.

하룻밤 사이에 위의 군대가 홀연히 자취를 감추자 한중군 진영에서는 의견이 둘로 갈렸다.

양앙은 도망치는 위군을 쫓아 섬멸해야 한다는 것이고, 양임은 조조는 계략에 능하니 섣불리 뒤를 쫓아서는 안 된다는 것이었다. 결국 양앙의 주장이 받아들여져 위군을 추격하기로 했다.

한중이 파멸한 중대한 요인이 여기에 있었다. 그때까지 전승을 올리고 있었는데, 조조의 계책에 빠져 모든 게 헛되이 되고 말았던 것이다.

그날은 안개와 바람이 심해 한 치 앞도 분간하기 어려웠다. 양앙의 군대가 나간 후 양평관 앞에 군마가 와서 문을 열라고 소리쳤다. 아군이 돌아왔다고 생각하고 한중군이 문을 열자 위의 하후연이 기병 3천 명을 이끌고 쳐들어왔다.

기습에 능한 한중군이 오히려 허를 찔려 기습을 당했다. 위병은 성 안으로 들어오자마자 사방에 불을 질렀다. 양평관을 지키는 한중군의 수가 얼마 되지 않아 위병은 순식간에 성루에 위의 깃발을 꽂을 수 있었다.

총사령 장위는 일찌감치 남정南鄭(협서성·한중의 일부)으로 도망쳐버렸다. 양앙은 후방의 불길에 놀라 추격을 멈추고 허둥지둥 돌아오다 숨어서 기다리고 있던 허저의 군대의 공격을 받고 궤멸당했다. 결국 양앙은 죽고 양임은 장위의 뒤를 쫓아 남정으로 도망쳤다.

비참한 패전을 전해 들은 장로가 격노하며 도망치는 사람은 그 자리에서 목을 치라는 엄명을 내렸다. 이에 양임이 다시 양평관을 탈환하러 가는 도중 하후연의 군대와 조우하여 싸우다 죽고 말았다.

조조의 대군은 선봉의 활약으로 빠르게 진군하여 양평관을 함락시키고 단숨에 남정까지 이르렀다. 이미 한중성은 지척이었다. 장로는 전세가 급박하게 돌아가자 문무백관을 모아놓고 호령했다.

"지금 한중은 존망의 기로에 직면했다. 이 위급한 상황에서 누가 한중을 구할 것이냐?"

"한중을 구할 자는 마초가 데리고 온 방덕이라는 인물밖에 없습니다."

한중의 장수인 염포閻圃가 외쳤다.

"마초는 한중에 없는데 마초의 일족인 방덕이 어찌 홀로 한중에 남아 있는가?"

사람들 중에는 의심하는 사람도 있었지만 장로는 그 이유를 알고 있었다. 마초가 촉의 가맹관을 공격하러 갈 때, 방덕은 병이 나 함께 가지 못했다. 그 후에 방덕은 병이 나았고 근래에는 건강하게 지냈다.

장로는 무릎을 치며 염포의 진언을 받아들이고 방덕을 불렀다. 방덕이 중대한 임무를 부여받고는 말했다.

"이 나라에 와서 단 하루라도 은혜를 입은 이상 어찌 제가 모른 체할 수 있겠습니까."

방덕은 장로에게서 병사 만 명을 받고 즉시 전선으로 향했다. 그러자 방덕이 온다는 말을 들은 조조가 말했다.

"방덕은 서량의 용장이자 마초의 심복이었던 자이다. 어떻게든 사로잡아 내 사람으로 만들고자 하니 잘 대처하도록 하라."

조조의 명을 받은 위군은 방덕을 지치게 하는 작전을 썼다. 이른바 첫 번째 장수가 먼저 나가서 방덕과 싸우다 물러나면 두 번째 장수가 나가 다시 싸우다 물러나는 전법이었다. 하지만 방덕은 지치지 않았다. 허저와도 50여 합을 치열하게 겨루다 물러났는데 여유작작 다시 싸울 준비를 했다.

"과연 서량의 방덕이다. 근래에 보기 드문 뛰어난 무예를 지닌 장수이다."

위의 장수와 병사 들은 적이지만 방덕을 높이 평가했다. 조조가 회심의 미소를 지으며 마치 숲 속에서 아름다운 새를 쫓는 소년처럼 반드시 방덕을 사로잡으라고 명령했다. 그러자 가후가 계책 하나를 내놓았다.

다음 날 싸움에서 위군은 패하여 10리를 물러났다. 방덕은 위의 진채를 점령했지만 이제까지와는 다른 적의 동향을 의심하며 방심하지 않았다.

과연 그날 밤 위의 대군이 사방에서 공격해왔다. 방덕은 이미 알고 있었다는 듯 순순히 남정성으로 물러났다.

방덕은 점령했던 진채의 병량과 군수품 등을 미리 성안으로 옮겨놓고는 장로에게 조조의 진채를 점령하여 막대한 전리품을 노획했다고 보고했다. 그런데 전리품을 운반하는 병사들 속에 위의 간자가 잠입해 있었다. 그가 성안에 있는 양송의 집을 몰래 찾아갔다.

자신을 위공 조조의 심복이라고 밝힌 간자는 가슴에 차고 온 황금 엄심갑과 조조의 친서를 건넸다. 양송은 한중의 중신이었지만 평소에 뇌물을 좋아하고 탐욕이 강한 사람이었다. 그는 황금 엄심갑을 보고는 몹시 탐을 냈다. 그뿐 아니라 조조의 친서에는 그가 꿈에도 생각하지 못했던 벼슬을 제안하는 내용이 쓰여 있었다. 양송은 고민도 하지 않고 바로 도울 것을 약조했다.

양송은 곧바로 한중으로 가서 장로에게 방덕의 행동을 모함했다.

"마초의 사람은 역시 마초의 사람일 수밖에 없습니다. 방덕은 정말로 싸우고 있지 않습니다. 어렵사리 위의 진채를 점령했는데 바로 적에게 돌려주고 뻔뻔하게 남정성으로 돌아가 틀어박혀 있습니다. 필시 조조와 내통하고 있는 게 틀림없습니다. 한번 조사해볼 필요가 있을 듯합니다."

장로는 양송의 간언에 이끌려 바로 방덕을 불러들였다.

방덕이 무슨 일인지 궁금해하며 돌아왔다. 장로는 방덕을 보자마자 소리쳤다.

"이 은혜도 모르는 놈. 조조와 잘도 내통하여 우리 군사를 팔아넘겼구나."

장로는 노발대발하며 방덕의 목을 치라고 했다. 그러자 옆에 있던 염포가 중재에 나섰다.

"잠시 진정하시고 먼저 방덕의 말을 들어보십시오. 그가 결백을 주장하면 다시 한번 공을 세울 기회를 주시는 게 어떻겠습니까?"

장로는 염포의 말에 진정하고 말을 이었다.

"그럼 일단 네 목을 치는 일을 유예하도록 하마. 만약 큰 공을 세우지 못할 시에는 반드시 군율에 따라 네 목을 쳐서 군중에 걸어놓을 것이니라. 명심하라."

"아, 단 하루의 은혜가 이토록 나를 옭아매는구나!"

방덕은 가슴에 분노를 삼키며 다시 전장으로 돌아갔다. 그리고 비장한 얼굴로 죽음을 각오한 듯 무모한 싸움에 나섰다. 그는 적진 깊숙이 공격해 들어가 물러서지 않았다.

그때 언덕 위에서 그 모습을 지켜보고 있던 조조가 큰 소리로 방덕을 불렀다.

"방덕, 어찌 갑자기 죽음을 재촉하는가? 왜 내게 항복하여 대장부의 삶을 완성하려 하지 않는 것인가?"

방덕은 언덕을 향해 말을 내달렸다. 바로 조조를 저승길 길동무로 삼으려는 것이었다. 하지만 언덕을 내달리던 방덕의 모습이 갑자기 사라졌다. 깊이가 20척이 넘는 함정에 말과 함께 떨어진 것이었다. 아름다운 새가 조조의 새장에 갇혀버렸다. 방덕은 항복하고 그날부터 조조의 신하가 되었다.

장로는 양송의 말이 사실인 것을 알게 되자 양송을 신뢰하며 무슨 일이든 그와 상의했다. 하지만 이미 남정이 함락되었고, 조조의 손아귀에 한중의 거리도 넘어가기 직전이었다.

병사들이 외곽의 방어를 포기하고 도망치자 장로의 동생 장위가 성과 마을을 불태우자고 주장했다. 하지만 양송은 이를 반대하며 피를 흘릴 필요 없이 빨리 항복하는 것이 상책이라고 주장했다.

"국가의 재물은 백성들의 피와 땀으로 만들어진 것인데 내 어찌 그것을 불태울 수 있으리."

장로는 혼란한 와중에도 성안의 보물과 재물이 들어 있는 곳간을 모두 봉했다. 그리고 그날 밤 이경 무렵에 일가를 데리고 남문을 빠져나와 도망쳤다.

조조가 성을 점령한 후 그것을 보며 말했다.

"관의 곳간을 봉인하여 내게 건넨 장로의 행동은 선행이라고 할 만하구나. 참으로 기특하고 갸륵하다."

조조는 사자를 파중巴中으로 보내 장로에게 항복하면 일족을 보호해주겠다고 제의했다. 그러자 양송은 투항을 권했고 장위는 극구 반대했다. 결국 장위는 승산이 없는 항전을 하다 죽고 말았다.

조조가 잔병을 소탕하며 파중으로 진군해오자 장로는 성을 나와 마침내 조조에게 무릎을 꿇었다. 그 옆에 양송이 있었는데 내심 자신의 공을 높이 평가하고 있는 듯한 표정이었다.

조조는 그런 양송에게는 눈길도 주지 않고 말에서 내려 장로의 손을 잡았다.

"곳간을 봉하여 방화와 약탈에서 구하다니 실로 가상하오. 그 뜻을 높이 사 그대를 진남장군鎭南將軍에 봉하려 하오."

그리고 한중의 신하 중 다섯 명을 골라 열후에 봉했는데, 그중에 염포의 이름은 있었지만 양송의 이름은 없었다. 양송은 속으로 자신에게 더 큰 벼슬을 내릴 것이라고 생각했다.

　한중 평정을 축하하는 날, 저잣거리에서 참수형이 거행되었다. 죄인의 목은 가늘고 말라 있었다. 구경꾼들은 음식을 먹으며 빨리 목을 치라고 재미난 듯 떠들어댔다. 죄인은 원망스러운 듯 사람들을 둘러보았다. 죄인은 바로 양송이었다.

91
조조와 손권의 유수 화친

공명은 형주를 돌려준다는 조건을 버세워 손권에게 위의 합비를
공격하게 만들고, 유수에서 대치하던 손권과 조조는 화친을 맺기에 이른다

사마의司馬懿 중달仲達은 중군의 주부主簿를 맡고 있었는데, 한중을
공략할 때도 조조의 곁에 있었다. 그는 한중을 평정한 후에 전후 처리
와 시정施政에 참여하여 재능을 발휘하며 두각을 나타냈다. 어느 날 그
가 조조에게 진언했다.

"위가 한중을 취하자 서촉은 동요하고 유비는 두려움에 떨고 있다
고 합니다. 만일 이때 승상께서 촉을 공략하면 유비는 기왓장처럼 무
너져 도망칠 게 틀림없습니다."

중신인 유엽劉曄이 옆에서 중달의 말에 동조했다.

"중달의 의견이 전적으로 옳습니다. 여기서 시간을 지체하면 공명은 문치文治로 민심을 얻을 것입니다. 또한 관우, 장비, 조운, 황충, 마초 등의 오호五虎를 거느리고 있어 이전과는 달리 그를 무찌르기는 어려워질 것입니다. 촉을 도모할 기회는 바로 지금뿐입니다."

이전의 조조였다면 고민할 사안도 아니었지만, 적벽대전 이후로 조조는 나이를 먹은 듯했다.

"이미 갓 농隴의 땅을 얻었는데 어찌 바로 촉을 바라는가. 아군의 군마도 지쳤으니, 조금 더 쉽게 하는 것이 좋을 것이다."

조조는 군사를 움직일 마음이 전혀 없었다.

한편 촉에게 위의 한중 진출은 심각한 위협이 되고 있었다. 지금 당장이라도 조조가 국경을 넘어 공격해온다는 유언비어가 횡행하고 있었다. 유비가 촉을 평정하고 새롭게 나라를 정비해 질서를 잡아가고 있다고는 해도 아직 날이 얼마 되지 않았기 때문에 유비도 위협을 느끼지 않을 수 없었다.

공명은 그런 부분에 대해 논의를 하다 다음과 같은 방침을 세웠다.

"위의 팽창주의는 살아 있는 생물과 같으니, 그 야욕을 다른 곳으로 돌리면 당분간 촉은 무사할 것이고, 그사이에 국방을 충실히 정비해야 합니다. 또한 말이 능한 자를 오에 사자로 보내 일전에 약속한 형주의 삼군을 돌려주는 한편, 시국의 위태로움과 상호의 이해利害를 논하여 손권이 합비성을 공격하게 만들어야 합니다. 합비성은 조조가 장료에게 지키게 할 정도로 위에게 중요한 국경입니다. 그러니 조조는 이곳에 신경을 집중하여 반드시 남쪽을 먼저 공략할 것입니다."

"실로 원대한 방책이오만 누구에게 그런 막중한 임무를 맡길 수 있겠소이까?"

유비가 좌중을 둘러보는데 문득 한 사람과 눈이 마주쳤다. 그가 일어서며 자신이 가겠다고 나섰다. 사람들이 모두 쳐다보니 이적伊籍이었다.

공명이 고개를 끄덕였고 다른 사람도 모두 이적을 믿었다. 이적은 즉시 유비의 서신을 가지고 장강을 내려갔다.

이적은 오에 도착하기 전에 은밀히 형주에 들러 관우에게도 유비의 뜻과 공명의 계책을 말해놓았다.

오에서는 이적의 교섭을 두고 의견이 분분했다. 어떤 사람들은 일전에 있던 관우의 무례를 비방하며 절대로 받아들일 수 없다고 하고, 또어떤 사람들은 이를 거절하면 나머지 형주의 땅까지 포기하는 것이니 삼군만이라도 일단 받아야 한다고 주장했다.

이적이 손권에게 말했다.

"만일 오가 합비를 공격하면 조조는 한중에 있지 못하고 바로 허창으로 철수할 것입니다. 그러면 황숙께서는 즉시 한중을 취한 후 관우를 한중으로 불러들여 형주를 온전히 오에게 돌려주려고 생각하십니다."

장소와 간옹 등의 의견이 모두 이에 기울어지자 손권도 마침내 결심을 굳히고 이적의 교섭을 전부 용인했다. 손권은 형주를 취하기 위해 노숙을 보냈다.

형주는 다년간 양국에게 암과 같은 존재였는데, 그제야 전부는 아니더라도 부분적으로 해결 국면을 맞이했다.

삼군의 영토 인수인계가 무사히 끝나자 오와 촉은 비로소 우호 관계를 유지했다. 그리고 오는 군사를 일으켜 육구 부근에 주둔했다. 손권은 먼저 위의 환성晥城을 취한 다음 합비를 공격한다는 방침을 정했지만, 환성 공략은 결코 만만한 일이 아니었다.

오는 선진에 여몽과 감녕을, 후진에 장흠과 반정을, 중군에 주태, 진무, 서성, 동습 등의 장수와 책사 들을 배치했다. 하지만 환성 하나를 함락시키는 데 치른 희생은 너무도 컸다.

손권은 환성을 점령한 날 큰 주연을 열어 군의 사기를 고무했다. 능통도 여항余杭 땅에서 뒤늦게 도착하여 주연에 참석했다.

"이틀만 빨리 왔어도 이번 싸움에 참가할 수 있었을 텐데 무척 아쉽습니다."

"아직 합비가 남아 있소이다. 합비를 공격할 때에는 나처럼 제일 먼저 나서시오."

감녕이 능통의 말을 받아 위로하는 듯한 표정을 지으며 말했다. 이번 환성 공략에서 가장 큰 공을 세운 감녕은 손권에게 비단 전포를 받았다. 그러다 보니 좌중의 장수들 중에 가장 득의만면하여 취기가 잔뜩 올라 있었다.

"흐음, 감녕이구나."

능통은 한층 콧대가 높아져 자신의 무공을 자랑하는 감녕의 모습을 보고는 코웃음을 쳤다. 그리고 감녕과 눈이 마주친 순간, 지난날 감녕에게 죽임을 당한 선친의 일이 뇌리에 떠올랐다. 그런 능통의 마음을 알았는지 감녕이 소리쳤다.

"능통, 무엇을 비웃는 것인가?"

감녕의 얼굴빛이 변했다. 능통은 자신도 모르게 허리에 찬 칼을 잡고 있었다. 그것을 깨달은 능통은 뜨끔했다.

"흠, 나는 아직 무공을 세우지 못했소. 그러니 하다못해 여흥으로 검무라도 추어 제장들의 노고를 위로하려고 하오."

능통은 일어나서 검무를 추기 시작했다. 감녕도 질 수 없다는 듯 뒤에 있는 창을 집어 들며 말했다.

"그대가 검을 가지고 춘다면 나는 창으로 흥을 돋우겠소."

두 사람은 창과 칼을 번뜩이며 춤을 추었다. 하지만 실제로 서로의 마음은 틈만 보이면 아버지의 원수를 갚고자 했고, 어디 한번 덤벼보라는 식이었다.

그때 여몽이 방패를 들고 두 사람 사이로 뛰어들어 교묘히 창과 검의 춤을 중재했다. 그날 창과 칼의 춤은 다행히 아무 일도 없이 끝났다.

손권은 처음에는 아무런 낌새도 알아차리지 못했다가 나중에 그 춤들의 뜻을 알아차렸다. 여몽의 중재로 두 사람이 피를 보지 않고 자리에 앉자 손권이 안심하면서 말했다.

"두 사람의 검무를 잘 보았소. 내 술을 내릴 테니 앞으로 나오시오."

손권이 양손의 잔을 두 사람에게 건네며 말했다.

"지금 오는 처음으로 적지인 위의 땅을 밟았소. 오의 흥망을 짊어지고 있는 그대들의 마음에 사심이 있을 리 없겠지만, 옛 원한은 서로 잊기를 바라오. 알겠소? 제발 꿈에도 생각하지 마시오."

　　　　　　　　　　＊ ＊ ＊

　장료는 합비성을 맡은 후 성을 지키는 데 한시라도 게을리한 적이 없었다. 합비는 위의 국경이자 국방의 제일선이기 때문이었다.

　그러던 어느 날 오의 10만 대군에 의해 환성이 함락되고 말았다. 적이 물밀 듯 합비로 진격해오자 시급을 알리는 파발이 쉴 새 없이 오갔다.

　한중에 있는 조조가 그 보고를 듣고 설제薛悌를 보내왔다. 설제는 상자 하나를 가져왔는데, 그 상자 속에는 조조가 지시한 작전이 담겨 있었다.

　"승상의 작전이 무엇인지 어서 빨리 열어보시지요."

　부장 악진과 이전은 마른침을 삼키며 장료가 상자를 여는 것을 지켜보았다. 조조의 작전은 다음과 같았다.

　　내가 멀리 한중에 있는 틈을 노려 오가 적극적으로 공격에 나섰다. 오는 지금 아군을 가벼이 보고 있다. 그러니 나가 싸우지 마라. 오로지 성만 지키면 그들은 자만에 빠질 것이다. 지금 시점에서 성을 나가 10만의 군사와 싸우는 것은 어리석은 짓이다. 이에 적이 오면 서전에서 적의 예기를 일격에 꺾어 아군의 사기를 높인 후 성문을 굳게 닫고 오직 방비를 최우선으로 하라. 절대로 나가서 싸우지 마라.

장료는 두 장수에게 조조의 작전에 대해 물었다.

평소에 이전과 장료는 사이가 좋지 않았다. 그런 탓인지 이전은 아무 말도 하지 않았다. 한편 악진은 조조의 작전에 반대했다.

"예전부터 성을 지키기만 해서는 이긴 적이 없습니다. 하물며 소수의 아군으로는 더욱 불가능합니다."

이미 장료는 조조의 작전을 따르기로 마음먹었다.

"논쟁을 하고 싶다면 혼자 하시오. 다른 사람은 몰라도 나는 승상의 말을 거역할 수 없소. 승상의 지시대로 나는 먼저 성을 나가서 일전을 겨뤄 적의 예기를 꺾을 것이오. 그런 다음 성문을 닫고 오로지 방어만 할 것이오."

장료가 당장 성을 나가 싸울 준비를 했다. 그러자 잠자코 있던 이전이 벌떡 일어나며 말했다.

"그렇다. 나라의 큰일이 났는데, 어찌 사심에 얽매여 그르칠 수 있겠는가."

이전도 성을 나가 장료의 뒤를 따랐다. 이를 본 악진도 더는 망설이지 않고 말을 몰고 성을 나섰다.

오의 대군은 벌써 소요진逍遙津(안휘성·합비 부근)까지 와 있었다. 선봉인 감녕군과 위군의 악진 사이에 전투가 벌어졌는데, 위병이 패주하자 손권이 오를 당해낼 자는 없다고 기세를 올리며 계속해서 진군했다.

이윽고 오의 군대가 소요진에서 벗어나자 갑자기 갈대밭 사이에서 연주포連珠砲 소리가 울리고 좌우에서 장료와 악진의 깃발이 나타나더니 손권의 중군에 기습을 감행했다.

선봉의 여몽과 감녕의 군대는 적을 너무 급하게 쫓아 중군과의 거리가 많이 벌어져 있었고, 후진의 능통은 아직 소요진을 다 건너지 못한 상태였다. 하지만 중군의 기가 흩어지는 것을 본 능통이 부하들을 내버려둔 채 혼자 중군 쪽으로 말을 내달렸다.

손권과 7백여 명의 중군은 적의 기습에 포위되어 섬멸당하기 직전이었다. 능통은 고함을 치며 손권을 불렀다.

"주공, 주공! 어서 소사교小師橋를 건너 이쪽으로 오십시오!"

손권은 능통의 목소리를 듣고는 서둘러 말을 타고 달려왔다. 두 사람이 소사교까지 도망쳐오기는 했지만, 이미 남쪽 다리 두어 개가 적의 손에 파괴되어 길이 끊어져 있었다.

"큰일이다!"

말도 놀라 요동쳤다. 뒤에서는 장료의 3천 병사가 두 사람을 발견하고 화살을 퍼부었다.

"능통, 어떻게 하면 좋겠는가?"

손권은 놀란 말을 진정시키며 안절부절못했다.

"그리 놀라실 필요 없습니다. 제 뒤를 쫓아오십시오."

능통은 물가에서 멀리 말을 물린 후 다시 기세를 올리며 앞으로 말을 내달렸다. 그리고 무너진 다리에 가까워지자 말의 엉덩이에 채찍을 가했다. 말은 높이 솟아올라 다리 위로 건너뛰었다. 손권도 능통이 하는 대로 말을 달려 다리 위까지 무사히 건넜다.

강 위에 후군인 서성과 동습의 배가 보였다. 능통은 반밖에 남아 있지 않은 다리 위에서 소리쳤다.

"주군을 여기에 남겨놓고 갈 테니 잘 보살펴드려라."

능통은 다시 강 건너편으로 뛰어올라 그대로 내달려 적의 화살 속으로 돌진했다.

멀찌감치 앞으로 나갔던 감녕과 여몽도 급히 돌아와 위군과 싸우고 있었다. 그렇지만 아무래도 허를 찔려서인지 중군과 후진은 협력하지 못했다. 여러 곳에서 위군에게 포위당하여 많은 전사자를 낼 뿐이었다.

특히 비참한 것은 능통의 부대였다. 능통은 손권을 구하기 위해 자신의 부대를 지휘하지 못했다. 그런 탓에 지휘관을 잃은 병사들은 이전의 부대에게 포위당해 대부분 죽임을 당했다.

대장 능통이 돌아왔을 때에는 이미 부하 대부분이 죽고 없었다. 능통도 여러 곳에 창을 맞아 온몸이 피로 빨갛게 물들었다. 그는 그 상태로 소사교 부근까지 도망쳐왔다.

능통은 말에 채찍을 가해 다리를 건널 만한 기력도 없었고 흘러내리는 피 때문에 눈도 가물거려 앞이 잘 보이지 않았다.

강 위의 배 안에서 손권이 능통을 발견하고는 소리쳤다.

"저기 능통이 있다. 어서 능통을 구하라."

이윽고 한 척의 배가 강가로 다가가 그를 태우고 돌아왔다. 오의 패잔병들도 차례로 강의 북쪽으로 모여들었는데, 배로 옮겨 태울 겨를도 없이 적에게 쫓겨 무참히 죽임을 당하거나 강으로 뛰어들어 빠져 죽는 모습을 지켜볼 수밖에 없었다.

"내 불찰이다. 참으로 어리석었구나."

손권이 병사들을 수습하면서 비참한 패전에 대한 잘못을 되뇌었다. 그러자 온몸에 중상을 입은 능통이 상처를 감싸며 손권에게 말했다.

"헤아려보면 환성의 승리가 오늘과 같은 패인을 불러온 것입니다. 아군 모두가 승리에 심취하여 적을 너무 경시한 탓입니다. 어쩌면 이번 패배가 오후께 좋은 교훈이 될 것입니다. 오후께선 오의 만민의 주인 되는 몸이라는 사실을 부디 가슴 깊이 새기시길 바랍니다. 오늘 옥체를 무사히 보존한 것은 천지신명이 보살핀 것과 같으니 기뻐해야 할 것입니다."

"내 오늘 일을 평생의 교훈과 경계로 삼겠다."

손권도 눈물을 흘리며 말했다. 그리고 오군은 군대를 재정비하기 위해 장강을 내려가 오의 유수濡須까지 후퇴했다.

"장료가 온다, 장료가 온다."

그 후 장료는 오에서 자신의 이름을 널리 알리게 되었다. 우는 아이에게 장료가 온다고 하면 울음을 그칠 정도였으니, 장료의 용맹과 지혜가 얼마나 오군의 간담을 서늘하게 했는지 알 수 있었다.

하지만 장료는 이번 싸움에 대해 뜻밖의 승리라고 판단했다. 장료는 급히 한중에 파발을 보내 전황을 보고하고 후일을 위해 대군을 보내줄 것을 요청했다.

한편 조조는 한중에 있으면서 여세를 몰아 촉을 쳐야 할지, 일단 돌아가서 오를 쳐야 할지 결정을 내리지 못하고 있었다.

* * *

한중을 손안에 넣었지만 본래 조조의 마음은 오랫동안 남쪽을 향해 있었다. 또한 조조는 동오만 생각하면 적벽대전의 원한이 맹렬히 타올랐다.

"한중의 수비는 장합과 하후연만으로 족하다. 나는 남하하여 오의 유수로 가야겠다."

조조는 결단을 내리고 양자강의 강물을 따라 오의 수도인 말릉의 서쪽 유수로 향했다.

유수의 오군은 먼 곳에서 오는 조조의 대군을 학수고대하고 있었다. 선봉을 자처하여 나선 사람은 감녕과 능통이었다.

"능통이 일진, 감녕이 이진으로 선봉에 서라."

손권과 다른 부장들도 선봉의 뒤를 이어 기세등등 출정했다. 유수 일대는 전쟁터로 변했다. 조조의 선봉에는 장료가 섰다. 능통은 적을 보자 일말의 주저도 없이 공격했다. 바위에 부딪히는 물결처럼 부딪힌 쪽의 진영이 물보라가 되어 부서지는 광경이 멀리 손권의 본진에서도 보였다.

"능통이 위험하다. 여몽, 어서 가서 능통을 구하라."

여몽은 군사를 이끌고 달려갔다. 그 뒤에 감녕이 와서 말했다.

"의외로 적의 포진이 견고합니다. 40만의 적세는 장도에 지치지도 않는 듯합니다. 그러니 정면에서 맞서서는 승산이 없습니다. 제게 날래고 용맹한 병사를 백 명만 내려주시면, 오늘 밤 조조의 본진을 헤집어 놓겠습니다."

"불과 백 명으로 가능하단 말이오?"

"만약 실패하면 그 벌을 달게 받겠습니다."

손권은 감녕의 청을 받아들여 직속의 정예병 중 백 명을 선발하여 내렸다. 감녕은 저녁 무렵, 백 명의 결사대를 자신의 진영으로 불러들인 후 그들에게 술 10통과 양고기 50근을 베풀었다.

"오후께서 내려주신 것이니 마음껏 마시라."

감녕은 먼저 주발에 술을 따라 단숨에 들이키고는 차례대로 돌렸다. 백 명의 병사는 마음껏 술과 고기로 배를 채웠다. 그제야 감녕이 입을 열었다.

"오늘 밤 우리는 조조의 중군으로 쳐들어갈 것이다. 미련이 남지 않도록 마음껏 먹고 마셔라."

모두 서로의 얼굴을 쳐다보았다. 갑자기 취기가 사라진 듯한 얼굴이었다. 병사들은 불과 백 명으로 어떻게 하자는 것인지 의문을 품었다.

감녕은 칼을 빼들고 일어서서 소리쳤다.

"오의 대장군인 이 감녕도 나라를 위해 목숨을 아까워하지 않는데 너희는 목숨이 아까워 내 명령을 어길 셈이냐!"

그리고 그는 거역하는 사람은 목을 치겠다며 위협했다.

"장군과 생사를 함께하겠습니다."

백 명의 병사는 모두 자세를 바로 하고 맹세했다.

"좋다. 그럼 모두 서로를 알아볼 표식으로 이것을 투구 앞에 꽂도록 하라."

감녕은 병사들에게 흰 거위깃털을 하나씩 나눠주었다.

밤 이경이 지난 후 그들은 뗏목을 타고 수로를 우회하여 나아갔다.

제방을 따라 들판을 가로질러 드디어 조조의 본진 배후에 다다랐다.

"자, 북과 징을 울리고 함성을 지르라."

그들은 목책에 다가가 초병을 베고 일시에 진중으로 쳐들어갔다. 이내 여기저기서 불길이 일었다. 한밤중 어둠 속에서 조조의 군사는 우왕좌왕하며 아군을 적으로 오해하고 서로 싸우기까지 했다.

감녕은 마음껏 진중을 휘젓고 돌아다니다 병사들을 한곳에 모은 다음 한 명의 손실도 없이 그대로 퇴각했다.

"그대의 용맹함에 조조도 간담이 서늘하여 혼이 나갔을 것이다. 참으로 통쾌하다."

손권은 칼 백 자루와 비단 천 필로 감녕의 공을 치하했다. 감녕은 그것을 모두 백 명의 병사들에게 나눠주었다.

위에 장료가 있다면 오에는 감녕이 있었다. 오군의 사기는 하늘을 찌를 듯했다.

한편 어젯밤의 설욕을 위해 장료는 군사를 이끌고 오의 진영에 공세를 가했다. 오의 능통이 그에 맞섰다. 능통은 감녕이 큰 공을 세워 손권에게 상찬을 받은 일을 떠올렸다. 그래서 이에 질세라 먼저 나선 것이었다. 뿌옇게 먼지를 일으키며 오고 있는 장료의 모습이 보였다. 그의 양옆에는 이전과 악진 등이 오군을 물리치며 달려왔다.

능통도 손에 칼을 들고 질풍처럼 말을 내달렸다.

"거기 오는 것이 장료 맞느냐?"

"나는 악진이다."

장료 옆에 있던 악진이 창을 휘두르며 능통에게 달려들었다.

능통은 뒤로 물러날 틈도 없었다. 그는 악진을 상대로 50여 합을 싸웠다. 그때 장료 뒤쪽에 있던 조휴曹休가 능통을 노리고 철궁을 쏘았다. 하지만 화살은 빗나가 능통의 말에 꽂혔다. 능통이 땅에 떨어지자 악진이 창을 거꾸로 잡고 능통을 찌르려 했다.

그 순간이었다. 어딘가에서 화살이 날아오더니 악진의 양미간에 꽂혔다. 악진은 창을 떨어뜨리고 그대로 뒤로 나가떨어졌다. 그러자 양군이 일제히 달려들어 서로의 장수를 부축해 데려간 후 물러났다.

능통이 손권에게 사죄하자 손권이 그를 위로하며 말했다.

"병가에서는 늘 있는 일이오. 오늘 그대를 구한 자가 누구인지 알고 있소?"

능통은 좌중을 둘러보았다. 감녕이 아무 말 없이 앉아 있었다.

"악진의 양미간을 쏘아 맞힌 사람은 바로 감녕이라네."

능통은 눈물을 흘리며 감녕에게 손을 내밀었다. 그 이후로 두 사람은 옛 원한을 잊고 생사를 함께하기로 했다.

다음 날, 위군은 전날의 두 배가 넘는 군사로 수륙 양면에서 오의 진영을 공격해왔다.

"조조도 초조함을 이기지 못하고 총공세에 나섰구나."

오의 진영도 유수에 수많은 병선을 띄우고 똑같이 대군으로 맞섰다. 그날 눈부신 활약을 보인 것은 서성과 동습 등의 오군이었다. 그로 인해 이전의 부대가 무너지고 조조의 중군까지 위험한 지경에 빠질 뻔했다. 하지만 갑자기 큰바람이 불어 물결이 크게 솟구치고 강가의 자갈이 날아다니고 해가 중천에 떠 있는데도 천지가 어두워졌다. 또한 동습의 병선이 강에서 침몰하고 다른 병선들도 돛이 찢겨지고 절벽에 부딪히는 등 혼란이 극에 달했다.

그때 새로운 위군이 서성의 부대를 포위하여 절반을 섬멸해버렸다. 손권의 명령을 받은 진무가 서성을 구하러 달려가는데, 제방 수풀에 숨어 있던 위의 군사가 달려들었다. 위군의 장수는 한중에서 따라온 방덕이었다.

천지 기상의 악화로 오군의 전세가 급격히 악화되어 패퇴할 수밖에 없게 되자 젊은 손권이 직접 중군을 이끌고 유수 강가로 나아갔다. 하지만 그곳에는 장료와 서황이 그를 기다리고 있었다.

***

손권은 백전연마百戰鍊磨의 조조에 비해 전쟁 경험도 적고 혈기만 앞섰다.

유수 유역을 경계로 하여 위의 40만 대군과 오의 60만 대군이 치열한 전면전을 펼쳤다. 날씨가 오에게 불리하게 작용했다고는 하나, 손권이 병사를 경솔하게 움직인 탓에 주력을 잃고 장료와 서황에게 당하게된 것이었다.

조조는 야트막한 언덕 위에서 그 광경을 흐뭇하게 지켜보고 있었다.

"지금이야말로 손권을 사로잡을 좋은 기회이다."

조조의 말을 들은 허저가 말을 달려 치열하게 싸움이 벌어지는 한가운데로 뛰어들었다.

오군의 시체는 늘어만 가고 유수의 강물도 빨갛게 물들어갔다. 오후 손권조차 어디에 있는지, 누가 누군지 알아볼 수 없을 정도로 오군의 몰골은 처절했다. 그 와중에도 오의 주태는 분투하며 한쪽의 혈로를 뚫고 강기슭까지 도망쳤다. 그 후 뒤를 돌아보니 주군인 손권이 아직 적의 포위망 속에 갇혀 고전하고 있었다.

"주공, 여깁니다. 빨리 이쪽으로 오십시오."

주태는 소리를 치며 적의 배후로 돌아가 한쪽의 포위망을 뚫고 손권을 구해 도망쳤다. 그때 마침 여몽의 부대가 되돌아와서 손권을 배에 태웠다. 손권은 비통한 목소리로 소리쳤다.

"서성은 어떻게 되었는가? 서황은?"

"제가 다녀오겠습니다."

주태는 다시 적이 우글거리는 전장으로 돌아갔다. 손권은 그런 주태의 모습을 보며 감탄했다.

"나를 구하기 위해 혈로를 뚫고 왔는데, 다시 서성을 구하기 위해 사지로 뛰어드는구나."

손권은 눈을 감고 하늘에 기도를 올렸다. 이윽고 주태가 서성을 구해 돌아왔는데, 두 사람 모두 온몸이 피로 붉게 물든 채 기력이 떨어져 있었다. 그사이 여몽은 백 명의 궁수로 궁진을 펴며 적을 막았다. 그리고 다시 배 위로 궁진을 옮겨 손권을 보호하면서 하류로 퇴각했다.

그 싸움에서 비장한 죽음을 맞이한 사람은 진무였다. 그는 방덕의 군사에 둘러싸여 퇴로를 잃고 점차 좁은 산골짜기로 몰렸는데, 전포의 소매가 나뭇가지에 걸려 제대로 싸워보지도 못하고 방덕에게 목을 내주고 말았다.

조조는 전날 밤 자신의 중군을 헤집어놓은 오군에게 오늘 몇 배로 되갚아주고 있었다. 손권이 불과 몇 명의 수하들과 유수의 하류로 도망치는 것을 보고 놓치지 말라고 소리쳤다. 그러고는 직접 군사들을 독려하며 수천 명의 궁수들을 배치하고 활을 쏘았다. 하지만 그날의 풍랑은 손권의 편이 되어주었다. 화살은 모두 풍랑을 이기지 못해 손권이 있는 곳까지 이르지 못했다.

손권이 강의 지류들이 합류하는 넓은 지점까지 이르자 본류인 장강 쪽에서 오의 병선 수백 척이 올라오고 있었다. 육손陸遜이 이끌고 온 10만 대군이었다. 손권은 비로소 한숨을 돌렸다.

손권과 휘하의 부장들은 모두 중경상을 입고 있어 10만 명의 아군 병사가 왔는데도 더 이상 싸울 기력이 없었다.

"오늘 싸움은 여기까지 하도록 합시다."

그때 육손이 단호하게 말했다.

"이대로 모든 군사를 물리시면 조조는 오를 우습게 보고 더욱 자신만만하여 필승의 의지를 불태울 것입니다. 또한 아군 병사들도 위가 강하다고 여겨 그들을 두려워할 것입니다. 아군의 후방의 위용을 보인 다음 퇴각해도 늦지 않습니다."

육손은 손권과 중상자들을 배 안에 남기고 잔병들에게 호위를 명했다. 그리고 새로운 10만 군사를 모두 상륙시킨 후 죽기를 각오하고 싸울 것을 명했다.

새롭게 증강된 오의 대군이 퍼부어대는 화살에 조조는 당황하고 위군은 우왕좌왕했다. 위군의 전세는 급격히 악화되었다.

"적이 무너지기 시작했다."

육손은 적군의 기가 꺾이자 총공세를 감행했다. 오의 10만 군사들은 등을 보이고 도망치는 위군을 찌르고 차고 베고 때리고 짓밟았다.

군사의 수로 보나 기력으로 보나 육손의 군사들이 위군을 압도했다. 수급만 해도 7백여 급이었는데, 잡병들까지 헤아리면 도저히 셀 수가 없었다. 빼앗은 말도 천 마리가 넘었다.

육손은 위군을 멀리 몰아내고 완벽한 승리를 거두었을 뿐 아니라 아군이 대패한 곳으로 가서 아군의 시체와 깃발과 병기 들까지 거두어들였다. 아군들의 시신을 수습하고 보니 진무는 칼에 맞아 죽었고, 동습은 물에 빠져 죽었으며, 그 외의 많은 부장들도 죽고 없었다.

손권은 목을 놓아 통곡했다.

"동습의 시신이라도 찾도록 하라."

오군은 강 속에서 동습의 시신을 찾아 건져 올린 후 배 안에서 제를 올렸다.

유수성에 돌아온 손권은 날을 잡아 연회를 베풀었다.

"주태, 그대는 오의 공신이오. 오늘 이후 나는 그대와 영욕을 함께하여 목숨이 붙어 있는 한 그 공을 잊지 않을 것이오."

손권은 들고 있던 술잔을 주태에게 건네며 상처를 보여달라고 했다. 주태는 잠시 주저하더니, 옷을 벗어 상처를 보여주었다. 뻘겋게 부어오른 무수한 상처는 보기에도 애처로웠다.

"아, 그 상처 하나하나가 그대의 충혼과 용맹을 보여주고 있구려. 모두들 무인의 귀감을 보라."

손권은 주태의 등을 어루만지며 칭송했다. 또 주태의 공을 평소에도 기리기 위해 얇고 푸른 비단으로 된 우산을 내리며 진중에서 쓰라고 했다. 물론 육손과 다른 부장들에게도 상을 내리며 말했다.

"유수가 견고하고, 오의 강함이 오늘과 같으니, 북국의 역적이 어찌 당해내겠는가."

오의 사기는 한층 높아졌다.

그 이후로 위와 오가 한 달 정도 대치했지만 조조는 섣불리 움직이지 않았다. 묵묵히 전비를 충실히 하고 병력을 늘리면서 대대적으로 다음 작전을 구상했다.

오의 노신 장소가 손권에게 말했다.

"절대로 낙관할 수 없습니다. 뭐라 해도 조조는 조조입니다. 형세가 유리할 때 화친을 제안하는 것이 어떠하신지요?"

이윽고 손권은 보즐을 사자로 삼아 조조에게 보냈다. 그랬더니 조조도 물러날 때라고 생각했는지 매년 중앙에 공물을 바치는 조건으로 화친을 받아들였다. 오에게는 받아들이기 쉬운 조건이어서 이내 화친이 이루어졌다.

그렇다고 진정한 화평이 찾아온 게 아니라는 사실은 양국도 잘 알고 있었다. 조조는 전군을 수습해 허창으로 돌아갔고 손권도 오군을 말릉까지 철수시켰다. 하지만 오의 전선인 유수구와 위의 경계인 합비를 견고히 지키는 데에는 소홀히하지 않았다.

92
위왕의 자리에 오르는 조조

건안 21년, 위왕의 자리에 오른 조조는 조비를 세자로 책봉하고,
좌자는 조조의 죽음을 예견한다

오로부터 매년 공물을 받기로 한 약조는 원정군에게 있어 혁혁한 전
과였다. 게다가 한중의 땅을 새로 부속했으니 허창의 백관은 모두 조
조를 위왕의 자리에 추대해야 한다고 주장했다. 시중 왕찬은 조조의
덕을 칭송하는 장시의 부賦를 만들어 조조에게 바치기까지 했다.

"모두가 그리 말한다면……."

조조도 왕위에 오르고 싶은 마음을 감추지 않았다. 그런데 문무백관
이 모인 자리에서 상서尚書인 최염崔琰이 그들을 힐책했다.

"어찌 그런 말을 할 수 있단 말인가?"

그러자 제관들이 화를 내며 반박했다.

"그런 말이라니, 그대도 승상에게 미움을 받아 순욱과 순유처럼 되고 싶은가?"

최염도 지지 않고 말했다.

"아첨하는 무리만큼 주인을 해하는 자가 없다고 했다. 주군을 망하게 하는 자는 적이 아니라 바로 그대들과 같이 아첨하는 무리들이다."

그들 사이에 큰 싸움이 벌어졌고 조조의 귀에도 그 이야기가 들어갔다. 조조는 대노하여 최염을 옥에 가두라고 했다. 최염은 끌려가면서도 큰 소리로 외쳤다.

"한의 천하를 빼앗는 역적이 바로 조조였구나!"

그 말을 들은 조조는 즉시 정위廷尉에게 최염의 입을 다물게 하라고 명했다. 정위는 바로 몽둥이를 들고 달려가 최염을 때려 죽였다.

건안 21년 5월, 중신들은 황제에게 표문을 올려 조서를 청했다.

> 위공 조조의 공덕이 하늘에 닿고 땅을 덮으니, 이윤伊尹과 주공周公도 이에 이르지 못할 것입니다. 부디 위왕의 자리에 봉하시는 게 마땅합니다.

황제는 어쩔 수 없이 종요에게 조서를 쓰라 명하고 조조를 위왕에 봉했다. 조서를 받은 조조가 고사하는 상소를 올리자 황제는 다시 다른 조서를 내렸다. 이에 조조는 못 이기는 체하고 왕위에 올랐다.

조조는 열두 줄의 면류관을 쓰고 말 여섯 필이 끄는 금은거金銀車를 탔다. 그리고 모두가 황제의 의장을 따르고, 출입할 때에는 사람들을 금하고 경계했다. 조조는 가히 흡족해했다.

또한 업도鄴都에 위왕궁이 지어졌다. 그곳에는 이미 현무지玄武池가 있었는데, 조조의 친위대가 배를 부리는 기술과 궁마를 조련하고 있었다. 현무지에 투영된 위왕궁의 모습은 웅대하고 이 세상의 것으로 보이지 않았다.

조조에게는 조비曹丕, 조창曹彰, 조식曹植, 조웅曹熊이라는 네 명의 아들이 있었다. 하지만 이들 모두 본처인 정丁 부인의 자식이 아닌 측실로부터 얻은 자식들이었다.

그중에 조조가 자신의 뒤를 이을 후계자로 생각한 아들은 셋째인 조식이었다. 조식의 자는 자건子建인데 어릴 때부터 시문에 뛰어난 재능을 보였고 총명했으며 풍채 또한 기품이 있었다.

한편 첫째인 조비는 본인이 적자라고 생각하며 자신이 후사를 이어야 한다고 생각했다. 그는 불만을 품고 있던 차에 중대부中大夫 가후를 몰래 불러 상의했다. 가후가 조비의 귀에 대고 무언가를 속삭였다.

그 후 어느 날, 조조가 멀리 궁을 비우는 때가 왔다. 조식이 아버지와의 이별을 아쉬워하는 시를 지어 올렸다. 하지만 조비는 가후의 말대로 성 밖까지 배웅을 나와 눈물을 지어 보였다. 그리고 조조가 자신의 앞을 지나자 아무 말 없이 물끄러미 쳐다보며 배웅했다.

조조는 나중에 생각했다.

"조식의 시가 훌륭하고 글자도 주옥같지만, 조비의 무언이 더 큰 정을 느끼게 하는구나."

그 이후로 조조가 조비를 보는 눈이 조금 달라졌다.

그 후에도 조비는 아버지 조조를 가까이에서 모시는 사람들에게 금은을 주거나 덕을 베풀었다. 조비가 환심을 사는 일에 열중한 덕에 모두들 그를 두고 인군의 덕을 갖추고 있다며 높이 평가했다.

조조는 위왕의 자리에 오른 후 세자 책봉 문제가 마음에 걸렸다. 그래서 어느 날, 고민을 하다 가후를 불렀다.

"조비를 세자로 삼아야 하겠소, 아니면 조식이 좋겠소?"

가후가 입을 다문 채 아무 말도 하지 않자 조조는 몇 번이나 되물었다. 그러자 가후가 대답했다.

"그 문제는 제게 하문하는 것보다 일찍 죽은 원소나 유표를 좋은 본보기로 삼는 게 어떨까 싶습니다."

세자 문제로 원소와 유표도 내정에 큰 분란을 겪었던 적이 있었다. 모두 정통 적자를 세자로 삼지 않았던 것이다. 조조가 크게 웃으며 말했다.

"아, 맞소이다. 인간이라는 게 의외로 명쾌한 답이 나와 있는데도 망설이거나 헤맬 때가 있는 듯하오. 하하하. 알았소."

조조는 마음을 굳혔다. 그리고 얼마 지나지 않아 적자인 조비를 왕세자로 책봉한다고 발표했다.

그해 10월, 위왕궁이 완성되었다. 준공식을 축하하기 위해 부에서 각 주에 사람을 파견하여 특산품과 명물진미를 헌상하라고 알렸다.

오의 복건福建은 상품의 여지荔枝와 용안龍眼의 산지이고, 온주溫州는 밀감(귤)이 유명했다. 위왕의 명을 받은 오에서는 온주의 밀감 마흔 짐을 인부들을 통해 올려 보냈다.

배와 말을 번갈아 타고 다시 사람이 지며 마흔 짐의 밀감이 드디어 업군의 중간쯤 왔을 때였다. 한 산중에서 인부들이 짐을 내려놓고 쉬고 있는데 애꾸눈에 한쪽 다리를 저는 기이한 노인이 홀연히 나타나서 말을 걸었다.

"수고가 많소. 모두 피곤하지 않은가?"

노인은 하얀 등나무 꽃을 관에다 꽂고 푸른색 옷을 입고 있었다. 인부 중 한 사람이 농담으로 말했다.

"할아버지, 도와주시지요. 아직 천 리를 더 가야 합니다."

"알았네. 내 도와줌세."

노인은 정말로 인부 한 명의 짐을 짊어졌다. 그리고 다른 인부들에게 말했다.

"자네들 짐도 모두 내가 들어줌세. 내가 있는 한 빈 몸이나 마찬가질 걸세. 자, 따라오시게."

노인이 바람처럼 앞으로 내달리자 짐을 하나라도 잃어버리면 큰일이라고 생각한 인부들이 당황하며 뒤를 쫓아갔다. 그런데 노인의 말처럼 짐을 져도 무겁지가 않았다.

노인과 헤어질 무렵, 책임자가 노인의 태생을 물었다.

"나는 위왕 조조와 고향 친구로 이름은 좌자左慈이고 자는 원방元放이라 하고 도호는 오각선생烏角先生일세. 조조를 만나거든 말해보게. 기억하고 있을지도 모르니."

드디어 온주의 밀감이 업군의 위왕궁에 도착했다. 조조가 오랫동안 맛보지 못했던 밀감을 하나 꺼내 들고 껍질을 까보니 밀감의 속이 텅 비어 있었다. 괴이쩍어 서너 개를 더 까보았지만 모두 속이 텅 비어 있었다.

"어찌 된 일인지 가지고 온 인부들에게 물어보라."

하지만 그들도 무슨 연유인지 알지 못했다. 단지 도중에 좌자라는 기이한 노인을 만난 이야기를 전할 수밖에 없었다. 조조는 그들의 말을 듣고는 고개를 갸웃거렸다. 도무지 누군지 잘 떠오르지 않았다.

그런데 그때 왕궁의 문 앞에 대왕을 뵙고 싶다는 노인이 찾아왔다고 했다. 불러들여 보니 바로 좌자였다. 조조가 그를 보자마자 밀감에 대해 책망했다. 그러자 좌자가 한두 개밖에 남아 있지 않은 앞니를 드러내고 웃으며 말했다.

"난 모르는 일이오. 어디 한번 봅시다."

좌자가 직접 밀감을 집어 들고 껍질을 까보았다. 달콤한 과즙이 그의 손안에서 흘러내렸다.

"대왕, 이 밀감을 하나 드셔보십시오. 막 나무에서 딴 것처럼 싱그럽습니다."

조조는 놀랐지만 이내 마음을 가라앉히고 좌자에게 말했다.

"독이 있는지 먼저 먹어보아라."

좌자가 웃으며 답했다.

"제가 밀감의 맛을 만끽하려면 산에 있는 모든 귤나무의 열매를 먹어야 합니다. 바라건대 술과 고기를 내주시면 밀감을 입가심으로 먹고 싶습니다."

조조는 술 다섯 되와 함께 양을 통째로 구워 내놓았다. 좌자는 그것을 모두 먹고도 아직 뭔가 부족한 표정을 지어 보였다. 조조는 그가 보통 사람이 아니라는 것을 깨닫고 부드러운 말투로 말했다.

"그대는 선술仙術을 닦은 사람이 아닌가."

"고향을 떠나서 서천西川의 가릉嘉陵을 떠돌다 아미산阿媚山에 들어가 도를 공부한 지 30년이 되었습니다. 약간의 도술을 깨우쳐 몸을 바꾸고, 검을 날려 사람의 목을 취하는 것 등은 손쉽게 할 수 있습니다. 그런데 오늘 대왕을 보니, 이미 신하로서는 최고의 자리에 올랐으니, 인간 땅에서 더 이상의 욕심은 바랄 수 없을 듯합니다. 어떻습니까? 이제 벼슬을 박차고 나와 이 좌자의 제자가 되어 함께 아미산에서 불로장생 수행을 하지 않겠습니까?"

"흐음, 그 말도 일리가 있군. 하지만 아직 천하를 평정하지 못했으며, 나를 대신하여 조정을 돌볼 사람이 없소. 조야朝野의 안위를 돌보지 않고 내 한 몸 한가로이 도술이나 닦고 있을 수야 없지 않겠소이까."

"그 점은 걱정하실 필요가 없을 듯합니다. 유현덕은 황제의 종친이니 그에게 맡기면 대왕이 계실 때보다 만민이 평안하고 조정도 안온할 것입니다."

조조의 얼굴이 점점 붉으락푸르락 변하더니 눈에 핏발까지 섰다.

"그리 지껄이는 걸 보니 네놈은 유현덕의 첩자로구나."

병사들이 불문곡직하고 좌자를 옭아매서 감옥에 처넣었다. 그리고는 10여 명의 옥졸이 번갈아가며 좌자를 고문했다. 가혹한 고문이 가해질 때마다 옥 안에서는 좌자의 웃음소리만 울려 퍼졌다. 심지어 좌자는 즐기까지 했다. 목에 철로 된 큰칼을 채우고 양발에 쇠사슬을 채운 후 기둥에 묶어놓았더니, 얼마 지나지 않아 코 고는 소리가 들려왔다. 옥졸이 가서 보니 좌자는 쇠사슬과 칼을 모두 풀어버리고 옆으로 누워 자고 있었다.

조조는 그 말을 듣고 좌자에게 음식과 물을 절대로 주지 말라고 명했다. 하지만 7일이 지나고 10일이 지나도 좌자의 혈색은 점점 더 좋아졌다.

"대체 네놈은 사람이냐 귀신이냐?"

감옥에서 끌고 나와 조조가 묻자 좌자는 껄껄 웃으며 말했다.

"하루에 양 천 마리를 먹어도 배부르지 않고 10년을 먹지 않아도 배가 고프지 않소. 그런 사람을 붙잡아놓고 대왕이 하는 짓이란 하늘을 향해 침을 뱉는 것과 같소이다."

마침 위왕궁의 낙성 축하연을 여는 날이 왔다. 여러 나라의 산해진미와 축하연에 참석한 문무백관이 위왕궁의 전각을 가득 채웠다.

그때 굽이 높은 나막신을 신고 등나무 꽃을 관에 건 좌가가 홀연히 나타났다. 그는 친밀하게 사람들을 둘러보며 말했다.

"다들 모였구먼."

조조는 오늘 좌자를 곤란하게 만들 요량이었다.

"그대는 오늘 축하연에 무엇을 바쳤는가?"

"백 가지 진귀한 음식이 있어도 겨울이라 향기로운 꽃 한 송이 없으니 섭섭하지 않으신지요? 제가 술상을 장식할 꽃을 바칠까 합니다."

"꽃이라면 모란이 좋겠구나. 거기 있는 큰 화병에 어서 모란을 가득 채워보라."

"저도 그럴 참입니다."

좌자는 입에서 물을 뿜었다. 그러자 순식간에 붉고 큰 모란 몇 송이가 한들한들 피어올랐다.

***

왕궁에 초대된 손님들이 모란을 보고는 모두 제 눈을 의심하며 놀랐다. 그때 요리사가 손님들의 술상 위에 생선 요리를 내놓았다. 생선을 흘끗 본 좌자가 말했다.

"위왕께서 베푸는 성대한 연회에 이름도 모를 생선 요리라니, 너무 빈약하지 않소이까? 대왕, 어찌 송강松江의 농어를 잡아 손님들에게 대접하지 않았습니까?"

"온주의 귤은 몰라도 농어는 살아 있어야 제맛인데, 어찌 천 리나 떨어진 송강에서 농어를 산 채로 가져올 수 있으리."

조조는 백관들에게 변명을 했다.

"그럼 제가 송강의 농어를 구해드리겠습니다."

"좌자, 농이 지나치구나. 지키지도 못할 말로 손님들의 흥을 깨지 말라."

"아닙니다. 정말입니다. 낚싯대 하나를 빌려주시면 제가 농어를 올리겠습니다."

좌자가 낚싯대를 들고 난간 아래로 줄을 늘어뜨리자 현무지의 물이

끓어올랐다. 그 후 그가 소매를 뒤집을 때마다 커다란 농어가 몇 마리나 올라왔다.

"대왕, 송강의 농어는 몇 마리나 필요하신지요?"

"좌자, 네가 낚은 것은 모두 내가 연못에 풀어놓았던 농어가 아니야."

"농담도 잘하십니다. 송강의 농어는 아가미가 네 개이고 다른 농어는 두 개밖에 없습니다. 어디 한번 보시지요."

백관 한 명이 농어의 아가미를 살펴보자 모두 다 네 개였다. 조조와 손님들은 놀라지 않을 수 없었다. 더욱 화가 난 조조가 다시 말했다.

"자고로 송강의 농어를 요리하여 온전히 그 맛을 즐기려면 반드시 자아강紫芽薑을 곁들여야 한다고 했다. 그대가 구할 수 있겠는가?"

"참으로 쉬운 일입니다."

좌자가 왼쪽 소매에 손을 넣었다 빼니까 금세 생강 몇 개가 나왔다. 좌자는 황금 화분에 생강을 올려 보여주었다. 조조가 화분을 살펴보자 어느 순간 생강이 한 권의 서책으로 변해 있었다. 서책을 살펴보니 '맹덕신서'라고 쓰여 있었다.

조조는 좌자가 자신을 비꼬는 거라 생각했지만 사람들 앞이라 아무렇지 않은 듯 말했다.

"좌자, 이것은 누가 쓴 책인가?"

"하하하, 글쎄 누가 쓴 것이겠습니까? 어차피 그리 대단한 것도 아닐 것입니다."

조조가 집어 들고 펼쳐보는데, 자신이 쓴 책과 한 자도 다른 데가 없었다. 조조는 속으로 반드시 좌자를 죽여야겠다고 마음먹었다.

"대왕에게 불로장생하는 술을 드리겠습니다."

어느새 조조의 곁으로 온 좌자가 관 위의 구슬을 따서 술잔 속에 선 하나를 그리더니 자신이 먼저 반을 마시고 나머지 반을 조조에게 건넸다.

조조가 술을 받아 마셨는데, 술맛이 싱거웠다. 더는 참지 못한 조조가 술잔을 내려놓고 호통을 치려는 순간, 좌자가 손을 뻗어 잔을 빼앗은 후 천장으로 내던졌다.

사람들은 깜짝 놀랐다. 놀랍게도 잔은 한 마리 흰 비둘기로 변했다. 비둘기는 날개를 퍼덕이며 궁중 안을 날아다니더니 어느새 내려앉아 술을 엎지르고 꽃을 쓰러뜨리는 등 난리를 피웠다.

사람들이 소란을 피우는 사이 좌자의 모습이 보이지 않았다. 이를 깨달은 조조가 좌자를 붙잡으라고 소리쳤다.

병사들이 서둘러 좌자를 잡으러 분주히 움직이는데 외문을 지키던 병사가 와서 고했다.

"푸른 의복을 입고 등나무 꽃을 관에 꽂은 기괴한 노인이 나막신을 신고 성 밖의 거리에서 서성거리고 있습니다."

"어서 빨리 잡아들여라."

조조는 허저에게 준엄한 목소리로 명을 내렸다.

허저는 만일을 생각해서 친위군 중에 날래고 용맹한 병사 5백 명을 이끌고 뒤를 쫓았다. 이윽고 허저는 앞서 가는 좌자를 발견했다. 좌자는 절뚝거리며 가고 있었는데, 아무리 말을 달려 쫓아가도 좀처럼 거리가 좁혀지지 않았다.

마침내 산기슭까지 이르자 허저가 부하들에게 활을 쏘아 맞히라고 명령했다. 5백 명이 일제히 활시위를 당겼다. 그러자 저편에 있던 좌자가 어느새 자취를 감추고 그곳에는 하얀 구름 같은 양들이 유유히 풀을 뜯고 있을 뿐이었다.

그곳에 당도한 허저는 분명히 양들 중에 좌자가 있을 거라 여겨 수백 마리의 양을 한 마리도 남기지 않고 죽였다.

허저는 돌아오는 도중에 혼자서 엉엉 울고 있는 동자를 만났다.

"동자야, 무슨 일로 그리 울고 있느냐?"

허저가 묻자 동자는 원망스러운 듯 말했다.

"당신이 부하들을 시켜 내가 키우고 있는 양들을 모두 죽이라고 하고선 왜 울고 있냐고? 바보 같으니라구."

동자는 욕을 하고 도망쳤다. 부하 한 명이 동자도 수상하다고 여겨 활을 쏘았다. 그런데 아무리 활을 쏘아도 활은 힘없이 땅에 떨어질 뿐이었다. 그사이에 동자는 자신의 집에 들어가서 더 큰 소리로 울기 시작했다.

다음 날, 동자의 부모가 사죄하러 왕국으로 왔다. 어제 자식인 완백腕白이 장군을 보고 양을 죽였다며 욕을 하고 도망쳤는데, 오늘 아침에 일어나보니 하룻밤 사이에 죽었던 양들이 모두 살아나서 평소처럼 무리를 지어 놀고 있었다고 했다. 기괴한 일이지만 어쨌든 양들이 살아 있으니 자식의 죄를 사죄하러 왔다는 것이었다.

아침에 허저의 보고를 듣고 다시 그런 기괴한 이야기를 들은 조조는 오싹한 기분이 들었다. 조조는 어떻게든 좌자를 찾아내 반드시 죽여야 한다고 생각했다. 그래서 화공을 불러 좌자의 초상을 그리게 한 다음 전국 각지에 배포했다.

그랬더니 사흘 사이에 각 현과 군에서 4, 5백 명의 좌자를 붙잡아왔다. 왕국에 있는 감옥은 좌자들로 가득 찼다. 잡혀온 자들 모두 애꾸눈에 다리를 절고 등나무 꽃을 관에 꽂고 푸른 의복을 입고 있었다.

"하나씩 조사하는 것도 번거롭구나."

조조는 성 남쪽에 있는 연병장에 제단을 만든 다음 양과 돼지의 피를 뿌리고 4, 5백 명의 좌자를 한 줄에 묶어 일제히 목을 베어버렸다. 그 후 시신들 속에서 한 줄기 푸른 기운이 피어오르더니 안개처럼 하얀 학을 탄 좌자가 모습을 드러냈다. 그리고 위왕궁의 위를 유유히 날아다니다 갑자기 공중에서 손뼉을 치며 소리쳤다.

옥쥐玉鼠가 금호金虎를 따르면 간웅은 그날 죽으리라!

조조는 부장들에게 명령하여 공중을 향해 활과 철포를 퍼붓게 했다. 그러자 갑자기 광풍이 불었다. 모래와 돌이 날리자 사람들은 얼굴을 숙이고 눈을 감았다.

그날 태양은 새하얗고 구름은 취한 사람의 눈처럼 빨갛게 물들었다. 이를 본 백성들은 모두 무슨 징조인지 몰라 하며 두려움에 떨었다. 그 사이에 남쪽 연병장에서 누런 먼지가 일어나더니 좌자가 왕궁의 문으로 들어가는 것을 본 사람이 있다고 했다.

연병장에 쌓여 있던 좌자의 시체들이 순식간에 벌떡 일어나 한 덩어리의 안개가 되어 왕궁 연못 옆의 연무당演武堂으로 흘러 들어갔다. 그러고는 4, 5백 명의 좌자의 모습을 한 사람들이 괴상한 소리를 지르고 손발을 휘저으며 미친 듯이 춤을 추었다.

천하무적의 용맹한 위의 무장들도 그것을 보고 두려움에 떨었고 조조도 시종들의 도움을 받아 후각으로 몸을 피했다.

그날 밤, 조조는 시종들에게 한기가 든다거나 감기에 걸려 음식 맛이 좋지 않다는 말을 하기 시작했다.

93
관로의 예언

조조는 허창에 큰 화마가 생긴다는 관로의 예언에 한중으로 가려는
마음을 접고, 한조의 충신들은 조조를 없애기 위해 반란을 일으킨다

 태사승太史丞 허지許芝가 조조가 누워 있는 방으로 찾아왔다. 조조
는 일어나 있었지만 용태가 좋지 않은 듯했다.

 "허도에 점을 잘 보는 자가 있다고 하던데, 아무래도 이번 병은 조금
이상하니, 그에게 점을 보는 게 어떻겠는가?"

 "대왕, 점술의 명인이라고 하면 이 근처에 있습니다."

 "그거 다행이군. 대체 누구인가?"

 "관로管輅라고 하는 자입니다. 신점의 명인으로 모르는 자가 없습
니다."

"대체 그자의 점이 얼마나 신통한지 얘기해보라."

"관로는 평원平原 태생으로 자는 공명公明이라 합니다. 용모는 추하고 풍채는 볼품없으며, 술을 잘 마시고 성격이 괴팍스러운 데다 특별히 잘하는 것이 없지만 어려서부터 신동이라는 소리가 있습니다."

"신동? 신동이라는 말을 들은 자 중에 커서도 신동인 자는 없었소."

"그렇기는 하지만, 관로는 지금도 그 명성을 욕되게 하고 있지 않습니다. 여덟아홉 살부터 천문을 좋아하여 밤에는 별만 처다보고 있었다지요. 그래서 부모가 미친 것이 아닌가 걱정하여 대체 커서 무엇이 될 생각이냐 물었다고 합니다. 그러자 관로가 '집의 닭과 들의 고니는 스스로 때를 알고 비바람을 알아 천지의 변화를 기억하는데, 어찌 사람이 천문을 모르고 인간이라 할 수 있겠습니까'라고 답했다 합니다. 또 자라면서 주역을 깊이 터득하여 열다섯에 이미 사방의 학자들이 당해내지 못했다고 합니다."

"그것은 학구學究라는 것으로, 또 그런 자는 세상에 얼마든지 있지 않은가."

"아닙니다. 관로는 다릅니다. 일찍부터 천하를 주유하고, 하루에 백 권의 고서를 읽고 천 가지 새로운 말을 토로한다고 합니다."

"조금은 학자다운 면이 있는 듯하오. 그럼 역易은 어떠한가?"

"그 역시 대단합니다. 어느 날, 여행지에서 하룻밤 묵을 곳을 청하자 그 주인이 관로가 역자임을 알고 자신의 집 지붕에 산비둘기가 와서 슬프게 울고 갔다며 점괘를 부탁했다고 합니다. 관로가 점을 본 후, 정오에 주인과 친한 자가 멧돼지 고기와 술을 가지고 찾아오는데, 그자는 동쪽에서 오며 그 집에 슬픔을 가져올 것이다, 라고 예언했다고 합니다. 그런데 정말 그 시각에 손님이 술과 고기를 선물로 가져와 주인과 먹고 마셨고, 밤이 되자 손님이 술을 더 원하여 사내종에게 활로 닭을 잡으라고 했답니다. 그런데 사내종이 쏜 화살에 옆집의 딸이 맞아 큰 소동이 벌어졌다고 합니다."

조조는 그다지 감탄한 얼굴이 아니었다. 허지는 개의치 않고 말을 이었다.

"안평安平의 태수 왕기王基는 처자 중에 병자가 많아 근심이 있었는데 그에게 점을 쳐 화를 없앴고, 또 관도館陶의 현령인 제갈원諸葛原은 특별히 그를 초대하여 중신과 함께 관로의 신통한 점괘를 시험해본 적이 있었습니다."

"흐음, 어떻게 말인가?"

"먼저 제비 알과 벌집과 거미를 세 개의 합盒에 숨기고 점괘를 보게 했습니다. 관로는 점괘를 쳐서 각각의 합 위에 답을 써서 올렸다 합니다. 첫 번째 합에는 기운을 머금고 있으니 반드시 모습이 변하고 집의 처마에 의지하고 암수가 짝을 지어 살고 깃털과 날개가 펼쳐질 것이니, 이는 제비 알이다. 두 번째 합에는 집과 방이 거꾸로 매달려 있고 문이 여럿으로 정기를 모으고 독을 모아 가을이 되면 변화하니, 이는 벌집이다. 세 번째 합에는 긴 다리를 구부려 실을 토해 그물을 짜고 먹이가 그물을 찾아오나 날이 저물어서야 이득을 보니, 이는 거미라고 썼습니다. 단 하나도 틀리지 않았으니 모두들 경탄을 했다 합니다."

"그다음에는?"

조조는 계속해서 이야기를 듣고 싶어 했다. 허지의 이야기는 병중이라 따분했던 조조의 흥미를 끈 듯했다.

"관로의 고향에 소를 키우는 여자가 있었는데, 어느 날 소를 도둑맞고는 관로를 찾아와 울면서 점을 쳐달라고 했습니다. 관로가 점을 보고 하는 말이, 북쪽 계곡에 가면 남자 일곱 명이 있는데 아직 가죽과 고기는 남아 있을 것이라 했습니다. 여자가 가보니 정말로 남자 일곱이 둘러앉아 소를 삶아 술과 함께 먹고 있었습니다. 여자는 바로 관아에 고하여 도둑들을 붙잡았고 가죽과 고기를 건질 수 있었다고 합니다."

"실로 신기하구나. 정말로 역술이 그리도 잘 맞는가?"

"이 여자의 일을 태수가 듣고 관로를 불러 닭의 깃털과 인장 주머니를 따로따로 상자에 숨기고 점을 치게 했더니 이내 맞췄다고 합니다."

"흐음."

"조안趙顔의 일화는 더 유명합니다. 어느 봄날 저녁, 관로가 길을 가고 있는데 미소년 하나가 지나갔습니다. 관로는 사람을 보면 바로 관상을 보는 습관이 있어 소년의 관상을 봤다고 합니다. 그리고 자신도 모르게 소년을 보며 안타깝게도 너는 3일 안에 죽겠구나, 하고 말했다고 합니다. 보통 사람의 말이라면 흘려들었겠지만 상대가 관로이다 보니 소년은 울면서 아비에게 말했습니다. 아비도 당황해서 관로의 집을 찾아가 어떻게든 3일 안에 죽는 일이 없게 화를 면할 방도가 없는지 물으며 울면서 애원했습니다."

조조는 기다렸다는 듯이 말을 했다.

"상자 안에 숨긴 물건을 맞춰봤자 세상에 아무런 도움이 되지 않는다. 화를 미연에 방지할 수 있는가 없는가, 나는 그것이 듣고 싶었던 것이다. 그래서 관로는 뭐라 말했느냐?"

"인명은 천명이라 사람의 힘으로 어쩔 수 없다 하며 거절했다 합니다. 그런데 아비와 소년이 울음을 멈추지 않자, 이를 불쌍히 여긴 관로가 방도를 가르쳐주었는데, 내일 맛이 좋은 술 한 동이와 사슴고기포를 가지고 남산南山으로 가면 큰 나무 아래에서 두 사람이 바둑을 두고 있을 것이라 했습니다. 한 사람은 붉은 옷을 입고 자태가 아름다운데 북쪽을 향해 앉아 있을 것이고, 또 한 사람은 얼굴은 추하지만 귀인이라고 했습니다. 두 사람에게 공손히 다가가서 술을 올리고 청하라 했습니다. 그리고 관로가 가르쳐주었다는 말은 절대로 해서는 안 된다고 주의를 주었습니다. 다음 날, 아비와 소년은 술과 사슴고기포를 들고 남산으로 갔습니다. 깊은 골짜기를 5, 6리 헤매다 나무 아래 바둑을 두고 있는 두 사람을 발견했습니다. 조용히 두 사람 곁으로 가서 술을 권했습니다. 두 사람은 술을 마시며 바둑을 두었고, 이윽고 아비가 애원을 하며 말했습니다. 그러자 두 사람이 깜짝 놀라 이는 분명 관로의 짓이 틀림없다며 곤란한 표정을 지었습니다. 그러더니 가슴께에서 각각 명부를 꺼내 서로 쳐다보며 말했습니다. '이미 인간에게 사사로운 보시를 받았으니 어쩔 수 없구나. 너는 올해 열아홉으로 그 목숨이 다하게 되어 있었지만, 19의 1자 위에 9자를 더하여 99로 해주겠다'고 했습니다. 두 사람은 서로 고개를 끄덕이며 9자를 쓴 다음 하늘에서 학을 부르더니 훌쩍 올라타고는 사라졌다고 합니다. 나중에 소년의 아비가 관로에게 감사를 표하며 바둑을 두고 있던 두 사람은 누구인지 물어봤습니다. 그러자 관로가 붉은 옷을 입은 사람은 남두南斗, 흰 옷을 입고 얼굴이 추한 사람은 북두北斗라고 말했습니다. 무엇보다 그 일로 열아홉에 죽을 운명이었던 소년이 아흔아홉까지 살게 되자 사람들이 모두 부러워했는데, 그 일이 있은 다음 관로는 자신의 잘못으로 천기를 누설한 대죄를 크게 뉘우치고 그 후로는 누가 뭐라고 해도 절대로 점을 치지 않는다고 합니다."

누가 뭐라고 해도 절대로 점을 치지 않는다는 말에 조조가 갑자기 눈을 치켜뜨며 말했다.

"관로는 지금 어디 있는가? 어서 관로를 위궁까지 데려오라."

"고향인 평원에서 숨어 지내고 있습니다."

"그대가 사자로 가서 관로를 데리고 오라."

허지는 알겠다고 말하고 황망히 물러갔다.

관로는 조조의 부름을 완강히 거절했다. 하지만 허지가 몇 번이고 간절히 위왕의 목숨이 달린 일이라고 간청하자 더는 거절하지 못했다. 마침내 관로가 조조의 앞에 나가자 조조가 말했다.

"나를 위해 내 관상을 보아주지 않겠는가?"

관로가 웃으며 말했다.

"대왕은 이미 높은 자리에 오르신 분인데 이제 와서 관상을 볼 필요가 있겠습니까?"

"그렇다면 내 병은 어떻소? 요사스런 기운에 홀린 듯하오."

조조가 근래에 좌자란 사람을 만나 당한 일을 자세히 이야기하자 관로가 웃으며 말했다.

"그것은 흔히 말하는 환술이라는 것입니다. 교묘히 사람의 마음과 눈을 어지럽혀 홀리는 것입니다. 본래 실상이 없는 것인데, 대왕은 어찌 그런 것에 마음을 쓰십니까."

조조는 이내 마음이 놓였는지 표정이 밝아졌다.

"그 말을 듣고 보니 몽롱한 기운이 걷히는 심경이구려. 그럼 사사로운 일은 그만두고 더 큰 일에 대해 묻고자 하는데, 대체 앞으로 천하는 어찌 될 듯하오?"

"망망한 하늘의 이치를 어찌 한낱 사람의 지혜로 헤아릴 수 있겠습니까."

관로는 천리안을 자랑하지 않고 오히려 범인으로 가장하여 천하대사를 논하는 것을 피했다. 하지만 조조가 세상 이야기를 하듯 허물없이 형주의 형세를 논하고 유비와 손권 등을 화제로 넌지시 각국의 군비와 병력과 문화의 발전을 묻자, 관로는 자신도 모르게 개인적인 견해를 상세히 피력했다.

평소에 천문이나 음양학에 많은 관심과 흥미를 가지고 있었던 조조는 관로에게 완전히 경도되었다.

"그대를 태사관에 봉하여 위궁에 두고 싶은데, 나를 섬기지 않겠는가?"

관로는 고개를 저으며 말했다.

"공교롭게도 제 관상은 관에 있을 상이 아닙니다. 이마에는 주골主

骨이 없고 눈에는 수정守晴이 없고 코에는 양주梁主가 없고 다리에는 천근天根이 없으며 배에는 삼임三任이 없습니다. 만일 제가 관리가 되면 제 몸을 상하게 할 뿐입니다. 그러하니 태산泰山에서 귀신을 다스릴 뿐 살아 있는 사람을 다스릴 그릇이 아닙니다.”

“과연 자신을 잘 알고 있는 자로다.”

조조는 드디어 그를 믿고 자신의 신하 중에서 사람들을 다스릴 사람은 누구인지를 물었다.

“그것은 대왕의 심안이 훨씬 더 정확할 것입니다.”

관로가 명쾌한 답을 하지 않자 다시 적에 대해 물었다.

“요즘 오의 길흉은 어떠한가?”

“오의 중요한 중신이 죽을 듯합니다.”

“촉은?”

“촉에 병兵의 기운이 왕성한 걸 보니 반드시 가까운 시일 안에 경계를 넘어 다른 곳을 침범할 것입니다.”

그런데 며칠 후 정말로 합비성에서 오의 공신인 노숙이 병에 걸려 죽었다는 파발이 왔다. 더욱 조조를 놀라게 한 것은 한중에서 온 사자의 보고 내용이었다. 사자는 촉의 유비가 이미 내정을 끝내고 마초와 장비를 선봉으로 하여 한중으로 진군할 기세를 보이고 있다고 했다.

관로의 예언은 두 개 다 적중했다. 조조는 당장 출정을 준비하면서 관로의 예언을 떠올렸다.

“내년 이른 봄, 도都에 반드시 큰 화마가 있을 것입니다. 대왕은 절대 멀리 나가서는 안 됩니다.”

결국 조조는 조홍에게 병사 5만 명을 내리고 자신은 업군에 머물렀다.

*　*　*

조조는 한중의 경계를 막기 위해 대군을 보낸 후에도 안심이 되지 않았다. 관로의 예언대로라면 내년 이른 봄, 도都에 화마가 생기기 때문이었다.

"도라고 하면 당연히 이곳 업군은 아닐 것이다."

조조는 하후돈을 불러 병사 3만 명을 내리며 말했다.

"허도에 들어가지 말고 허도의 근교에 주둔하면서 불시의 재난에 대비하고 장사 왕필王必에게 어림의 병마를 관장하게 하고 승상부에 있게 하라."

곁에 있던 사마중달이 걱정스러운 듯 말했다.

"왕필에게 어림군을 맡기시는 건 무슨 연유이십니까? 그는 술을 좋아하고 허술한 자인데 자칫하면 군을 통솔하는 데 문제가 생길지도 모릅니다."

"왕필의 단점은 나도 잘 알고 있는데, 그는 오랫동안 내 휘하에 있으면서 나와 역경을 함께해온 사람이네. 그에게 어림군의 지휘를 맡겨도 그리 큰 문제는 없을 것이네."

의외로 조조에게도 관대함과 인정이 있었다. 그것은 처세라 할 수 있었고, 그러한 점 덕분에 주변 사람들이 그를 떠나지 않고 오랫동안 섬길 수 있었다.

어쨌든 명을 받은 하후돈은 병사를 이끌고 허도의 승상부 밖에 주둔했다. 왕필은 어림군의 수장이 되어 동화문東華門에 진영을 두고 매일 궁궐과 도시의 경비를 맡아보았다.

조조의 입장에서 보면 사전에 재난을 막기 위한 소극적인 방법에 지나지 않았는데, 황성皇城의 신하들은 조조가 위왕을 참칭한 이래로 상당히 큰 자극을 받고 있었다.

"근위의 사령을 왕필로 바꾸고 승상부 바깥에 3만 명의 병사를 대기시킨 것은 어떤 심상치 않은 술책이 있는 게 틀림없다."

"필시 이제 조조는 위왕 이상의 자리를 바라는 것이다. 가까운 시일 안에 자신이 황제의 자리에 오를 흑심을 품고 있는 것이 분명하다."

그와 같은 이야기들이 한조의 충신들 사이에서 떠돌았다. 또한 조조가 스스로 위왕이라 칭하고 황제와 같은 수레와 의복과 의장을 사용하는 것을 보고 이를 갈며 분해하는 무리들이 두고 볼 일이 아니라며 은밀히 연락을 취하고 있었다.

소부小府의 시중侍中 중에 자가 계행季行인 경기耿紀가 조정의 쇠락을 비탄하던 참에 위황韋晃과 뜻이 통하여 피를 나누며 때를 기다렸다. 그러던 중 그들은 근래의 정세를 보고는 큰 충동을 느꼈다.

"한조의 신하들인 우리가 어찌 조조의 큰 죄악을 그냥 두고 볼 수 있겠소."

경기가 위황에게 은밀히 자신의 심중을 보이자 위황이 말했다.

"조조의 패악을 더는 좌시할 수 없네. 차라리 이때 선수를 쳐서 대사를 이루는 것이 좋을 듯하네. 그를 위해 유력한 아군을 찾았네."

"조조의 위세가 하늘을 찌를 듯한데 그런 사람이 있는가?"

"한의 승상을 지낸 김일제金日磾의 후손 김위金禕이네. 실은 김위와 나는 벗 이상의 정을 나눈 사이라네."

"그는 믿을 수 없네."

경기는 실망은 물론 동지인 위황이 그런 사람과 친밀하다는 게 몹시 불안했다.

"김위는 왕필과 친한 벗이 아닌가. 그 왕필이 조조의 심복이란 사실을 모른단 말인가. 김위를 둘도 없는 친구라고 철석같이 믿고 있다가는 큰 낭패를 보지 않겠는가?"

"그렇지 않네. 왕필과의 교우와 나와의 교우는 그 의미가 전혀 다르네."

위황은 자신 있게 말했다.

"그럼 시험 삼아 자네와 내가 김위를 방문해서 그의 마음을 알아보는 게 좋겠네."

두 사람은 서둘러 김위의 집으로 찾아갔다. 김위의 집은 한적한 교외에 있어 그의 풍취와 청초한 생활을 엿볼 수 있었다.

"이거 귀한 발걸음을 했는데 변변히 대접할 게 없습니다. 차라도 마시며 천천히 담소를 나눕시다."

"오늘은 친구 경기와 함께 다소 속된 부탁을 하러 왔으니, 시화詩畵의 얘기는 나중에 합시다."

"내게 부탁할 것이 있는가?"

"다른 일이 아니라…… 가까운 시일 안에 위왕 조조께서 드디어 한 조의 대통을 이으실 게 아닌가. 근래의 정세를 보니 어쩐지 그런 생각이 드는데 말일세."

"흐음, 과연 그리할지……."

"그렇게 되면 분명 자네도 높은 자리에 오르지 않겠나. 그때 우리 둘의 자리도 좀 부탁하세."

두 사람이 약속이나 한 듯 머리를 숙이자 김위는 아무 말 없이 자리에서 일어섰다. 마침 시종이 차를 가지고 왔다.

"이런 손님을 위해 차 따위는 내오지 않아도 괜찮다."

김위는 쟁반을 들어 올려 정원으로 던져버렸다. 그러자 위황과 경기가 자리를 박차고 일어서며 말했다.

"이런 손님이라니, 그게 무슨 말인가?"

"손님이라고 하는 것도 역겨우니 썩 물러가게. 사람으로 생각해서 손님으로 맞이했거늘 자네들은 사람도 아니네."

"말이 지나치구먼. 아, 알겠네. 자신은 출세가 보장되어 있으니 높은 관직에 오를 사람인데, 우리와 같은 미천한 것들과 동석할 수 없다는 말이군. 평소의 친분은 믿을 것이 못 되는구먼. 경기, 이런 자에게 관직을 부탁하러 온 것이 잘못이네. 돌아가세."

그러자 이번에는 김위가 문을 막아섰다.

"이 버러지만도 못한 자들!"

"버러지라니 흘려들을 수 없구먼. 자네야말로 평소의 친구도 몰라보는 금수만도 못한 자가 아닌가. 자, 어서 비켜서게."

"내 한 가지만 꼭 말해둘 것이 있으니 잘 듣게. 본래 자네들을 심우 心友로 대한 것은 우리 모두 한조의 신하이고, 황제의 고뇌와 조정의 쇠락을 비통히 여기고 있고, 언젠가는 이 천박한 세상을 다시 세워 황제를 올바르게 모시고자 하는 뜻을 함께하는 자라고 생각해서였네. 그러한데 위왕이 한조의 대를 이을 날이 가까우니, 그때에는 좋은 관직을 부탁한다고? 한조의 신하로 어찌 그런 말을 할 수 있는가? 참으로 가슴이 찢어지는군. 경들의 선조가 조조의 시종이었단 말인가. 대대로 한조를 섬겨온 신하들의 후손이 아니란 말인가. 황천에 있는 선조들이 통곡하고 있을 것이네. 또한 내게 아주 잘했다고 박수를 칠 것이 틀림없네. 내 할 말을 다 하니 속이 시원해졌구먼. 자, 이제 더 이상 자네들을 볼 일이 없을 것이네. 절교일세. 어서 썩 물러가게."

"……."

경기와 위황은 서로의 눈을 마주 보고 고개를 끄덕인 후 김위에게 다가섰다.

"지금 그 말이 진심인가?"

김위가 한층 화가 나서 문을 가리키며 소리쳤다.

"어찌 본심이 아니고서야 이런 말을 할 수 있겠는가. 자, 입을 다물고 썩 물러가라."

"조금 전의 무례는 용서하시게. 실은 자네의 마음을 시험해본 것이네. 자네의 굳은 충의와 신의는 잘 알았네."

위황과 경기는 그렇게 말하고 그의 발아래 무릎을 꿇었다. 두 사람은 영문을 몰라 망연히 서 있는 김위에게 그제야 평소에 자신들이 품고 있던 뜻을 밝혔다.

"먼저 조조에 앞서 왕필을 주살하고 어림의 병권을 장악한 후에 황제를 보호하고 사자를 촉에 보내 유비에게 황제를 도우라고 하면, 조조를 치는 일은 절대로 어려운 일이 아닐 걸세. 부디 자네가 앞장서서 지휘하여 주시게."

두 사람은 눈물을 흘리며 말했다. 김위는 본시 이들보다 더 그러한 바람을 가지고 있었다. 이윽고 세 사람은 손을 맞잡고 조정을 위해 반드시 역적 조조를 제거하자고 맹세했다.

그 이래로 세 사람은 밤낮으로 사람들의 눈을 피해 김위의 집에 모여 회합을 가졌다. 어느 날 김위가 두 사람에게 물었다.

"그대들도 알고 있겠지만, 작고하신 태의太醫 길평吉平에게 아들 둘이 있는데 형인 길막吉邈과 동생인 길목吉穆이네. 알다시피 길평은 국구인 동승董承과 함께 조조를 제거하려다 오히려 일이 발각되어 죽임을 당한 분이지 않나. 하니 그 형제를 불러 우리의 뜻을 이야기하면 필시 그들도 기뻐하며 선친의 원수를 갚으려 할 것이네. 그대들은 어떻게 생각하는가?"

"어서 그들을 불러주시게."

김위가 바로 연락을 취하자 태의 길평의 두 아들이 밤에 찾아왔다. 아비가 조조에게 죽임을 당하고 세상에 나가지도 못한 채 자란 두 사람은 김위와 위황에게서 거사에 대한 이야기를 듣고는 드디어 때가 왔다며 흥분을 감추지 못했다.

그렇게 한 해가 저물고 정월 대보름 밤이 되었다. 매년 이맘때면 성안의 집집마다 문에 빨갛고 파란 등불을 내걸고 노인에서 아이들까지 놀이를 하며 즐겼다.

세 사람은 그날 밤을 거사일로 잡아놓았는데, 계획은 다음과 같았다.

> 동화문에 있는 왕필의 영중에 불길이 오르는 것을 신호로 성의 안팎에서 병사를 일으켜 먼저 왕필을 죽이고 서로 합류하여 궐 안으로 들어간다. 이어 황제를 오봉루五鳳樓로 데려가서 문무백관을 불러 모으고 역적을 치라는 윤지綸旨를 내린다. 한편 길막과 길목 형제는 성의 바깥에서 불을 지르고, 황제의 칙명으로 오늘 밤 국적을 칠 것이라 외치고, 백성들 중 젊은 자들을 규합한다. 그리고 다년간 황제를 농락하며 괴롭힌 업군의 조조를 치기 위해 촉의 유현덕도 대군을 이끌고 오고 있다고 널리 알리도록 한다. 그러한 후에 어림군 외에 의병을 모집한다.

세 사람은 하늘과 땅에 기도를 올리고 피로써 비밀을 지킬 것을 맹세하며 오늘이 오기를 기다렸던 것이다.

경기와 위황은 전날부터 휴가를 받아 자신의 집에 있었다. 사병에서 시종까지 더하면 4백 명 정도가 되었다. 또 길막 형제도 3백여 명의 일가친척을 불러 모은 뒤 교외에 사냥을 간다고 하고 몰래 말과 무기를 준비한 후 문밖의 상황을 엿보고 있었다. 또 한 명의 동지인 김위는 왕필과 교유가 있어 그의 초대를 받고 저녁부터 동화문의 영중에 나가 있었다.

* * *

거리는 집집마다 밝힌 등불과 각 진영에서 피워놓은 횃불로 오색찬란하게 빛나고 있었다. 그로 인해 정월 대보름 저녁 하늘에 떠 있는 달은 한층 아름답게 보였다.

왕필의 영중에서는 저녁 초입부터 주연이 벌어져 장병은 물론이요 시종에 이르기까지 노래를 부르고 춤을 추며 떠들썩했다.

"더는 못 마시겠습니다. 슬슬 돌아갈 때가……."

김위가 취기를 구실로 술자리에서 일어서려 하자 왕필이 그를 보고 말했다.

"평소보다 너무 이르지 않은가. 주연은 이제부터니 어서 앉게. 여봐라, 김위를 돌려보내서는 안 될 것이다."

왕필이 술잔을 든 손을 높이 들어 올리는 순간, 병사가 와서 영중의 두 곳에서 불길이 일었다고 보고했다. 그러자 술자리가 순식간에 어두워졌다. 어느새 좌중에도 연기가 흘러 들어오기 시작했다. 불은 영내의 바로 뒤편과 남문 옆에서 타오르고 있었다.

어느 순간 김위의 모습이 보이지 않았다. 왕필은 허둥지둥 말에 올라 남문의 불길을 향해 달려가다 어깨에 화살을 맞고 말에서 굴러떨어졌다.

그때 서문과 남문을 통해 한 무리의 반란군이 들어와 영중을 공격했다. 왕필을 화살로 맞춘 것도 선두의 경기였다. 그런데 경기는 영중의 깊은 곳에 왕필이 있는 줄 알고 자신의 화살에 맞은 사람이 왕필이라고는 생각하지 못했다.

"잡병은 돌아보지 말고 왕필을 잡아라."

경기는 말에서 떨어진 왕필에게는 눈길도 주지 않고 그대로 전진했다. 왕필은 그렇게 목숨을 부지했다. 왕필은 몇만 명의 적군이 쳐들어온 것으로 생각해 혼란 중에 말을 잡아타고 남문 밖으로 도망쳤다. 뒤에서 검은 그림자가 쫓아왔는데, 그는 정신이 없어 자신의 부하들을 적으로 착각할 정도였다.

교외에 있는 하후돈의 진영으로 향하던 왕필은 길을 잃어버렸다. 여기저기 헤매는 사이, 어깨의 상처로 피를 많이 흘린 탓에 어지럼을 느끼며 다시 말에서 떨어졌다.

"아, 그렇구나. 김위의 집이 분명 이 근처이다. 김위의 집에 가서 상처를 치료하자."

왕필은 김위의 집의 문을 두드렸다. 집 안에는 아무도 없는 듯했는데, 잠시 뒤 안쪽에서 김위의 아내가 등불을 들고 나타났다.

김위의 아내는 마음속으로 남편이 돌아와 문을 두드리는 것이라 생각해 문의 빗장을 안에서 풀며 말했다.

"어서 오십시오. 금방 열어드리겠습니다. 그런데 왕필의 목은 잘 거두셨는지요?"

왕필은 깜짝 놀랐다. 반란을 주도한 사람이 김위였다는 것을 그제야 깨달았다.

"아닙니다. 집을 잘못 찾았소이다."

왕필은 그렇게 말하고 황급히 뛰어서 조휴의 집으로 갔다.

조휴는 모든 사병들에게 무기를 갖추게 한 후 불길을 지켜보면서 명령을 기다리고 있던 참이었다.

"왕필 장군이 피투성이가 되어 왔습니다."

조휴는 바로 달려가서 왕필에게 자세한 내막을 들었다.

"이는 철저하게 계획하여 벌인 짓임에 틀림없다. 당장 궁중으로 가서 황제의 어좌를 보호하라."

조휴는 일족과 사병 들을 이끌고 불꽃과 재가 날리는 궁궐을 향해 내달렸다. 거리와 궁궐에는 역적 조조를 죽이고 한실의 부흥을 도우라는 소리와 한조를 위해 죽겠다는 비장한 목소리가 가득했다. 하지만 조휴를 비롯해 조씨 일족들 역시 목숨을 걸고 반란병을 상대로 궁중을 지켰다.

그러는 사이, 불은 동화문에서 오봉루로 옮겨붙었다. 황제는 거처를 즉시 궁궐 깊은 곳으로 옮기고 형세를 지켜보았다.

"궁궐 쪽 하늘이 빨갛게 물들은 걸 보면 뭔가 심상치 않은 변고가 생긴 게 틀림없다."

성의 5리 밖에서 주둔하고 있던 하후돈이 이윽고 3만 군대를 이끌고 성안으로 들어왔다. 그런 상황에서 김위, 위황, 경기 등의 계획은 성공을 장담할 수 없게 되었다. 이미 조휴의 병사들이 진을 치고 있어 위황은 황제가 있는 궁궐 안으로 들어갈 수가 없었다. 게다가 왕필을 죽이고 합류하기로 한 김위와 경기는 아무리 기다려도 오지 않았다.

위황의 계획이 어긋나고 정세가 어려워지자 어림군의 대부분은 황제의 깃발 아래 모여 조조와 그의 일족을 타도하자는 선언조차 피했다. 태의 길평의 두 아들은 백성들에게 격문을 전하고 거리에서 의병을 규합할 목적으로 동분서주했지만, 하후돈의 대군과 맞닥뜨리자 순식간에 섬멸되었다. 결국 길막과 길목 형제는 죽고 말았다.

소동은 새벽까지 이어졌다. 해가 뜰 무렵, 더 이상 아무런 소리도 들리지 않더니, 업군을 향해 파발꾼이 달려나갔다.

"어젯밤 성안에서 소란을 피우던 반란의 무리를 모조리 잡아들였으니 안심하십시오."

조조에게 사건의 전말과 전황을 알리는 하후돈의 파발이었다.

조조는 보고를 받은 후 관로의 예언이 맞았다는 것을 깨달았다. 그리고 조정에 뿌리 깊게 숨어 있던 한조 복고파의 존재에 심한 압박감을 느꼈다.

"이번을 기회로 그들을 뿌리 뽑지 않으면 안 되겠다. 한조의 구신들은 그 지위의 고하를 막론하고 잡아들여 업군으로 보내라."

이번 일에 실제로 가담한 사람들은 물론이고 평소에 조금이라도 그들과 교류가 있었던 사람들과 언동이 불손했던 사람들까지 모조리 끌려 나와 참수를 당했다.

경기는 손을 결박당한 채 끌려가면서 하늘을 쳐다보며 소리쳤다.

"조조야, 오늘은 살아서 너를 죽이지 못했지만 내 죽어 귀신이 되어 반드시 너를 죽이겠다."

위황은 목에 칼이 떨어지려는 순간, 잠깐 멈추라고 한 뒤 형리를 노려보며 껄껄 웃었다.

"내 미충微忠하여 그 뜻을 이루지 못했으니 참으로 절통하구나."

위황은 그렇게 큰 소리로 외친 후 머리를 땅에 박았다. 결국 어금니와 두개골이 산산이 부서져 죽고 말았다. 또한 김위의 삼족도 모두 죽임을 당했다. 그나마 백성들이 위안을 삼을 수 있었던 것은 얼마 후 어림군의 사령 왕필이 화살에 맞은 상처가 덧나 죽은 일뿐이었다.

대대로 한조의 신하이자 누대로 조정을 섬겨온 공경公卿이라는 이유만으로 수많은 관리들이 수레와 말에 실려 허창에서 업군으로 끌려갔다. 그들은 처음으로 조조의 위왕궁을 보았는데, 그 화려하고 웅장한 모습에 어처구니없어 하며 서로 속삭였다.

"아, 이제 이 나라의 수도는 허창이 아니라 업군이 되어버렸구나."

조조는 그런 추레한 백관의 무리를 화려한 위궁의 정원에 세워놓고 말했다.

"이번 난이 일어났을 때, 너희 중에는 문을 닫아걸고 나가지 않은 자도 있을 테고 과감하게 나가 불을 끄려고 한 자도 있을 것이다. 저기에 홍기와 백기가 있다. 일일이 조사하는 것은 번거로우니, 불을 끄려고 나간 자는 홍기에 서고, 문을 닫고 나가지 않은 자는 백기에 서라."

관인들은 좌우를 살피며 어디로 가야 할지 망설였다. 이윽고 절반이 넘는 사람들이 홍기 아래로 모여들었는데, 그들은 속으로 이렇게 생각했다.

'만일 문을 닫고 나가지 않았다고 하면 분명 게으르다 하여 문책을 받을 것이다. 불을 끄려고 나갔다고 하면 아무런 죄도 묻지 않을 것이다.'

그런데 조조는 그들을 향해 호통을 치며 무장에게 명했다.

"좋다. 홍기 아래에 모인 자들은 모두 역심이 있는 자로 보아도 무방하다. 모조리 장하의 기슭으로 끌고 가서 목을 쳐라."

홍기에 섰던 4백여 명의 관인들은 깜짝 놀라 비명을 지르며 호소했다. 하지만 조조는 그들의 말에는 귀도 기울이지 않고 장하의 강물을 바라볼 뿐이었다. 백기 아래에 섰던 소수의 관인만이 별일 없이 허창으로 돌아갈 수 있었다.

조조는 곧 이번 일에 책임이 있는 자들은 숙청하고 공을 세운 자들에게 상을 내렸는데, 종요를 상국相國, 화흠을 어사대부御史大夫로 삼고, 왕필의 후임인 어림군총독에는 조휴를 임명했다. 또 후위侯位와 훈작勳爵의 관제를 6등 18급으로 정하고 금인金印, 은인銀印, 귀뉴龜紐, 환뉴鐶紐, 자수紫綬 등의 대법을 제멋대로 고쳤다. 위왕 조조는 조정을 무시하고 마음대로 권력을 행사했다.

그러하니 조조의 일족과 그를 따르는 자들의 전횡과 독단, 교만함은 이루 헤아릴 수가 없었다. 조씨와 연줄이 닿지 않고서는 사람으로 태어나도 사람이 아니라고 모두 개탄했다.

한편 조조는 관로에게 깊이 경도되어 감사한 마음을 전하고 싶었다.

"정말로 맞았구려. 그대의 예언에 따르지 않고 내가 한중으로 나갔다면 큰일이 날 뻔하지 않았겠나. 그래서 내 그대에게 상을 내리고자 하는데 원하는 게 있으면 무엇이든 말해보라."

"제게는 불을 막을 힘도 물을 드릴 힘도 없습니다. 대왕이 업군에 머무신 것도 하늘의 뜻입니다. 허창의 난도 이미 정해져 있던 일입니다. 또 제가 대왕을 만나 예언을 한 것도 필시 하늘의 뜻일 것입니다. 이렇

게 생각하면 제가 대왕께 은작을 받을 이유가 전혀 없습니다. 황송하
오나 상을 거두어주십시오."

　관로는 끝까지 상을 받지 않았다.

94
탕거채 앞의 술판

위의 장합은 파서의 낭중閬中에 세 개의 영채를 세우고,
장비는 공명이 성도에서 보낸 술로 술판을 벌여 장합을 유인한다

사천四川의 파서巴西, 하변下辨 지방은 당장이라도 폭발할 듯한 팽팽한 전운에 휩싸여 있었다.

위병 5만 명은 한중에서 나가 촉과의 경계 주변에 있는 험준한 요새에서 위세를 떨쳤다. 눈앞의 적은 마초였다. 하변 방면에는 마초가, 파서에는 장비가 있었지만, 병력과 장비 면에서 조홍과 그 밑의 장합이 이끄는 위병이 훨씬 앞섰다.

서전은 위의 주력과 마초의 부장인 오란과 임쌍任雙이 이끄는 부대가 벌였는데, 이 싸움에서 임쌍이 죽고 오란은 패퇴했다.

"어찌 적을 가벼이 보는가! 지금부터는 진채를 지키기만 할 뿐 함부로 나서지 말라."

마초는 경솔하게 싸움을 시작한 오란을 크게 꾸짖었다. 그는 위병들이 강하다는 것을 뼛속 깊이 알고 있었기 때문이다.

그 시간 조홍이 의아해하며 병사들에게 말했다.

"아무리 공격해도 마초가 움직이지 않는구나. 그토록 용맹하고 혈기충만한 자가 이토록 움직이지 않는 걸 보니, 무슨 계략이 있을 것이다."

조홍은 서전의 승리를 자만하다 후일 낭패를 볼 것을 경계해 남정南鄭까지 병사를 물렸다. 그러자 장합이 달갑지 않은 표정으로 말했다.

"장군, 어찌 서전의 여세를 몰아 공격하지 않고 물러나십니까?"

"허창을 떠나올 때, 관로에게 점괘를 청했는데 이번 싸움에서 대장한 명을 잃을 것이라 했네. 그래서 신중을 기하고 있는 것이네."

"하하하. 장군께서도 어느덧 춘추가 쉰에 가까우시더니, 점괘 따위에 마음이 끌리시는 듯합니다."

얼마 후 장합이 조홍에게 말했다.

"제게 병사 3천 명을 주십시오. 파촉에서 슬금슬금 머리를 내밀고 있는 장비의 부대를 때려 부수겠습니다."

조홍은 장합이 장비를 무시하는 태도를 위태롭게 생각하며 허락하지 않았다.

"다른 사람들은 장비를 무서워하지만 제 눈에는 어린아이처럼 보입니다. 만일 장군께서 장비를 조금이라도 두려워하신다면, 병사들은 장비라는 말만 듣고도 이미 졌다고 생각할 것입니다. 그래도 괜찮으십니까?"

장합이 자신만만해하며 집요하게 허락을 구하자 조홍이 일말의 불안을 억누르며 말했다.

"만일 그대가 패하면 어떻게 하겠는가?"

"심려치 마십시오. 만일 장비를 산 채로 잡아오지 못한다면 어떤 벌도 달게 받겠습니다."

"좋다. 군령장을 쓰라."

마침내 3만 명의 병사를 받은 장합은 총사령관이 되어 의기양양하게 파서로 향했다.

파서 지방에서 낭중閬中(중경의 북방) 주변은 산들이 험하고 골짜기가 깊었다. 그리고 하늘을 찌를 듯 펼쳐진 봉우리들과 그 천 길 아래에는 전후좌우를 분간할 수 없을 나무숲이 펼쳐져 있었다. 장합은 그런 천혜의 지형에 의지하여 세 곳에 영채를 세웠다. 첫 번째는 탕거채宕渠寨, 두 번째는 몽두채蒙頭寨, 세 번째는 탕석채蕩石寨였다.

장합은 영채가 완성되자 흡족해하며 병력의 반을 그곳에 두고 나머지 만 5천 명을 이끌고 직접 파서 부근까지 진군했다.

장비가 뇌동에게 물었다.

"장합이 병사 만 5천 명을 이끌고 왔다는데, 지키며 싸워야 할 것 같은가, 아니면 나가서 싸워야 할 것 같은가?"

"지세가 험한 곳입니다. 나가서 허를 찌르는 게 좋을 듯합니다."

"좋다. 출진이다."

장비와 뇌동은 각각 5천 명의 병사를 이끌고 파서를 나섰다. 그런데 우연치 않게도 낭중의 북쪽 3천 리 산골짜기에서 장합의 군대와 약속이라도 한 듯 맞부딪쳤다.

"저기, 장합이다."

장비는 득달같이 말을 달려 계곡과 산골짜기에 있는 적을 공격하기 시작했다. 예기치 못한 적의 공격을 받은 장합은 당황스러웠다. 장합이 퇴로를 살펴보니 뒤쪽으로는 산이, 아래쪽으로는 촉의 깃발이 보였다.

"이놈 거기 꼼짝 말아라."

장비가 고함을 치며 쫓아가자 장합은 등을 보이며 도망쳤다. 조홍 앞에서 호언장담하던 그의 모습은 어디에서도 찾아볼 수 없었다.

"퇴각하라. 어서 퇴각하라."

장합은 부하들에게 후퇴하란 말밖에 하지 않았다. 그는 촉의 깃발이 보이는 산을 피해 우회했지만, 곧 적의 속임수라는 것을 깨달았다. 먼저 우회한 뇌동이 산의 곳곳에 병사를 올려 보내 깃발을 흔들게 했던 것이다.

장합이 그 사실을 알았을 때는 이미 너무 늦었다. 험준한 산악지대에서 한번 무너진 전열은 다시 정비할 수 없었다.

간신히 도망쳐서 탕거채로 들어간 장합은 병사들을 수습하고는 문을 굳게 걸어 잠갔다. 그러고는 싸우지 말라고 명한 뒤 영채에 틀어박혔다. 장비도 건너편 산까지 추격해와서 탕거채를 마주하고 산채를 갖추었다.

장비가 산채에서 건너다보니 장합은 탕거채 안의 높은 지대에 올라 매일 멍석을 깔고 부장들과 함께 북을 치거나 술을 마시고 있었다.

"별 해괴한 짓거리를 다 하고 있구나."

장비는 그들의 행동을 멀리서 지켜보고 있었다.

"뇌동, 그대가 가서 혼쭐을 내고 오라. 하지만 저런 짓을 하고 있는 것은 뭔가 적에게 계략이 있다는 것이니 신중해야 할 것이다."

"알겠습니다."

뇌동은 군사를 이끌고 건너편 산 아래로 갔다. 그리고 장합에게 욕설과 험담을 퍼부었지만 장합은 조금도 움직이지 않았다.

다음 날에도 뇌동은 탕거산 앞으로 가서 전날보다 더 심한 욕을 해댔다. 하지만 아무런 반응이 없었다.

"공격하라! 올라가서 쳐라!"

뇌동은 더 이상 참지 못하고 계곡을 건너 늪가의 책문을 이르렀다. 그런 다음 그곳을 때려 부수고 산등성이를 타기 시작했다.

그때 갑자기 산이 무너지는 듯한 소리가 울리더니, 나무와 바위와 함께 화살이 비처럼 쏟아졌다. 죽은 촉의 병사는 수백 명이었다. 전날의 승리는 그날의 패배로 빛이 바랬고 양 진영은 산과 산을 사이에 두고 서로 대치하게 되었다.

장비의 마음은 편치 못했다. 이제는 자신이 직접 나설 수밖에 없다고 생각했다.

다음 날, 장비는 부하들과 함께 건너편 산 아래로 갔다. 그리고 뇌동에게 명한 것처럼 자신도 똑같이 목청을 높여 악담을 퍼부었다. 장비의 악담은 너무 신랄해서 뇌동이 한 욕과는 비교가 되지 않았다. 그래도 적은 여전히 아무런 반응이 없었다.

"적이지만 잘도 참는구나. 이래서는 쇠귀에 경 읽기나 마찬가지이다. 얼마 동안 경과를 지켜보는 게 좋겠다."

장비는 맥이 풀려서 투덜투덜 산채로 돌아왔다.

며칠이 지나자 이번에는 무슨 일인지 장합의 진영에서 장비 쪽 산을 향해 악담을 퍼부어댔다. 멀리 건너다보니 산 위에 위의 병사가 가득했다. 뇌동은 그것을 보고 이를 갈았다.

"참으로 눈 뜨고는 못 보겠다. 내 단숨에 저들을 박살내리라."

뇌동이 분을 삭이지 못하고 동동거리자 장비가 말했다.

"지금 우리가 움직이면 적의 계략에 빠지는 것이니, 잠시 기다려라."

그런 상태가 15일이나 계속되자 부하 병사들도 편치 않았다. 장비는 계책을 하나 생각한 후 산을 내려가 적진 앞에 진을 쳤다. 그런 다음 술을 가져와 부하들과 잔치를 벌였다.

장비가 크게 취하자 산 위를 향해 다시 악담을 퍼붓기 시작했다. 기분이 좋아진 부하들도 큰 소리로 장비를 따라 욕설을 퍼부었다.

"드디어 장비가 자포자기하는구나. 하나 아직 먼저 공격해서는 안된다."

장합은 그렇게 생각하고 병사들에게 명령했다.

한편 성도에서 전세를 궁금해하던 유비는 사자를 보내 상황을 알아보았다.

"아군은 낭중의 북방에 자리하여 장합의 군대와 대치한 지 50여 일이 지났지만, 장합이 도무지 싸움에 응하지 않자 장비가 적을 도발하기 위해 매일 적 앞에 가서 술을 마시며 욕설을 하고 있습니다."

유비는 놀라서 이내 공명을 불렀다.

"장비의 나쁜 습관이 나온 듯한데 어찌하면 좋겠소?"

공명은 껄껄 웃으며 말했다.

"낭중에는 좋은 술이 없으니 서둘러 성도의 미주美酒 50통을 보내 장비가 마시도록 하는 게 좋겠습니다."

"아니 될 말씀이오. 장비는 이제까지 술 때문에 많은 실패를 겪었소이다. 그러니 성도의 미주를 보내면 분명 장비는 미주에 취해 장합에게 당하고 말 것이오."

유비가 답답해하자 공명이 웃으며 다시 말했다.

"황숙께선 장비와 꽤 오랜 세월 형제처럼 지내오셨으면서도 그의 진짜 속내를 모르는 것 같습니다. 장비가 촉에 들어올 때, 엄안을 용서하여 아군으로 만든 일을 기억하실 것입니다. 그때의 장비가 쓴 계책은 그저 용맹함만으로는 쓸 수 없는 심오한 것이었습니다. 지금 다시 탕거산 앞에서 장합과 50여 일 동안 대치하다 근래에 술을 마시고 장합을 비방하고 욕설하는 것은 그의 본심이 아닙니다. 이는 장합을 속이기 위한 깊은 속내와 계책이 있기 때문이니 바로 미주를 보내는 것이 좋을 듯합니다."

유비는 고개를 끄덕였다.

"하지만 좀처럼 불안이 가시지 않소. 그럼 위연에게 술을 가지고 가라고 합시다."

공명은 유비의 명을 받고는 위연을 불렀다.

"서둘러 성도의 명주 50통을 조달하시오."

위연은 무슨 일이지 의아해하며 즉시 술을 모았다. 그리고 공명은 황색 깃발에 '군전공용미주軍前公用美酒'라고 썼다.

"이것을 세 대의 수레에 세우고 즉시 탕거의 영채에 있는 장비에게 가져다주시오. 어서 서둘러야 하오."

위연은 즉시 술을 운반했다. 거리의 백성들은 그 이상한 수레들을 보고 눈을 크게 뜨며 무슨 경사스러운 일이 있는지 궁금해했다.

탕거의 영채에 도착한 위연이 술통을 건네자 장비는 크게 기뻐했다.

"위연은 내 오른쪽에, 뇌동은 내 왼쪽에 포진하여 붉은 깃발을 신호로 삼아 전력을 다해 공격을 감행하시오."

장비는 그렇게 명하고 술과 함께 음식을 장만해 전보다 더 크게 주연을 열었다. 오랫동안 전장에 나와 있어 구경할 수도 없었던 성도의 명주를 눈앞에 두자 주연은 더 흥이 났고, 웃음소리는 떠들썩하게 울려 퍼졌다. 그런 모습을 처음부터 지켜보던 장합의 경계병이 이를 장합에게 보고했다.

장합이 산 위에 올라 멀리 장비의 진영을 바라보니 장비가 아예 자리를 잡고 술을 마음껏 마시고 있었다. 그리고 동자 둘이 씨름하는 모습을 보며 즐겁게 웃고 있는 것이 보였다.

대치하는 날짜가 길어지자 슬슬 마음이 편치 않았던 장합은 드디어 결단을 내렸다.

"장비 이놈이 드디어 마음이 풀어졌구나. 좋다, 오늘 밤 산을 내려가 단숨에 네놈의 진중을 박살내주마."

장합은 몽두채와 탕석채의 두 장수에게 전투 준비를 명하고 달빛을 이용해 산을 내려가 장비의 진영에 접근했다. 그 후에도 장비는 여전히 술을 마시고 있었다.

공격 명령과 함께 두 편으로 나눠져 있던 부대가 일제히 함성을 올리고 북과 징을 치며 공격해 들어갔다.

말을 탄 장합이 장비를 노리고 달려들자 장비는 술에 취해 정신이 없는지 아무 미동도 하지 않았다. 장합이 드디어 달려들어 창으로 장비를 깊숙이 찔렀다. 그런데 창끝에서 전해오는 촉감이 어딘가 이상했다. 장합은 깜짝 놀랐다. 분명 장비라고 생각했던 사람은 짚으로 만든 허수아비였다.

장합이 당황해서 물러서려 하자 갑자기 철포가 울렸다. 그와 동시에 장수 하나가 병사들을 이끌고 길을 막아섰다. 선두에 있는 장수는 호랑이 수염에 부릅뜬 고리눈에 천둥 같은 고함에 일장팔척一丈八尺의 대창을 휘두르고 있었다.

"장합아, 여기 장비가 기다리고 있었다. 오늘이야말로 끝장을 보자꾸나."

장비는 놀란 장합을 향해 달려들었다. 장합이 장비의 장팔사모를 맞아 필사적으로 4, 50여 합을 맞섰다. 그사이에 뇌동과 위연의 군사도 각각 몽두와 탕석의 군사와 싸워 그들을 쫓아버렸다.

아군이 무너지는 것을 보면서도 장합은 장비의 날카로운 공격을 막아내고 있었다. 하지만 어느 순간 산 위에서 불길이 일고 촉의 군세가 한층 기세를 올리고 그 숫자도 늘어나더니 장합의 주위는 온통 적으로 가득 찼다. 더군다나 퇴로까지 끊긴 이상 지체하면 목숨도 보장할 수 없었다. 장합은 빈틈을 노려 도망을 쳤다.

　장비는 여세를 몰아 전군에게 추격을 명하고 돌진했다.

＊＊＊

　장비의 군사는 파죽지세로 진격했다. 위연과 뇌동을 좌우로 삼은 포진도 훌륭했다. 그들은 도망치기 바쁜 적을 추격하여 개가를 올렸다.

　장합이 자신만만해하던 세 곳의 영채도 순식간에 무너지고 3만 명의 병력 중 2만 명을 잃고 가까스로 와구관瓦口關(사천성)까지 도망쳤다.

　장비는 통쾌한 승리를 맛본 후 그간의 울분을 모두 떨치고 즉시 성도의 유비에게 파발을 띄웠다. 유비도 이루 말할 수 없을 만큼 기뻐했다.

　와구관까지 도망친 장합은 조홍에게 구원을 청했다. 보고를 받은 조홍은 불같이 화를 내며 명령을 내렸다.

　"장합이 내 말을 소홀히 듣고 어설픈 자신감으로 싸우더니 요지를 빼앗겼구나. 지금 보낼 구원병은 없으니, 마땅히 스스로 빼앗긴 요지를 탈환하라."

　조홍의 불같은 질책과 명령을 듣고 장합은 두려웠다. 그는 고민 끝에 새로운 계책을 세웠다. 먼저 잔병을 그러모아 두 편으로 나눈 뒤, 와구관의 앞에 매복시키고 본진을 퇴각하는 것처럼 보이면 반드시 장비가 추격해올 것이었다. 그러면 그때를 노려 일제히 역습을 감행하여 적의 퇴로를 끊고 전세를 역전시킬 심산이었다.

　장합은 병사들에게 만반의 준비를 시킨 뒤, 직접 군사를 이끌고 적진 앞으로 나갔다. 이를 본 촉의 뇌동이 말을 달려와서 장합에게 덤벼들었다.

장합이 2, 3합 맞서 싸우다 계획대로 도망치기 시작했다. 뇌동이 놓칠세라 쫓아오자 장합은 속으로 쾌재를 부르며 신호를 보냈다. 그러자 위의 복병이 일시에 들고일어나 뇌동의 퇴로를 끊었다.

"적의 함정이다."

뇌동이 말을 돌리려고 하는 순간, 장합이 갑자기 말 머리를 돌려 쫓아와 뇌동을 베어버렸다. 그 모습을 본 장비가 고함을 치며 말을 달려 장합을 쫓아왔다. 한번 계책에 성공했던 장합은 장비를 속이려고 잠시 맞서 싸우는 척하다 도망쳤다. 하지만 장비는 쫓아가지 않았다. 어쩔 수 없이 장합은 되돌아와서 다시 싸우다 몇 번이고 장비를 유인했지만 좀처럼 계속 쫓아오지 않았다. 이윽고 장비는 말을 돌려 본진으로 돌아가버렸다.

본진에 돌아온 장비는 급히 위연을 불렀다.

"장합, 이놈이 복병을 숨겨놓고 뇌동을 유인하여 죽였다. 내 뇌동의 원수를 갚으려고 했지만 적에게 계략이 있다는 것을 알고 돌아왔다. 적의 계책에는 계책으로 응수해야 하는 법이다."

"그렇다면 어떤 계책을 쓰시려는 겁니까?"

"내일 내가 일군을 이끌고 다시 정면에서 장합을 공격할 것인데, 그대는 미리 정예병을 선별한 후 두 편으로 나눠 산골짜기에 매복시켜두어라. 내가 장합을 쫓아 깊이 들어가면 분명 적의 복병이 내 퇴로를 차단하려고 할 것이다. 그 순간 그대는 한 편의 아군으로 복병과 맞서 싸우고, 또 다른 한 편은 건초를 가득 쌓은 수레로 길을 막은 다음 불을 질러라. 내 장합을 사로잡아 반드시 뇌동의 원수를 갚겠다."

위연은 즉시 정예병을 선발하여 준비에 들어갔다.

다음 날, 장비는 당당하게 군사를 이끌고 위군의 정면으로 나섰다. 장합은 이를 보고 직접 말을 타고 나와 10합 정도 싸우다 다시 도망치기 시작했다. 쫓아오지 않을 줄 알았던 장비가 이번에는 병사들과 함께 쫓아왔다. 장합은 쾌재를 부르며 복병을 숨겨둔 곳까지 도망쳐왔다.

그곳은 산의 중턱이고 길은 외길이라 일단 퇴로를 끊으면 적의 목덜미를 붙잡은 것과 마찬가지였다.

장합은 순식간에 말 머리를 돌려 역습의 형태를 취했다.

뇌동을 죽여 사기가 올라 있던 장합과 그의 군사들의 목표는 장비였다. 장합의 작전은 전군에 잘 전달되어 완벽해 보였다.

본군과 의기투합한 복병도 즉각 좌우에서 일어나 장비의 퇴로를 차단했다. 그 순간 어찌 된 일인지 촉의 병사들이 앞을 가로막았다. 반대로 허를 찔린 장합의 군사들은 무참히 패퇴하여 계곡 쪽으로 몰렸다.

더군다나 건초 더미를 쌓은 수레에 길이 막히고 불까지 붙자 화염이 하늘로 치솟았다. 불은 나무와 풀에 옮겨붙었고, 곧 검은 연기가 땅을 뒤덮었다. 장합의 병사들은 급히 산속으로 도망쳤지만, 나무와 숲이 울창한 삼림지대라서 끝내 모두 불에 타 죽고 말았다.

이번 싸움은 시종일관 장비의 압도적인 우세 속에 전개되었다. 장합은 얼마 남지 않은 병사들을 그러모아 간신히 와구관으로 도망쳐 들어갔다. 그러고는 다시 굳게 문을 닫아걸고 오로지 수비에만 치중했다.

위연을 이끌고 쫓아간 장비는 일거에 와구관을 함락시키기 위해 며칠에 걸쳐 공격했다. 하지만 와구관은 견고하고 또 지세도 험하여 애를 먹었다. 장비는 정면공격을 포기하고 20리 후방에 진을 친 다음, 직접 10여 명의 병사를 이끌고 산세를 정찰하러 나섰다.

어느 날, 장비는 산길에서 농부처럼 보이는 남자와 여자 몇 명이 등에 짐을 지고 등나무 덩굴과 덩굴풀에 매달려 산을 넘어가는 모습을 보았다. 장비가 위연을 곁으로 불렀다.

"위연, 저것을 보았는가? 와구관을 깰 비책을 저 농부들이 가르쳐주고 있구나."

위연은 장비의 말을 이해하지 못하고 멀리 산 위로 모습이 가물가물해지는 농부들을 바라볼 뿐이었다.

"어서 저들을 쫓아가서 이리로 데려오라."

이윽고 여섯 명 정도의 농부를 데리고 왔다. 젊은이와 노인 들은 두려워하며 머리를 조아렸다.

장비는 조용하면서도 부드러운 목소리로 물었다.

"너희는 어찌 이런 험한 산길을 이용해 산을 넘으려 하느냐?"

농부들 중 가장 나이가 많은 사람이 쩔쩔매며 말했다.

"저희는 모두 한중의 백성들로 고향으로 돌아가는 중이었습니다. 여기까지 오자 큰길에서 싸움이 벌어지고 있다는 얘기를 들어 창계蒼溪를 지나 재동산梓潼山의 회근천檜釿川으로 하여 한중으로 나가려고 산을 넘고 있었습니다."

장비는 고개를 크게 끄덕이면서 다시 질문을 던졌다.

"이 길에서 와구관까지 얼마나 걸리는가?"

"재동산 소로로 가면 바로 와구관의 배후로 통하니 얼마 걸리지 않습니다."

노인의 대답을 들은 장비는 무척 기뻐했다. 그리고 농부들을 본진으로 데리고 가서 각각 상을 내리고 술을 내어주며 치하했다.

장비가 위연을 불렀다.

"서둘러 병사를 이끌고 와구관 정면을 공격하라. 나는 저 농부들을 길잡이로 삼아 정예병 5백 명을 이끌고 소로를 통해 적의 배후로 돌아가 일거에 장합의 잔병들을 궤멸시키겠다."

장비와 위연은 와구관에서 승리한 후 만날 것을 약조한 다음 병사들을 이끌고 출발했다.

와구관에서 한숨을 돌리고 있던 장합은 몇 번에 걸친 적의 공격에도 와구관을 무사히 지켜내고 있었다. 그렇다 해도 원군이 오지 않으면 그곳에서 한 발도 움직일 수 없었다. 그런데 원군은 아무리 기다려도 올 기미가 보이지 않았다. 날이 지나면서 점점 깊어지는 불안은 어떻게 할 수 없었다. 경계병을 사방에 세우고 하루라도 빨리 원군이 오기를 기원했다. 그러던 어느 날 그에게 경계병의 보고가 들어왔다.

"지금 관의 정면으로 군사들이 다가오고 있습니다."

"아군인가?"

"아직 확실치 않습니다만 위연의 군사인 듯싶습니다."

장합은 안색이 창백해졌다. 하지만 이윽고 위연의 병사가 아무리 공격을 해도 역시 헛일일 거라 생각하고 이내 태연히 말했다.

"적이라면 엄중히 관을 지켜라. 일부 병사는 나와 함께 적에게 일격을 가할 준비를 하라."

장합은 위연과 일전을 겨루기 위해 직접 관을 내려와 공격을 하려고 했다. 그때 와구관의 뒤쪽 여기저기서 불길이 치솟더니 번지기 시작했다. 그러자 한 병사가 달려와 장합에게 고했다.

"어느 쪽 병사인지 모르겠지만, 갑자기 불을 지르고 배후에서 공격해오고 있습니다."

장합은 말을 돌려 와구관으로 돌아갔다. 그곳에서 살펴보니 깃발을 펄럭이며 말 위에 있는 사람은 틀림없이 장비였다.

장합은 아연실색하여 싸울 의지마저 잊었다. 그가 할 수 있는 일이란 그저 도망치는 것뿐이었다. 관의 옆에 있는 소로를 통해 도망치려고 말을 달렸지만, 소로는 간신히 걸어서만 지나갈 수 있었다. 바위가 많아 말굽이 상하고 또 미끄러워 생각처럼 앞으로 갈 수가 없었다.

그 순간 장비는 놓치지 않겠다는 듯 장합을 노리며 쫓아왔다. 장합은 말을 버리고 나무뿌리에 매달리기도 하고 바위에 들러붙기도 했다. 미끄러져 내려가면서 여기저기 긁히고 까이며 상처투성이가 되었지만 혼신을 다해 도망쳤다. 간신히 추격에서 벗어난 후 주위를 살펴보자 함께 도망쳐온 사람은 불과 4, 50여 명뿐이었다. 맥없이 남정에 다다랐을 때 그의 몰골은 처량하기 그지없었다.

조홍은 장합의 패전 소식을 듣고 불같이 화를 냈다.

"내가 몇 번이나 나가서 싸우지 말라 명했는데, 너는 네 멋대로 군령장을 쓰고 무용한 싸움을 벌였다. 또한 전쟁에서 패하고 귀중한 병사

3만 명을 잃은 것도 모자라, 혼자 살아 돌아오다니 참으로 뻔뻔하구나. 여봐라, 저자를 끌고 가 당장 목을 쳐라."

조홍의 말을 들은 행군사마行軍司馬의 직위에 있는 태원太原 양흥陽興 출신의 곽회郭淮가 간했다.

"삼군은 얻기 쉬우나 장수 하나는 얻기 어렵다는 말이 있습니다. 장합의 이번 죄는 실로 용서하기 어렵지만 위왕이 예전부터 총애하던 장수입니다. 잠시 목숨을 살려두고 다시 한 번 5천 명의 병사를 주어 가맹관을 공격하게 하면 촉의 군사들은 가맹관을 지키기 위해 틀림없이 군사를 물릴 것입니다. 그러면 한중은 절로 평안해질 것입니다."

곽회의 말에 조홍의 화도 조금은 누그러진 듯했다.

곽회가 다시 말했다.

"만일 이번에도 실패하면 그때는 어쩔 수 없이 두 개의 죄를 물어 목을 쳐도 무방할 것입니다."

조홍은 곽회의 의견을 받아들여 장합의 목숨을 살려주고 그에게 병사 5천 명을 내려 촉의 가맹관을 공격하도록 명했다.

95
노장 황충

유비는 법정의 주장에 따라 10만 대군을 이끌고 한중 공략에 나서고,
노장 황충은 정군산에서 위의 명장 하후연의 목을 친다

곽회의 진언으로 목숨을 연명한 장합은 가맹관 공격으로 모든 오명
을 씻어내려고 새로이 의기를 다졌다. 그는 5천 명의 병사를 이끌고 가
맹관으로 진군했다.

가맹관을 지키는 사람은 촉의 맹달과 곽준 두 장수였다. 두 사람은
장합이 공격하러 온다는 보고를 듣고 회의를 열었다. 곽준은 가맹관은
천혜의 요새인데 굳이 나가 싸울 필요 없이 오히려 가맹관을 잘 지키
는 것이 득책이라고 생각했다. 그에 반해 맹달은 적이 공격해올 때까
지 기다리는 것은 하책이니 당장 관을 나가 진격해오는 적을 막아야

한다고 했다.

　몇 번의 회의를 걸친 끝에 맹달의 주장에 따라 촉의 병사는 가맹관을 나가 장합의 군사와 싸움을 벌였다. 하지만 무참히 패배하고 말았다. 맹달이 도망쳐온 것을 보고 놀란 곽준은 성도에 구원을 청하는 파발을 띄웠다.

　유비는 공명을 불러 대책을 강구했다. 그러자 공명이 전군의 장수들을 불러 모았다.

　"지금 가맹관에서 급보가 왔소. 일각이라도 빨리 누군가 낭중으로 가서 장비에게 군사를 가맹관으로 돌리라고 전하는 게 어떻겠소?"

　그때 법정이 나서며 말했다.

　"장비는 지금 와구관에서 낭중을 지키고 있습니다. 낭중은 아주 중요한 곳으로 만일 장비를 불러들이면 반드시 변고가 생길 것입니다. 장비는 지금처럼 낭중을 굳게 지키게 하고 다른 장수를 보내 가맹관을 돕게 하는 것이 좋을 듯합니다."

　공명은 법정의 말을 듣고 웃음을 지으며 말했다.

　"장합이 장비에게 패했다고는 하나 위의 명장이오. 내가 생각하기에는 장비가 아니고서는 그와 대적할 사람이 없을 듯하오."

　공명의 말이 끝나기도 전에 황충이 불쾌하다는 듯 거칠게 말했다.

　"군사는 어찌하여 사람을 그리 무시하는 것입니까? 제가 비록 재주는 없지만 반드시 장합의 목을 쳐서 가지고 올 각오가 되어 있습니다. 군사의 말씀은 섭섭하기 그지없습니다."

　공명이 천천히 고개를 끄덕이며 말했다.

"장군의 말은 내 잘 알겠소. 하나 장군은 이미 나이가 있으니 장합을 상대하기에는 무리인 듯하오."

"제가 나이를 먹었다고는 하나 근력은 아직도 예전 못지않습니다. 세 발의 활을 한 번에 쏠 수 있으며 몸에는 천 근의 칼을 차고 있습니다. 어찌 늙었다고 하여 쓰지 않으려 하십니까?"

"장군은 이미 일흔에 가까운데, 어찌 늙지 않았다고 할 수 있겠소."

공명의 말에 황충은 당상 아래로 성큼성큼 걸어가 장검을 손에 들더니 풍차처럼 좌우상하로 휘둘렀다. 그러더니 이내 벽에 걸려 있는 큰 활시위를 벗겨 단숨에 줄을 끊어버렸다.

공명은 황충의 패기와 투지를 인정할 수밖에 없었다.

"좋소이다. 그럼 장군이 원병을 이끌도록 하시오. 하나 반드시 부장을 데리고 갈 것을 명하오."

황충은 대단히 기뻐하며 결연한 각오를 밝혔다.

"송구스럽습니다. 엄안도 저처럼 나이를 먹었으니 함께 가서 반드시 적을 물리치겠습니다. 만일 실패할 시에는 저희 노장 두 사람의 머리를 바치겠습니다."

시종일관 공명과 황충의 논쟁을 지켜보고 있던 유비도 황충의 말에 흡족해하며 출정을 허락했다.

부장들은 유비의 용단을 의외로 생각했다. 특히 조자룡이 그러했다.

"지금은 장합이 가맹관을 공격하려고 하는 시급한 때입니다. 어찌 노장들에게 그런 중대한 일을 맡기시는지요? 만일 가맹관을 적에게 빼앗기면 촉에게 큰 재앙이 될 것이고, 다행히 장합을 물리쳤다고 해도 저들은 반드시 한중을 공격할 것입니다. 위험한 일입니다. 군사, 부디 다시 한번 재고해보시지요."

"그대들이 두 노장을 경시하는 것이야말로 좋지 못한 일이오. 장합을 물리치고 한중을 취하는 일도 두 사람에게 맡기면 될 것이오."

공명의 말에 부장들은 쓴웃음을 지으며 물러갔다.

황충과 엄안은 병사를 이끌고 가맹관에 도착했다. 맹달과 곽준은 늙은 장수의 구원군을 보고 속으로 생각했다.

'공명이 사람 보는 눈이 없구나. 이런 노인들은 전쟁에 나가지 않더라도 죽을 날이 멀지 않았을 터인데.'

맹달과 곽준은 비웃으며 인장을 건넸다.

황충과 엄안은 깃발을 산 위에 세워 적에게 자신들의 이름을 알렸다. 그런 다음 황충이 엄안에게 속삭였다.

"모두들 우리가 나이가 많은 걸 비웃고 있소이다. 함께 힘을 합쳐 큰 공을 세워 저들을 놀래줍시다."

두 사람은 굳게 맹세하고 병사를 모아 출정했다. 그 모습을 본 장합이 말을 타고 달려와 황충의 진영을 향해 외쳤다.

"그렇게 나이를 먹고도 부끄러운 줄 모르고 싸우려 하느냐. 참으로 가소롭구나."

"너는 내가 나이를 먹었다고 비웃지만, 내 손안의 칼은 나이를 먹지 않았다. 내 칼 맛을 보고도 그런 말이 나오는지 두고 보자꾸나."

황충이 말을 달려 장합에게 달려들자 장합도 창을 휘둘렀다. 두 사람은 20여 합을 싸웠는데 갑자기 장합의 뒤에서 엄안의 병사가 소로를 우회하여 나타나 협공을 했다. 그러자 장합의 군사가 급격히 무너졌고, 8, 90리 뒤까지 쫓겨가고 말았다.

조홍은 장합이 또 졌다는 사실을 알고 두 죄를 묻겠다며 화를 냈다. 그러자 곽회가 다시 조홍에게 간했다.

"지금 죄를 물으신다면 장합은 분명 촉에게 항복할 것입니다. 다른 장수를 파견하여 장합을 돕게 하는 게 상책입니다."

조홍은 하후돈의 조카인 하후상夏侯尚에게 병사 5천 명을 내리고 한현의 아우 한호韓浩를 부장으로 붙여주며 장합을 돕게 했다.

장합은 새로운 군사를 보고 크게 기뻐하며 부장들을 모아 군회를 열었다.

"황충이 비록 나이를 먹었다고는 하나 생각이 깊고 용기도 있소. 또한 엄안도 전력을 다해 돕고 있으니 가벼이 싸울 수 없는 상대들이오."

한호가 말했다.

"내 장사長沙에 있을 때 황충과의 악연이 있었소. 위연과 함께 내 형님을 죽인 자를 오늘 여기서 다시 만나다니, 이는 하늘이 보살펴주시는 게 아니고 무엇이겠소. 반드시 형님의 원수를 갚고야 말겠소."

한호는 하후상과 함께 병사들을 지휘하여 진을 친 다음 적을 기다렸다.

한편 황충은 날마다 주변의 지리를 조사하고 있었다. 하루는 황충이 걸어 다니며 지세를 조사하고 있는데 엄안이 말했다.

"이 근처에 천탕산天蕩山이라는 산이 있는데, 산속에 조조가 군량을 저장해둔 곳이 있습니다. 만일 이 산을 공략하여 취한다면 위군은 보급로가 끊겨 절대로 한중에 머물 수 없을 것입니다."

엄안은 황충에게 천탕산을 공략하기 위한 계책을 상세히 말했다. 그런 다음 일군을 이끌고 어딘가로 출발했다. 남은 황충은 하후상의 군사가 다가온다는 보고를 받고 진용을 갖추고 기다렸다. 얼마 후 선두에 선 한호가 나타났다.

"역적 황충은 어디 있느냐? 어서 나오너라."

한호가 창을 들고 공격해왔다. 황충은 칼을 휘두르며 맞섰고, 하후상은 그런 황충의 배후를 노렸다. 상황이 불리하다는 것을 깨달은 황충은 틈을 살펴 도망치다 다시 맞서 싸우면서 20리 정도 물러났다. 하지만 그것은 황충의 유인작전이었다. 끈질기게 추격해오던 하후상이 드디어 황충의 진영을 빼앗았다.

다음 날도 전날과 같은 형세로 싸움이 벌어졌고, 하후상은 다시 20리 정도 더 전진했다. 한호도 기세를 올리며 전날 빼앗은 황충의 진영에 이르렀다. 그런 다음 한호는 장합을 불러 진영을 지키도록 하고 다시 전진했다. 장합은 두 장수가 무턱대고 전진하자 걱정이 되었다.

"황충과 같은 용장이 이틀 동안 너무 쉽게 패하여 물러서는 게 이상하오. 그에게 필시 계책이 있는 것 같으니, 경솔하게 너무 깊이 추격하지 않는 게 좋을 듯하오."

장합이 주의를 주자 하후상이 오히려 화를 냈다.

"장군과 같은 겁쟁이는 적을 무서워하기 때문에 탕거산의 영채를 빼앗기고 많은 병사를 잃는 치욕을 당한 것이오. 잠자코 우리의 무공이나 구경하시오."

그들은 장합의 얼굴이 붉어지는 것을 곁눈으로 보며 전진했다.

다음 날도 적은 20리 정도 물러섰다. 황충은 그렇게 계속해서 패주하더니 드디어 가맹관으로 도망쳐 들어가 꼼짝도 하지 않았다.

하후상은 가맹관 앞에 진을 쳤다. 그 모습을 본 맹달이 큰일이라도 난 듯 유비에게 파발을 띄웠다. 그는 황충이 싸울 때마다 져서 적에게 다섯 곳의 진영을 빼앗겼다고 보고했다. 유비가 놀라 공명에게 그 사실을 알리자 공명이 태연히 말했다.

"그리 놀라실 필요가 없습니다. 이는 황충의 교병계驕兵計가 틀림없습니다."

하지만 조자룡 등의 부장들은 공명의 말을 믿지 못했고, 유비 역시 불안했는지 유봉에게 일군을 내주며 황충을 도우라 명했다.

유봉의 군사가 가맹관에 도착했다는 소식을 들은 황충이 화를 내며 말했다.

"무슨 연유로 병사를 이끌고 여기에 왔는가?"

"장군이 고전하고 있다는 소식을 듣고 황숙께서 제게 도우라는 명을 내리셨습니다."

황충은 웃으며 말했다.

"나는 지금 교병계를 쓰고 있을 뿐이오. 오늘 밤 일전에서 적을 섬멸할 것이오. 다섯 곳을 하루 만에 되찾을 터이니, 잘 구경하다 가시게."

황충은 전군에게 전투 준비를 명했다.

그날 밤, 황충은 병사 5천 명을 직접 이끌고 가맹관을 나가 공격을 감행했다. 그때 위의 진영은 요 며칠간 적이 꼼짝도 하지 않았기 때문에 마음이 풀어져 깊은 잠에 빠져 있었다.

위의 군사는 함성 소리와 함께 황충의 5천 군사가 쳐들어오자 무기를 어디 두었는지 몰라 서로의 것을 빼앗거나 말을 잘못 타는 등 큰 혼란에 빠져 대패를 당하고 말았다.

하후상과 한호는 자신의 말도 찾지 못하고 뛰어서 도망쳤다. 하룻밤 사이에 그동안 빼앗은 적의 진영 중 세 곳을 다시 빼앗기고 막대한 사상자까지 발생했다.

황충은 적이 버리고 간 군량과 병기 등을 맹달에게 운반하게 한 후 한숨도 돌리지 않고 다시 맹공을 계속했다.

유봉이 황충에게 진언했다.

"아군 병사들이 모두 피곤한 듯 보이니, 잠시 여기서 쉬게 하면 어떻겠습니까?"

"자고로 호랑이 굴에 들어가지 않으면 호랑이를 잡을 수 없다 했네. 죽음을 각오하지 않고서는 아무것도 이룰 수 없는 법이지. 쉬고 있을 시간이 없네. 전군은 진격하라."

황충이 직접 선두에 서서 병사들을 독려하자 5천 병사들은 질풍처럼 다시 추격했다. 위의 병사들은 그들의 기세와 사기를 도저히 당해낼 수가 없어서 마침내 한수漢水 강가까지 물러나고 말았다.

한수에 이르러 겨우 정신을 차린 장합이 하후상과 한호에게 물었다.

"천탕산은 아군의 병량을 저장해둔 곳으로 미창산米倉山과 더불어 한중에 있는 아군의 생명선이오. 만일 천탕산이 적들의 수중에 들어간다면 한중은 얼마 버티지 못할 게 분명한데, 참으로 걱정이오."

하후상이 말했다.

"미창산에는 하후연 숙부님이 대군을 거느리며 진을 치고 계시고 정군산定軍山이 있으니 전혀 걱정할 필요가 없소이다. 또 천탕산은 우리 형님인 하후덕이 지키고 있으니 우리도 합세하여 함께 지키는 것이 좋겠소이다."

세 사람은 천탕산으로 가서 하후덕을 만나 패전의 경위를 설명했다.

"황충이 교병계를 써서 우리를 가맹관 앞까지 유인한 후 일시에 역습을 감행했습니다. 우리는 밤새 쫓기다 군량과 병기 등을 버리고 여기까지 오게 되었습니다."

"알겠네. 이곳에는 10만 명의 병사가 있네. 일부를 나눠줄 터이니 그대들은 다시 공격을 하여 적의 진영을 되찾게."

"아닙니다. 공격을 해서는 안 됩니다. 이곳을 지키면서 적이 어떻게 나오는지 상황을 지켜보는 게 좋을 것입니다."

장합의 말이 끝나기도 전에 갑자기 북소리와 함성 소리가 가까운 듯 먼 듯 들려오더니 진중 여기저기에서 황충이 쳐들어왔다는 병사들의 보고가 올라왔다.

하후덕이 태연히 웃으며 말했다.

"이곳을 공격해오다니 참으로 무모하고 병법에 무뢰한이구나."

"아닙니다. 황충을 경시하지 마십시오. 그는 지모와 용맹함을 겸비한 무장입니다."

"촉군은 먼 길을 싸우며 밤새 진격해왔으니 많이 지쳤을 것이네. 그런데도 병사들을 쉬게 하지 않고 이곳을 공격하다니 이는 병법을 몰라도 너무 모르는 것이네."

장합이 강경한 어조로 말했다.

"너무 속단하지 마시지요. 필시 적에게 계책이 있을 터이니, 진지를 굳게 지키면서 때를 살피는 게 좋을 것입니다."

하지만 한호에게는 그런 말도 소용이 없었다.

"제게 병사 3천 명을 주시면 황충의 머리를 가지고 오겠습니다."

하후덕은 기뻐하며 흔쾌히 병사를 내주었다. 한호는 3천 명의 병사를 이끌고 산을 내려갔다.

한편 황충은 멈추지 않고 진군해왔다. 어느덧 해가 서산으로 지고 천탕산의 험준한 봉우리가 눈앞을 가로막고 있었다. 유봉이 그런 상황을 보고 황충에게 말했다.

"이미 날도 저물고 군사들도 많이 지쳤습니다. 더 이상 추격하는 것은 위험한 듯하니 일단 여기서 주둔하면 어떻겠습니까?"

유봉의 간언에 황충이 웃으며 말했다.

"예부터 철인哲人은 흐름에 따라서 움직이고 현자는 기회를 보고 움직인다 했네. 지금 하늘이 내게 공을 내리는데 어찌 하늘을 거스르겠는가."

황충은 북을 치고 기세를 올리며 앞으로 나아갔다.

그때 한호가 오르막길의 중간을 막고 직접 말을 몰아 황충에게 달려들었다. 하지만 오히려 황충이 풍차를 돌리듯 휘두르는 칼에 맞아 죽고 말았다.

하후상은 한호가 죽었다는 보고를 받고 급히 병사를 이끌고 황충에게 달려갔다. 그런데 갑자기 산 위에서 천지를 뒤흔드는 함성이 들리고 진중의 여기저기에서 불길이 일더니 한 무리의 군사가 나타났다.

진중에 있던 하후덕이 깜짝 놀라 병사들에게 불을 끄게 했다. 이를 본 엄안이 칼을 휘두르며 말을 타고 있던 하후덕에게 달려들었다. 그러는 사이 화염은 봉우리에서 계곡으로 옮겨붙어 활활 타올랐다.

계책이 순조롭게 돌아가는 것을 본 황충과 엄안은 앞뒤에서 더욱 맹렬히 공격했다. 결국 장합과 하후상은 이를 막아내지 못했다. 그들은 하후덕과 한호가 죽은 것을 보고 전의를 잃어 천탕산을 버리고 하후연이 있는 정군산으로 도망쳤다.

황충과 엄안은 대승을 기뻐하며 서둘러 성도에 승전보를 전했다. 유비는 파발을 받고는 크게 기뻐하며 부장들을 불러 모아 축하연을 열었다.

그 자리에서 법정이 말했다.

"지난날 조조가 장로를 물리치고 한중을 평정했을 때, 기세를 몰아 촉을 도모하지 않고 하후연과 장합에게 한중을 지키게 하고 자신은 허창으로 돌아갔습니다. 이는 뜻이 없었음이 아니라 힘이 부족하다는 것을 잘 알고 있었기 때문입니다."

법정의 목소리는 당 안에 울려 퍼졌고, 부장들은 그의 말을 경청했다.

"지금 조조는 내변으로 허창을 비울 수 없으며 하후연과 장합은 한중을 지켜낼 만한 역량이 부족합니다. 지금이야말로 주군께서 대군을 이끌고 한중을 공략하면 한중을 취하는 것은 손바닥을 뒤집는 일보다 쉬울 것입니다."

모두들 법정의 말에 공감했다.

"한중을 공략한 후에는 군량을 비축하고 군사들을 조련하며 촉을 굳게 지키면서 조조를 칠 대계를 도모하여야 할 것입니다. 오늘 하늘이 우리에게 주신 절호의 기회를 놓쳐서는 안 될 것입니다."

법정의 얼굴은 열변으로 빨갛게 달아올라 있었다. 유비도 법정의 말에 공감하며 즉시 날을 잡아 10만 군사를 이끌고 출정할 것을 결정했다.

때는 건안 23년 7월 가을이었다. 유비의 10만 대군은 조자룡을 선봉으로 하여 가맹관을 나와 진을 쳤다. 그 후 유비는 천탕산으로 사자를 보내 황충과 엄안을 불러들여 상을 내리며 물었다.

"모두가 늙은 두 장군을 의심하며 경시했지만 군사 공명은 장군들의 능력을 믿고 알아주었소. 과연 장군들이 후세에 길이 남을 훈공을 세웠으니 그 기쁨을 어찌 말로 다할 수 있겠소이까. 한중의 정군산은 남정의 요지이자 적의 병참기지인데, 이곳을 공략하여 취하면 양평陽 平까지 이르는 데 아무런 걱정도 없을 것이오. 마땅히 장군들이 이 정군산을 공략해야 할 것인데, 어떻소이까?"

황충은 명령을 받고는 서둘러 병사를 이끌고 출발하려고 했다. 그러자 공명이 붙잡고 말했다.

"장군이 실로 용맹하다고는 하나 하후연의 상대는 되지 못하오. 그는 육도삼략六韜三略에 능통하고 병사를 다루는 데 탁월하고 움직일 때를 잘 아는 자이오. 일찍이 조조가 그에게 서량의 방비를 맡기고, 지금은 한중을 맡긴 연유도 바로 그의 능력을 높이 평가했기 때문이오. 장군이 비록 장합에게 이겼다고는 하나 하후연은 당해낼 수 없으니, 빨리 형주로 돌아가시오. 하후연은 관운장을 불러 대적하게 할 것이오."

***

황충은 공명의 말에 분하고 답답한 마음이 들어 얼굴빛을 바꾸며 말했다.

"예전 염파廉頗는 나이 여든에 쌀 한 말과 고기 열 근을 먹었으며 천하의 제후들도 그를 두려워하여 조趙의 국경을 침범하지 않았다 하는데, 하물며 나는 아직 일흔도 되지 않았습니다. 그런데 어찌 늙었다고 이토록 무시하는 것입니까? 저 혼자 병사 3천 명을 이끌고 반드시 하후연의 목을 베어오겠소이다."

공명은 그의 말을 듣지 않았다. 황충이 몇 번이나 집요하게 허락을 구하자 그제야 공명도 조건을 달고 허락했다.

"그토록 군이 가시겠다면, 법정을 군감으로 하여 같이 가시오. 그리고 모든 일을 협의하며 신중히 행동하도록 하시오. 절대로 가벼이 행동을 해서는 아니 되오. 나 역시 병사를 이끌고 도울 것이오."

황충은 병사를 이끌고 출발했다. 그 후 공명이 유비에게 몰래 말했다.

"노장 황충은 그저 단번에 허락해서는 안 됩니다. 저렇게 말로 자극하여 격려해야 책임감도 한층 강하게 느끼고, 상대에 대한 경각심도 새로 다질 것입니다. 그리고 따로 원병을 보낼 필요도 있습니다."

공명은 유비의 허락을 구한 후 조자룡을 불렀다.

"장군은 일군의 병사를 이끌고 샛길에서 기습을 하는 걸로 황충을 돕도록 하시오. 단, 황충이 이기면 절대로 나서지 말고, 그가 패색이 짙어지면 돕도록 하시오."

공명은 다시 유봉과 맹달을 불러 군사 3천 명을 내리며 말했다.

"산중의 험세에 깃발을 세워 아군의 수와 기세가 높음을 과시해 적을 혼란케 하시오."

그다음 공명은 엄안에게 파서의 낭중으로 가서 장비와 위연과 교대한 후 굳게 지키라 명했고, 장비와 위연에게는 한중 공략을 맡겼고, 하변下辨에 사람을 보내 마초에게 계책을 전했다. 그로써 한중 공략의 준비를 모두 마쳤다.

한편 천탕산에서 정군산으로 도망쳐온 장합과 하후상이 하후연에게 진언했다.

"아군은 수장도 죽고 병력의 손실도 큽니다. 게다가 유비가 직접 촉의 대군을 이끌고 한중을 공격한다고 하니, 즉시 위왕께 원병을 청해야 합니다."

깜짝 놀란 하후연이 조홍에게 파발을 띄워 보고했다. 그러자 조홍도 허창의 조조에게 파발을 보냈다. 보고를 들은 조조는 급히 문무백관을 불러 회의를 열었다.

장사 유화가 조조에게 말했다.

"한중은 그 땅이 비옥하여 물자가 풍부하고 백성들도 많아 실로 나라의 울타리라 할 수 있습니다. 만일 한중이 적의 손에 넘어가면 위에게는 큰 위협이 될 것입니다. 부디 대왕께서는 노고를 아끼지 마시고 몸소 전군을 지휘하셔야 합니다."

조조도 고개를 끄덕이며 말했다.

"나도 지금 후회하고 있는 참이오."

조조는 즉시 40만 대군을 이끌고 7월에 허창을 출발하여 9월에 장안長安에 들어갔다. 그런 다음 진용을 정비하고, 주력인 중군에는 조조 자신이, 선군에는 하후돈, 후군에는 조휴 이렇게 군사를 편제한 후 다시 출발했다.

조조는 황금 안장을 얹은 백마에 올라타서 옥으로 만든 재갈을 잡았다. 그리고 붉은 비단의 햇빛 가리개를 든 시종들과 비단 전포를 입은 무사가 뒤를 따랐다. 좌우에서 금과金瓜, 은월銀鉞, 과모戈矛를 높이 들어 올린 모습이 황제의 위용을 느끼게 했다.

또한 용과 호랑이를 본뜬 근위병 2만 5천 명을 다섯으로 나눠 모두 오색의 깃발을 들게 했는데, 용봉일월龍鳳日月의 깃발을 중심으로 둘러싼 모습이 눈부실 정도로 아름다웠고, 그 위용이 천하를 굽어볼 만큼 대단했다.

이윽고 조조는 동관潼關에 이르렀다. 그는 멀리 나무가 우거진 곳을 보고는 시종에게 그곳이 어디인지 물었다.

"남전藍田이라는 곳으로, 저 숲 속에 채옹蔡邕의 산장이 있습니다."

조조는 지난날 채옹과 나눈 교류를 떠올리고는 산장에 들르라고 일렀다.

채옹에게는 채염蔡琰이라는 딸이 있었는데, 일찍이 위도개衛道玠에게 시집을 갔다가 타타르韃靼에 붙들려 오랑캐의 아내가 되어버렸다. 설상가상 채염은 오랑캐의 자식을 둘이나 낳았다. 채염은 그 사막의 불모지에서 고향을 그리워하며 눈물이 마를 날이 없었다. 특히 오랑캐들이 부는 가茄라는 피리 소리를 들을 때마다 고향을 그리는 마음은 더 커져만 갔다. 그녀는 그런 슬픔을 담아 「호가胡茄 18박拍」을 지었다.

그 노래는 사람들의 입을 타고 중국에까지 전해졌다. 우연히 그 노래를 듣게 된 조조는 불쌍한 그녀를 위해 타타르국에 사람을 보내 교섭을 했다. 조조는 채염을 돌려보내는 조건으로 천 냥의 황금을 건넸다. 조조의 위세를 잘 알고 있던 오랑캐의 좌현왕左賢王은 어쩔 수 없이 채염을 돌려보냈다. 조조는 기뻐하며 채염을 동기董紀와 혼인시켰다.

조조는 대군을 먼저 보낸 뒤, 호위군 백 명을 데리고 동기의 집을 찾았다. 동기는 볼일을 보러 가 집에 없었고 채염이 조조를 공손히 맞이했다.

조조는 당에 앉아 안부를 물은 뒤 당내를 둘러보다 벽에 걸려 있는 비문碑文의 탁본을 발견했다.

"저것은 무엇인가?"

"예, 저것은 조아曹娥라고 하는 자의 비문입니다. 옛날 화제和帝 때 회계會稽의 상우上虞라는 곳에 조우曹旴라는 무당이 있었는데, 사바악신娑婆樂神의 굿에 능했다고 합니다. 그런데 어느 해 5월 5일, 크게 술에 취해 배 위에서 춤을 추다 잘못하여 강에 빠져 죽었답니다. 그에게는 열네 살짜리 딸이 있었는데, 아비의 죽음을 슬퍼하며 밤마다 강가를 돌며 통곡했다고 합니다. 그 후 칠월 칠석 밤에 그 딸도 강에 몸을 던져 죽고 말았습니다."

조조는 채염의 이야기에 완전히 몰입한 듯 눈도 깜빡거리지 않았다.

"그로부터 닷새째 되는 날, 딸이 아비의 시체를 등에 지고 강 위로 떠오르자, 마을 사람들은 아비를 생각하는 딸의 마음에 감동했고, 또 그 마음을 가엾이 여겨 정성스레 제사를 지내주었습니다. 얼마 후, 상우의 현령縣令 도상度尚이 그 일을 헌제에게 말씀드리자 헌제는 효녀상을 내렸고, 한단순邯鄲淳에게 그 일을 글로 써 비문을 새기라 했습니다. 그때 한단순의 나이는 겨우 열세 살이었는데, 붓을 들어 비문을 짓는 동안 한 자도 고쳐 쓰지 않았다고 합니다. 제 아버지인 채옹이 그 이야기를 듣고 비문을 보려고 비가 있는 곳으로 갔습니다. 그곳에 도착하자 이미 날이 어두워져 손가락으로 비석을 더듬어 필획을 읽었습니다. 그리고 비석의 뒷면에 여덟 글자를 써두었고, 후일 마을 사람들이 그 여덟 글자를 새겼습니다. 저기 있는 게 제 아버지의 필적입니다."

채염이 가리키는 쪽을 보니 '황견유부黃絹幼婦 외손제구外孫齏臼'라는 여덟 글자가 쓰여 있었다.

조조는 글자를 읽고 채염에게 저 여덟 글자의 의미를 아느냐고 물었다. 채염이 얼굴을 붉히며 말했다.

"저도 아버지가 쓰신 글의 뜻을 알고 싶지만 아직 그 뜻을 풀지 못했습니다."

조조는 자리에 있던 부장들을 둘러보며 물었다.

"이 글의 뜻을 풀 수 있는 자가 있는가?"

하지만 아무도 풀지 못한 듯 다들 머리만 숙이고 있었다. 그런데 그중 한 명이 일어서며 말했다.

"제가 그 뜻을 풀어보겠습니다."

주부인 양수였다. 조조는 양수가 뜻을 말하려고 하자 자제시키며 말했다.

"나도 한번 풀어보려고 하니 양수는 잠시 뜻을 말하지 말도록 하라."

조조는 그렇게 말한 후 말을 타고 산장을 떠났다. 그리고 잠시 뒤 빙그레 웃으며 나타나더니 양수에게 말했다.

"어디 그대의 생각을 말해보라."

"이것은 분명 뜻을 감춰 적은 은어隱語입니다. 황견黃絹이라 함은 색色이 있는 실絲로 문자로 하면 '절絶'에 해당합니다. 유부幼婦는 젊은少 여자女의 '묘妙' 자입니다. 외손外孫은 여자아이, 즉 '호好'가 됩니다. 제구虀臼는 매운辛 것을 담는 그릇으로 '사辭' 자에 해당합니다. 이를 연결하면 '절묘호사絶妙好辭', 즉 한단순의 문장을 칭찬하는 것으로, 참으로 뛰어나고 좋은 글이란 의미로 해석할 수 있습니다."

양수가 막힘없이 단숨에 풀어내자 조조는 자신의 생각과 똑같다며 양수를 칭찬했다. 산장을 나온 조조는 본군을 쫓아 이윽고 한중에 도착했다.

한중에 먼저 와 있던 조홍이 조조를 맞은 후 장합이 싸움에서 진 전말을 이야기했다. 그러자 조조가 조홍에게 말했다.

"이는 장합의 죄가 아니다. 승패는 무장에게 항상 뒤따르는 일이니 그것을 책망할 수는 없다."

조홍은 현재의 정세를 보고했다.

"유비가 직접 대군을 지휘하고 황충에게 명하여 정군산을 공략하게 한 모양인데, 하후연은 어찌 된 일인지 대왕이 오신다는 말을 듣고도 굳게 지키기만 할 뿐 나가서 싸우지 않고 있습니다."

"적이 싸움을 걸어오는데 나가 싸우지 않으면 겁을 먹는 것처럼 보일 것이다. 빨리 사자를 보내 내 명령을 전하고 떳떳이 나가 싸우게 하라."

조조가 그렇게 명하자 곁에 있던 유화가 간했다.

"하후연은 성질이 급하고 강직하기 때문에 필시 적의 계략에 빠져 낭패를 당할 게 분명합니다. 그만두시게 하는 것이 좋을 듯합니다."

조조는 유화의 말을 듣지 않고 직접 왕명을 써서 정군산에 있는 하후연에게 보냈다. 하후연은 조조의 친서를 펼쳐보았다.

> 하후연에게 알리노라. 무릇 장수된 사람은 마땅히 강함과 부드러움을 겸비해야 하는 법이니, 지나치게 용맹만을 믿어서는 아니 될 것이요, 용맹을 행함에 있어 지혜와 계책으로 행해야 할 것이다. 만일 용맹만을 믿고 행한다면 이는 한갓 필부의 적수밖에 되지 못할 터. 내 지금 대군을 이끌고 남정에 임하여 공의 묘재妙才를 보고자 하니, 묘재라는 두 글자를 부끄럽게 하지 말라.(묘재妙才는 하후연의 자이기도 하다.)

하후연은 조조의 말에 크게 고무되어 즉시 병사를 준비시키고 장합을 불렀다.

"지금 위왕의 대군이 한중에 도착하여 내게 명하길, 적을 치라 하셨네. 내가 오랫동안 이곳을 지키면서 한 번도 제대로 싸워보지 못해 비육지탄髀肉之嘆을 품고 있었는데, 내일 드디어 나가게 되었네. 마음껏 싸워 먼저 황충을 사로잡아 보이겠네."

하지만 장합은 위험하다며 극구 만류했다.

"부디 경솔하게 출정해서는 안 됩니다. 황충은 지혜와 용맹함을 갖춘 장수요, 법정은 전략에 능한 자입니다. 이곳은 견고한 요새이니 나가서 싸우지 말고 굳게 지키는 것이 현명합니다."

* * *

하후연은 장합의 간언을 자신에 대한 불복의 뜻으로 받아들였다. 하후연이 자신의 결의는 이미 정해졌다는 듯 장합에게 말했다.

"내가 이곳에 진을 치고 이 땅을 지킨 지 오래이거늘, 만일 이번 결전에서 그 공을 다른 자에게 빼앗긴다면, 내 무슨 면목으로 위왕을 뵙겠는가. 나는 산을 내려가 싸울 것이니 장군은 이곳을 잘 지키시오."

하후연이 누군가 선봉이 되어 적의 정세를 엿보고 오라고 하자 하후상이 앞장섰다. 그러자 하후연이 그를 격려하며 말했다.

"흠, 장군이 선봉을 서겠는가? 그렇다면 내게 계책이 있소. 장군은 황충과 겨루다 거짓으로 퇴각하시오. 그러면 반드시 황충을 사로잡게 될 것이오."

하후상은 명령대로 3천 명의 군사를 이끌고 산을 내려갔다.

그 무렵 황충은 법정과 함께 병사를 거느리고 정군산 기슭까지 진군하여 몇 번이고 공격을 시도했다. 하지만 위군은 굳게 문을 걸어 잠그고 응하지 않았다. 산길도 험하고 적이 어떤 계책으로 나올지 몰라 황충은 산기슭에 진을 치고 곳곳에 척후병을 내보냈다.

얼마 후 척후로부터 산 위에서 위의 군사가 온다는 보고가 들어왔다. 황충이 직접 출정하려고 하자 진식陳式이 만류했다.

"노장군께서 어찌 직접 적과 맞서 싸우려 하십니까. 제게 군사 천 명을 주십시오. 배후의 샛길을 통해 산 위로 간 다음, 양쪽에서 협공하는 게 좋을 듯합니다."

황충이 흔쾌히 허락했다. 진식이 산 뒤쪽으로 돌아가서 공격해 올라가자 하후상이 그에 맞서 싸웠다. 잠시 후 하후상이 계략대로 패배를 가장하고 도망치자 이를 본 진식이 기세를 올리며 뒤를 쫓았다.

그 모습을 본 황충이 적의 계책이 숨어 있다는 것을 깨닫고 진식을 구하기 위해 군사를 움직였다. 그런데 산 위에서 통나무가 떨어지고 철포를 쏘아대서 더 이상 앞으로 나아갈 수 없었다.

진식도 적의 계책을 깨닫고 퇴각하려 했다. 하지만 기회를 엿보고 있던 하후연이 맹렬히 공격해오는 바람에 그만 사로잡히고 말았다. 진식의 부하들도 속절없이 위군에게 항복하고 말았다.

그 소식을 들은 황충이 급히 법정을 만나 의논했다.

"하후연은 성질이 급하고 만용이 가득한 자입니다. 아군의 군사를 격려하며 서두르지 말고 차근차근 진채를 만들어간 후 느긋하게 산 위로 올라가면 하후연은 반드시 산을 내려와 공격해올 것입니다. 이는 반객위주책反客爲主策이라는 병법으로, 무릇 앉아서 적을 막는 것입니다. 기운이 넘치는 병사로 지친 군사를 치는 것이지요. 예로부터 기습은 약하고 막는 힘은 강하다 했습니다. 그러니 하후연이 오기만 하면 반드시 사로잡을 수 있을 것입니다."

황충은 법정의 말에 따라 서둘러 병사들에게 상을 내리며 병사들을 격려했다. 그런 다음 몸소 진채를 만들어 며칠 동안 그곳에 주둔했다가 다시 앞으로 나가서 진채를 구축하는 식으로 차근차근 산기슭까지 나아갔다.

하후연은 적이 산기슭까지 가까이 온 것을 알고 당장 출정 준비를 했다. 그러자 장합이 출정을 만류했다.

"이는 반객위주의 계이니 가벼이 나가서는 안 됩니다. 나가면 반드시 패할 것입니다."

하후연은 장합의 말을 귀담아듣지 않았고 하후상을 불러 적을 공격하라고 명했다. 하후상은 즉시 수천 명의 병사를 이끌고 어둠을 틈타 황충의 진채를 공격해 들어갔다.

얼마 후 장합의 말대로 적의 계책에 빠진 하후상은 황충에게 바로 사로잡히고 말았다. 도망쳐온 위병이 하후상이 적에게 사로잡혔다고 보고하자, 하후연의 얼굴빛이 창백해졌다.

하후연은 조카인 하후상이 적에게 사로잡힌 것을 그냥 두고 볼 수 없었다. 그렇다고 일거에 쳐들어가면 오히려 적들이 하후상을 죽일지도 모르는 일이었다. 그러다 보니 그는 밤에 잠도 이루지 못하고 고민을 거듭했다.

결국 생각해낸 계책이 진식과 하후상을 맞바꾸는 것이었다. 하후연이 먼저 황충의 진영에 연락을 취했다.

"진식이 아직 우리 진영에 살아 있으니 하후상과 맞바꾸는 게 어떻겠는가?"

그러자 황충으로부터 답이 왔다.

"우리도 바라던 바이니 내일 진영 앞에서 교환하자."

다음 날, 양군은 산골짜기 넓은 곳에 나와 진을 쳤고, 황충과 하후연이 직접 말을 타고 만났다.

"위의 장군 하후상을 데려왔소이다."

"촉의 장군 진식을 보내드리겠소."

두 사람은 무장을 해제한 두 사람을 재빨리 교환하고 자신들의 진영으로 물러갔다. 그런데 하후상이 자신의 진영으로 들어가려는 순간, 어디선가 화살 한 대가 날아왔다. 그 화살은 하후상의 등에 꽂혔고, 그는 곧바로 쓰러졌다. 황충이 쏜 화살이었다.

하후연은 크게 노하여 말을 타고 달려가 황충에게 덤벼들었다. 두 사람이 10여 합을 싸우는데 위의 진영에서 갑자기 퇴각의 징이 울렸다.

하후연이 틈을 봐서 돌아가려 하자 적의 동요를 눈치챈 황충이 기세를 올리며 달려들었다. 그러자 위군은 모두 지리멸렬 도망쳐버렸다. 간신히 본진에 도착한 하후연이 거칠게 숨을 내쉬며 호통을 쳤다.

"누가 무엇 때문에 징을 울렸는가?"

"갑자기 산골짜기 사방에서 촉의 깃발이 수없이 나타나 필시 복병이라 생각하고 군사를 거두어들였습니다."

하후상은 적이 느끼는 게 있어 아무 말도 하지 못했다. 그러고는 진영을 굳게 지키기만 할 뿐 함부로 나가지 않았다.

한편 황충은 느긋하게 정군산 밑까지 진출한 후 법정과 거듭해서 회의를 했다. 법정이 저 멀리 보이는 산을 손으로 가리키며 말했다.

"정군산 서쪽에 우뚝 솟은 산이 보이십니까? 저 산의 형세를 보면 사방이 모두 험지로 쉽게 오를 수 없을 듯합니다. 만일 저 산을 공략해서 취하면 정군산의 적진을 일망할 수 있으니, 적의 진용이나 배치 등을 손바닥 들여다보듯 알 수 있을 것입니다. 그렇게 되면 정군산을 공략하는 것도 쉽겠지요."

황충이 그 산을 올려다보았다. 상당히 높은 산으로 정상에는 평지도 있는 듯한데, 몇 명의 병사들이 그곳을 지키고 있는 듯했다.

그날 밤 이경, 황충은 병사를 이끌고 징을 울리고 북을 치고 함성을 지르면서 그 산을 공격하러 올라갔다.

그 산은 위의 부장 두습杜襲이 수백 명의 병사와 함께 지키고 있었다. 그들은 갑자기 촉의 대군이 쳐들어오는 것을 보고는 싸울 생각도 하지 못하고 도망쳐버렸다.

손쉽게 산을 취한 황충은 정군산과 같은 높이의 산에 있는 적의 진영을 살피는 데 여념이 없었다. 그렇게 얻은 적진의 자료를 기초해 법정이 전술을 세웠다.

"만일 적이 공격해오면 병사를 움직이지 말고, 저들이 물러가는 때를 기다리십시오. 그리고 백기를 들어 올리는 것을 신호로 삼아 장군이 직접 산을 내려가십시오. 그런 다음 적진의 전열이 흐트러졌을 때 공격하십시오. 이는 바로 적이 수고로울 때를 아군이 편안하게 기다렸다 치는 계책입니다."

법정의 말에 황충은 고개를 끄덕였다. 그리고 다음 날 먼저 산의 곳곳에 깃발을 세우고 병사들을 움직여 적의 공격을 유도했다.

산을 도망쳐 내려온 두습이 하후연에게 보고했다. 적이 맞은편 산에 진지를 구축했다는 말을 들은 하후연이 즉각 출군 준비를 명령하자 장합이 간언했다.

"적이 맞은편 산을 공략한 것은 분명 법정의 계책이니 장군께서 나가시면 안 됩니다."

"무슨 소리인가. 지금 황충이 맞은편 산의 정상에서 우리 군의 허실을 내려다보고 있소. 이를 가만히 두었다가는 아군에게 큰 화근이 될 것이오."

하후연이 반박하자 장합이 다시 간했다. 하지만 아무 소용이 없었다.

이윽고 하후연은 병사 절반을 본진에 남겨두고 나머지 병사를 이끈 채 황충이 있는 산으로 향했다.

하후연은 산기슭에 도착한 후 적진을 향해 함성을 지르며 욕설을 퍼부었다. 하지만 황충의 군은 아무 반응도 하지 않고 나올 기색도 보이지 않았다.

산 위에서 몰래 지켜보던 법정은 위군이 제풀에 지친 모습을 보고 드디어 백기를 들어 올려 신호를 보냈다. 이에 대기하고 있던 황충의 군사가 일시에 북을 치고 징을 울리고 함성을 지르며 물밀듯 산을 내려갔다.

황충은 이번 싸움이야말로 전쟁의 승패를 가르는 중요한 싸움이라는 것을 잘 알고 있었다. 비장한 결의로 선두에 서서 말을 달려 공격하자 위의 군사는 일시에 무너져버렸다. 앞을 가로막는 사람도 없다 보니 하후연을 향해 그대로 달려들며 칼을 들어 머리에서 어깨까지 내리쳤다.

그 모습을 본 위의 병사들은 우왕좌왕 어쩔 줄 몰라 하며 도망치기 바빴다. 황충은 승세를 몰아 한층 맹렬히 공격했고, 드디어 정군산까지 공격했다.

장합이 병사를 독려하며 맞서 싸웠지만 배후로 돌아간 진식이 뒤에서 공격하자 얼마 버티지 못하고 본진으로 도망쳤다. 그런데 갑자기 산 한쪽에서 일군의 군사가 나타났다. 선두에 걸려 있는 큰 깃발에 조운이라고 쓰여 있었다. 거기에 설상가상으로 조자룡까지 공격해왔다. 퇴로가 끊길 것을 염려한 장합이 다른 길로 퇴각하려 할 때 두습이 패군을 이끌고 도망쳐와서는 말했다.

"정군산의 본진을 촉의 유봉과 맹달에게 빼앗겼습니다."

그 말에 장합은 그만 정신을 잃을 뻔했다. 그는 이내 정신을 차리고 두습과 함께 한수로 간신히 도망쳐 진을 쳤다. 두 패장의 모습은 가히 처량하기 그지없었다.

두습이 장합에게 말했다.

"하후연이 죽은 지금, 이곳은 수장이 없는 것과 마찬가지입니다. 이대로라면 병사들과 민심이 동요될 수 있습니다. 장군이 임시로 도독을 맡아 그들의 마음을 진정시키는 게 좋을 듯합니다."

장합도 공감하며 즉시 파발을 띄워 조조에게 상황을 보고했다. 보고

를 받은 조조는 하후연의 죽음을 크게 통곡하며 슬퍼하다 관로의 말을
떠올렸다.

"삼팔종횡三八縱橫이라는 것이 바로 건안 24년에, 누런 돼지가 호랑
이를 만난다는 황저우호黃猪遇虎는 기해己亥의 해에 해당한다. 정군지
남定軍之南 상절일고傷折一股란 바로 정군산 남쪽에서 다리 하나를 잃
는다는 말인데, 형제의 연으로 묶인 하후연을 잃게 된 것을 가리키는
게 틀림없다."

조조는 깊이 감탄하며 관로를 찾아오라 명했다. 하지만 관로는 이미
어딘가로 떠나 행방을 알 수조차 없었다.

96
유비와 조조의 한중 쟁탈

조자룡은 한수漢水의 성 앞에서 단신으로 조조의 20만 대군에 맞서고,
조조는 배수진을 친 유비에게 건곤일척의 자웅을 겨루자는 결전장을 보낸다

하후연의 목을 벤 것은 누가 뭐라 해도 노장 황충의 일생일대의 자
랑이었다.

황충은 하후연의 목을 들고 가맹관으로 가서 유비에게 바쳤다. 유비
가 황충의 공을 칭찬한 것은 물론이고 즉시 황충을 정서대장군征西大
將軍으로 임명했다. 그리고 그날 밤 노장 황충을 위해 주연을 크게 베
풀었다.

그때 전선에 있는 장저張著에게서 급보가 도착했다.

"하후연이 죽었다는 소식을 들은 조조가 살기등등한 기세로 직접

20만 대군을 이끌고 선봉에 서황을 앞세운 채 한수까지 진군해왔습니다. 그런데 어찌 된 일인지, 그곳에서 군사를 멈추고 미창산의 병량을 북산北山으로 옮기고 있습니다."

공명은 즉각 유비에게 대책을 이야기했다.

"20만 대군을 이끌고 왔기 때문에 병량이 끊길 것을 염려해 미리 식량을 확보해두려는 속셈인 듯합니다. 이는 자신의 약점을 스스로 내보인 것과 같습니다. 지금 아군의 일군을 몰래 보내 적이 애지중지하는 병참고를 빼앗는 데 성공한다면, 앞으로의 싸움에 있어 가장 큰 공이 될 것입니다."

옆에서 듣고 있던 황충이 나서며 말했다.

"군사, 제게 명을 내려주시면 꼭 성공시키겠소이다."

공명은 냉정한 얼굴로 고개를 저었다.

"노장군, 이번 상대인 장합은 하후연과 차원이 다르오. 하후연이 단지 용장이었다면 장합은 그리 단순하지 않소이다."

황충은 눈을 번뜩이며 자신에게 그 임무를 맡겨달라고 강변했다. 그러자 공명이 승낙하면서 덧붙여 말했다.

"그럼 조자룡을 부장으로 데려가시오. 무슨 일이든 그와 협의한 후 행동하도록 하시오."

공명이 미덥지 않은 말투로 승낙했지만 황충은 기뻐하며 물러갔다. 황충과 함께 한수까지 온 조자룡이 물었다.

"장군, 장군은 이번 일을 아무 망설임도 없이 맡으셨는데, 대체 어떤 묘책을 가지고 계십니까?"

"묘책 따위는 없소이다. 그저 성공하지 못하면 죽음을 각오할 뿐이오. 이번뿐만 아니라 나는 항상 싸움에 임할 때마다 그런 각오를 하오."

"장군을 먼저 적지에 보낼 수 없으니 선봉은 제가 맡겠습니다."

"이번 싸움에서 장군은 후진에 서도록 하시오. 장군은 부장이니 내 말에 따르시오."

"같은 주군을 섬기며 같이 충의를 다하려 하는데 어찌 주장과 부장을 따지십니까. 그럼 선진과 후진을 제비뽑기로 정하시지요."

"제비뽑기? 그거 재미있겠소이다."

두 사람은 제비를 뽑았다. 황충이 '선先'을 조자룡이 '후後'를 뽑았다.

"만약 내가 오시午時까지 적진에서 돌아오지 않으면 원군을 보내주시오."

황충은 군사를 이끌고 적의 경계 깊숙이 들어갔다. 조자룡은 황충의 뒷모습을 지켜본 후, 마음이 편치 않은 듯 부하 장익에게 말했다.

"노장군이 오시까지 돌아오지 않으면 나는 바로 한수를 건너 적진 깊숙이 공격을 감행할 것이다. 그때 그대는 본진을 굳게 지켜라. 그리고 절대로 군사를 움직여서는 안 될 것이다."

한편 황충은 불과 5백 명의 군사를 데리고 미명에 한수를 건너 새벽 무렵에 적의 병참 본부에 해당하는 북산 기슭에 접근했다. 그가 산 위의 형세를 살펴보니 진채의 울타리와 목책은 삼엄해도 병사는 얼마 되지 않는 듯했다.

"공격해서 적의 병량에 불을 질러라."

황충이 우렁찬 목소리로 명령을 내렸다. 촉의 병사들은 아침 안개를 뚫고 일제히 울타리를 부수거나 뛰어넘어 올라갔다. 적들은 아직 잠결에서 깨어나지 못했다.

멀리 한수의 동쪽에 진을 치고 있던 장합이 북산의 연기를 보고 큰일이 난 것을 직감했다. 서둘러 선두에 서서 병사들을 이끌고 북산으로 달려왔지만 이미 산의 병참고는 불길에 휩싸여 있었다. 그리고 산길과 언덕길 곳곳에서 황충의 군사와 아군이 뒤섞여 싸우고 있었다.

장합은 발을 동동 구르며 부하들에게 소리쳤다.

"모두 적을 쳐라. 이렇게 된 이상, 적장 황충의 목을 베지 않으면 대왕을 뵐 면목이 없다. 황충은 하후연의 원수다. 절대 놓치지 말라."

온 산이 불길에 휩싸여 있는 와중에 양군의 치열한 백병전은 해가 중천에 뜰 때까지 이어졌다. 그 일은 조조의 본진에도 알려졌는데, 그곳에서도 북산의 검은 연기가 보였다.

조조는 서황에게 증원군을 이끌고 급히 출발할 것을 명했다. 시간은 이미 사시巳時(오전 9시 반부터 10시 반)가 지나고 있었다. 한수의 대안에서 아침부터 마른침을 삼키며 기다리고 있던 조자룡이 생각했다.

'아직 오시까지는 시간이 있지만, 하늘에 검은 연기가 보인 다음 꽤 시간이 지났다. 노장의 안전을 생각하면 더 이상 지체할 수 없구나.'

조자룡은 장익을 불러 명했다.

"아까 말한 대로 그대는 진채의 곳곳에 궁노수를 배치하고 적이 올 때까지 절대로 움직이지 말라."

조자룡은 곧바로 3천 명의 군사를 이끌고 들판을 가로지르고 하천을 넘어 검은 연기가 피어오르는 북산으로 달려갔다. 얼마 후 위의 문빙의 부장인 모용렬慕容烈이 대검을 휘두르며 조자룡의 길을 가로막았다.

조자룡은 단칼에 그를 찔러 죽이고 다시 군사를 이끌고 달려갔다. 북산 기슭을 목전에 두고 촉의 군사가 진을 펼치고 앞을 가로막았다. 바로 위의 장수 초병焦炳이었다.

조자룡이 앞으로 나가 초병에게 물었다.

"촉의 군사는 어디에 있는가?"

"무슨 잠꼬대를 하느냐. 황충을 비롯해서 촉의 병사들은 모두 죽었다. 너도 죽고 싶어서 이리 찾아들었구나."

초병이 껄껄 웃으며 말한 뒤 삼첨도三尖刀를 겨누었다.

조자룡이 호통을 치며 초병에게 달려들더니, 그의 가슴에 창을 꽂아 하늘 높이 들어 올렸다.

"내가 조자룡이라는 걸 모르는 모양이구나."

그렇게 고함을 친 뒤 그는 위군의 한가운데로 돌진했다. 오직 그의 그림자만 보일 정도로 그는 닥치는 대로 적병들을 베고 찌르며 휘젓고 달렸다. 어느새 장합과 서황의 포위도 돌파할 정도로 그의 앞을 가로막을 수 있는 사람은 아무도 없었다.

"조 장군이다. 조자룡이다."

북산 곳곳에서 적의 포위에 휩싸여 섬멸 직전까지 몰린 황충의 군사는 조자룡이 도우러 왔다는 사실을 알자 환호성을 치며 모여들었다.

5백 명의 병사는 3분의 1로 줄어 있었다. 그리고 그중에 황충의 모습도 보였다. 조자룡이 황충에게 다가가서 말했다.

"마중을 왔습니다. 이젠 안심하십시오."

그리고 말을 내달려 포위망을 뚫으려 하자 뒤따라오던 황충이 부장인 장저가 보이지 않는다고 한탄했다. 그 말을 들은 조자룡이 말을 돌려 장저를 구해낸 뒤 다시 말을 달렸다. 그때 높은 곳에서 그날의 전황을 보고 있던 조조가 깜짝 놀라며 물었다.

"저자는 상산 조자룡일 것이다. 조자룡 이외에는 저렇게 싸울 수 있는 자가 없다. 경솔히 그의 앞을 가로막지 말라."

조조의 명에 따라 북을 울려 아군 병사들에게 조자룡의 앞을 가로막아 헛되이 목숨을 버리지 말라고 알렸다.

조조가 병사들을 수습하여 한수 이편에 새로 진용을 갖추고 직접 진두지휘를 해나갔다. 자신이 지휘해서 부하들의 패배를 만회하려는 것처럼 보였다.

이미 조자룡은 황충과 장저를 구출하여 자신의 진영으로 돌아왔다. 그는 서로의 안전을 기뻐하며 그날의 승전을 축하하기 위해 축배를 준비할 것을 명했다.

그때 후진이었던 장익이 말 먼지를 일으키며 부리나케 도망쳐 돌아왔다.

"큰일이다. 어서 모든 문을 닫고 다리를 올려라."

장익은 호들갑을 떨며 어쩔 줄 몰라 했다.

아직 술잔도 들지 못했던 조자룡이 무슨 일인지 물었다. 장익이 축배를 들 때가 아니라는 듯 굳은 얼굴로 답했다.

"조조가 오고 있습니다. 직접 대군을 이끌고 머지않아 이쪽으로 올 것입니다. 몇만 명인지도 모를 정도로 새까만 군세의 위용을 자랑하며 한수를 건너고 있습니다."

그러자 조자룡이 겁을 집어먹은 장익을 꾸짖었다.

"지난날 장판교에서 조조군 83만 명을 초개처럼 여기고 싸운 것이
누구인지 모르더냐?"

조자룡은 다시 장익과 다른 사람들에게 말했다.

"모든 진문을 열고, 궁수는 모두 호 속에 몸을 숨겨라. 깃발을 내리
고 북을 치지 말라. 설사 적이 보이는 곳까지 와도 숲처럼 고요하게 절
대로 움직이지 말라."

얼마 후 적막에 휩싸인 성안에서 해자의 다리 위를 걸어가는 말 한
필의 발굽 소리가 들렸다.

조자룡이 단신으로 창을 비껴들고 그곳에 서 있었다. 건너편을 바라
보니 누런 먼지를 일으키며 위의 대군이 진군해오고 있었다. 그런데
구름처럼 밀려오던 대군이 성 가까이 다가오자 그만 딱 멈추고 그저
웅성거리는 소리만 들려올 뿐이었다.

"적의 성 앞에 수상한 자가 있다."

"마치 귀신처럼 꼼짝도 하지 않고 성문을 활짝 열어놓고 있다."

"누군가 다리 위에 서 있는 듯한데, 설마 인형은 아닐 것이다."

"뭔가 계략이 있는 게 틀림없다. 섣불리 다가가면 안 된다."

위의 선봉은 의아하면서도 어딘지 의심스러워 더 이상 앞으로 나가
지 못했다. 중군에 있던 조조가 직접 앞으로 나와 진군을 멈춘 이유를
물었다.

이미 날은 저물기 시작했다. 저녁 안개를 틈타 서황의 부대가 돌진

했다. 장합의 병사도 앞으로 나아갔다.

하지만 다리 위의 조자룡은 전혀 꿈쩍도 하지 않았다. 서황과 장합이 두려운 마음에 급히 말을 돌리려고 했다. 그러자 조자룡이 그들에게 말했다.

"위군들은 어찌 여기까지 왔는데 아무 말도 없이 도망치는가. 거기 기다려라."

조조도 함께 와 있다 보니 장합과 서황은 용기를 내 호 근처까지 달릴 수 있었다. 그때 조자룡이 아래를 향해 고함을 치자 호 속에서 무수히 많은 화살이 날아왔다.

위의 병마는 거짓말처럼 쓰러졌다. 조조는 간담이 서늘해져 도망쳤지만 이미 너무 늦었다. 촉의 별동대가 미창산 옆길로 우회하고, 또 다른 부대가 북산 기슭에서 모습을 드러냈다. 뒤돌아보니 위의 진영 곳곳에서 불길이 일어나고 있었다.

조조가 급히 퇴각했지만 성안에서 조자룡과 전군이 계속 추격해왔다. 한수의 강에 이르자 물에 빠지거나 칼과 화살을 맞아 죽은 사람이 헤아릴 수 없을 정도로 많았다.

* * *

촉의 유봉과 맹달은 옆길을 통해 미창산 자락으로 나와 위에게 큰 피해를 주었다. 이들 별동대는 공명의 지시를 받고 적은 물론이고 아군도 예측하지 못한 지점에서 황충과 조자룡을 도왔다.

별동대의 도움을 받기는 했지만 황충과 조자룡의 공은 실로 대단한 것이었다. 특히 조자룡의 이번 움직임에 대해서는 평소 그를 잘 알고 있던 유비조차도 감탄을 금치 못했다.

그 후 조조는 예상외로 큰 피해를 입었다. 그러다 보니 전열을 곧바로 가다듬지 못하고 멀리 남정 부근까지 후퇴한 후 금번의 치욕을 씻기 위해 오로지 군의 증강에 매진해야만 했다.

파서의 탕거 사람으로 자가 자균子均인 왕평王平은 그 부근의 지리에 정통했다. 조조는 그런 그를 아문장군牙門將軍으로 등용해 서황의 부장을 맡겼다.

서황과 왕평은 한수의 기슭에 서서 다음의 결전을 도모했다. 서황이 강을 건너 적진을 빼앗아야 한다고 하자 왕평이 반대했다.

"강을 등지는 것은 불리합니다."

"한신이 배수진을 친 것을 모르는가? 손자도 사지에 삶이 있다고 했다. 그대는 보병을 이끌고 강기슭을 막아라. 나는 기병을 이끌고 적을 치겠다."

서황은 그렇게 말하고 다리를 건너갔다. 그는 강을 한 발짝만 건너도 촉병이 북을 울리며 공격해올 거라 생각했다. 하지만 화살 한 발도 날아오지 않았다. 그는 실망하여 적의 목책을 부수고 호를 메우는 등 마음껏 행동했다. 그리고 일몰 시간이 가까워오자 촉의 진지를 향해 화살을 있는 대로 쏘아댔다. 그때 황충과 조자룡은 유비의 곁에서 적이 마음껏 행동하도록 그냥 놓아두고 지켜보고 있었다.

"저처럼 쓸데없이 활을 쏘아대는 걸 보니, 서황이 밤이 되기 전에 군사를 물릴 생각인 듯합니다."

두 사람이 적의 퇴로를 끊을 기회는 지금이라는 듯 몸을 움찔거리자 유비도 그것을 헤아렸는지 급히 명령을 내렸다. 이윽고 황충과 조자룡이 희미한 어둠이 내리는 들판 위로 병사들을 움직이기 시작했다.

"겁쟁이들이 이제야 기어 나왔구나."

서황은 촉의 군사를 보자마자 하루 종일 굶주린 호랑이처럼 고함을 치며 달려들었다.

"늙은 황충이구나. 어디 또 한 번 도망쳐보아라."

황충의 군사는 잠시 북을 울리고 함성을 지르며 응전하다 어느 순간 자취도 없이 어둠 속으로 도망쳐버렸다.

"잘도 도망치는구나. 위의 서황이 그토록 무섭더냐?"

서황은 일부러 적을 욕보이며 어떻게든 황충을 붙잡으려고 했다. 그 순간 배후에서 적병의 기척이 들려왔다. 서황이 깜짝 놀라 뒤돌아보니 한수의 다리가 활활 불에 타고 있었다. 퇴로가 끊긴 것이었다.

서황은 급히 돌아가서 전군에게 퇴각하라고 소리쳤다. 하지만 이미 평원의 풀과 나무가 촉의 군사로 변해 있었고, 앞뒤로 조자룡과 황충이 포위하고 있었다.

"한 놈도 살려서 보내지 말라."

서황은 간신히 포위망에서 벗어나 한수 건너편까지 도망쳐왔다. 그러고는 마치 패전의 책임이 부장에게 있는 것처럼 왕평을 비방했다.

"어찌 그대는 후군이 되어 나를 돕지 않고 다리가 불타는 것을 보고만 있었던 것인가? 이 일을 위왕에게 모두 고할 것이다."

왕평은 아무 말 없이 그의 비방을 듣고만 있었다. 하지만 왕평은 서황과 의견을 달리했던 때부터 이미 그의 무능함을 경멸하며 위군에 미련을 갖지 않고 있었다.

그날 밤 왕평은 자신의 진지에 불을 지르고 몰래 탈출한 후 한수를 건너 촉에 투항했다.

"왕평이 투항해온 것은 내가 한수를 취한다는 전조이다."

유비는 그를 편장군偏將軍에 봉하여 군의 길잡이로 삼았다.

서황이 벌인 서툰 싸움의 책임은 모두 왕평에게 전가되었다. 조조는 하늘을 찌를 듯 화를 내며 한수를 앞에 두고 삼엄한 진을 펼쳤다. 유비는 공명과 함께 냉정하게 조조의 움직임을 지켜보았다. 공명이 유비에게 말했다.

"이곳 상류에 일곱 개의 언덕과 산 하나를 이루는 산지가 있습니다. 일곱 언덕의 안쪽은 연꽃처럼 분지여서 많은 병사를 숨길 수가 있습니다. 징과 북을 든 병사 6, 7백 명을 분지에 매복시켜두면 반드시 후일에 큰 도움이 될 것입니다."

"누구를 보내면 좋겠소?"

"만일 적에게 발각되면 몰살될 염려가 있으니 역시 조자룡에게 맡길 수밖에 없을 듯합니다."

다음 날, 공명은 다른 봉우리에 올라 위의 진영을 조망했다. 그날 위의 한 부대가 강을 건너와서 활을 쏘고 징을 치며 욕설을 퍼부어댔지만 촉이 아무 반응도 하지 않자 위병도 더 이상 앞으로 나아가지 않았다.

밤이 되자 모두 진영으로 들어가고 화톳불만 밤을 밝히고 있었다.

그런데 갑자기 한밤중의 정적을 깨고 한 발의 석포石砲 소리가 울려 퍼지더니, 징과 북, 함성 소리가 한데 어울려 일순 천지를 뒤흔들었다.

"적의 기습이다."

"아직 적은 보이지 않는다."

위의 진영에서는 소동이 벌어졌다. 조조가 경계심을 가지고 사방을 둘러보았지만 그 역시 아무것도 발견하지 못했다.

"요란 떨 것 없다. 병사들을 진정시키고 잠자리에 들게 하라."

조조도 잠자리에 들었는데, 얼마 후 또 폭발 소리와 함성 소리가 들려왔다. 그런데 그 소리들이 도대체 어디서 나는 것인지 알 수가 없었다.

그런 일이 사흘 밤 동안 계속되었다. 조조는 잠이 부족한 병사들의 얼굴을 보고 이 상태로는 안 되겠다고 판단했다. 조조군은 30리 정도 퇴각하여 벌판 한복판에 다시 진을 쳤다.

그 모습을 본 공명이 조조가 귀신에 홀린 듯하다며 웃어댔다. 밤마다 울리던 포성과 북소리와 징소리는 상류의 분지에 숨은 조자룡과 그의 병사들이 꾸민 일이었다.

나흘째 밤이 새자 촉군은 선봉에서 중군까지 모두 강을 건넌 후 한수를 등지고 진영을 펼쳤다.

"적이 배수의 진을 쳤단 말이냐?"

조조는 한편으로는 적을 의심하면서도 적의 결연한 결의를 그냥 넘길 수 없었다. 조조는 유비에게 촉과 위의 건곤일척乾坤一擲의 자웅을 위해 '내일 오계산五界山 앞에서 결판을 내자'라는 전서戰書, 즉 결전장을 보냈다. 유비도 조조의 결전을 흔쾌히 받아들였다.

다음 날, 촉의 군사는 군악軍樂을 울리고 정기旌旗를 휘날리고 위풍을 과시하며 진군했다. 위의 대군도 진홍의 비단이 불타는 듯한 위왕의 깃발을 중심으로 용봉기龍鳳旗를 늘어세우고 북소리 한 번에 여섯 걸음을 걸으며 위풍당당 진군해왔다.

"유비는 어디 있는가?"

조조가 말 위에서 소리치자 유비가 유봉과 맹달을 좌우에 거느리고 말을 타고 나왔다.

"오랜만이구나, 조조. 네가 오늘 헛되이 죽음을 자초하는구나."

화가 난 조조가 맞받아쳤다.

"닥쳐라. 나는 네놈의 망은忘恩을 꾸짖고 대역죄를 벌하기 위해 왔노라."

"실로 가소롭구나. 나는 대한大漢의 종친이거늘, 감히 네놈이 무엇인데 황제의 의장을 함부로 쓰느냐. 오늘이야말로 네놈의 대역죄를 응벌하겠노라."

드디어 전선이 수십 리에 이르는 야전 싸움이 벌어졌다. 정오가 지나기까지 위가 기세를 올리며 승기를 잡았다. 촉의 병사는 말과 무구를 버리고 도주하기 시작했다.

"쫓지 말라. 퇴각을 알리는 징을 울려라."

조조가 급히 군사를 거두어들이자 부장들이 의아해했다. 조조는 촉군의 도주를 거짓이라 보고 신중을 기한 것이었다. 그런데 위가 군사를 거두자 이번에는 촉이 공세를 펼쳤다. 조조가 지나치게 자신의 지혜를 믿은 나머지, 오히려 그 지혜로 자신의 발목을 잡은 형국이었다.

공명이 조조에게 쓴 작전은 조조 스스로 자신의 지혜와 싸우게 하여 그 허를 찌르는 것이었다. 조조 스스로 자부하던 지략智略으로 인해 위군은 적에게 남정부터 포주襃州 땅까지 넘겨주고 양평관陽平關까지 쫓겨나고 말았다.

촉의 대군은 이미 남정, 낭중, 포주 지방까지 주둔해서 민심을 안정시키고 치안을 바로잡으며 기세를 올렸다.

그때 양평관의 조조에게 다시 아군의 병참지가 위험하다는 보고가 들어왔다. 조조가 허저를 불렀다.

"지금 또다시 아군의 병참지가 적에게 넘어가면 큰일이다. 그대는 그곳 관원들과 합세하여 위험에 처한 군량들을 모두 후방의 안전한 곳으로 옮기고 오라."

허저는 군사 천 명을 이끌고 양평관을 나섰다. 얼마 후 목적지에 도착하자 군량을 지키던 관원이 그를 기쁘게 맞이했다.

"구원병이 오지 않았다면 필시 2, 3일 안에 여기의 군량과 군수품이 모두 적에게 넘어갔을 것입니다."

관원은 주연을 열어 허저를 대접했는데, 허저가 그만 취하고 말았다. 관원이 포주의 경계에 있는 적을 두려워하자 허저가 큰소리를 쳤다.

"안심하라. 홀로 적병 만 명을 당해낼 허저가 있지 않은가. 오늘 밤은 달도 밝아 산길을 가기 좋으니, 말과 수레를 끌고 어서 출발하자."

한밤중에 군량을 실은 행군이 포주에 이르자 골짜기에서 일군의 촉병이 공격해왔다.

"적은 계곡 아래에 있으니 바위를 굴려라."

허저는 지리적 우위를 이용해 적을 공격했다. 그런데 어찌 된 일인지 오히려 머리 위에서 바위와 돌이 굴러떨어졌다.

촉의 복병은 산 아래뿐 아니라 위에도 있었던 것이다. 군량을 실은 수레가 굴러떨어져 계곡 근처에 처박혔는데, 그곳에도 적들이 있었다. 허저의 모습을 본 적장이 큰 창을 뻗어 허저의 어깻죽지를 찔렀다.

허저는 아픔을 느끼며 말에서 굴러떨어졌다. 장비의 장팔사모가 허저의 숨통을 끊으려 날아오는 순간, 장비가 타고 있던 말이 굴러온 바위에 부딪혔다. 깜짝 놀란 말은 심하게 요동쳤다. 허저의 부하들이 그 틈을 타 칼과 창을 들고 허저를 호위했다. 그렇게 허저는 부하들의 도움을 받아 간신히 목숨을 건졌다. 하지만 대부분의 군량을 장비에게 빼앗기고 양평관으로 도망쳐왔다.

이미 양평관도 불길에 휩싸여 있었다. 게다가 곳곳의 전선에서 패하여 도망쳐오는 위의 군사들로 양평관은 발 디딜 틈이 없었다. 위왕 조조의 행방도 불분명했다.

"이미 북문을 나선 후 야곡斜谷을 향해 퇴각하고 계십니다."

한 장수의 말을 듣고 허저는 급히 조조의 뒤를 쫓아갔다.

한편 조조는 호위 무사와 군사들의 보호를 받으며 양평관을 나와 야곡에 다다랐다. 그때 저편에서 말들이 먼지를 일으키며 다가오고 있었다. 그것을 본 조조가 속으로 생각했다.

'저것도 공명의 복병인가. 만일 그렇다면 나는 이제 살아나갈 길이 없구나.'

눈앞에 나타난 것은 그의 둘째 아들 조창이었다. 조창은 5만 명의 군사를 이끌고 왔다. 그는 대주오환代州烏丸(산서성山西城·대현代縣)의 오랑캐의 반란을 진압하러 갔다 한수의 대전이 아군에게 불리하다는 소식을 듣고 아비인 조조를 돕기 위해 달려온 것이었다.

"북국의 난을 평정하고 나를 돕기 위해 왔단 말이냐? 참으로 기특하구나. 그 말을 들으니 기운이 솟는구나. 내 반드시 유비를 물리칠 것이다."

조조는 너무 기쁜 나머지 말 위에서 조창의 손을 맞잡고 한동안 놓을 줄 몰랐다.

* * *

지금까지 연전연패를 거듭했던 조조가 아들 조창이 끌고 온 5만 명의 병사를 보며 각오를 새롭게 하고 군령을 내렸다.

"이곳은 천혜의 요새이며, 여기에 북적을 평정하고 온 정예 5만 명의 군사가 있다. 또한 내 둘째 아들 조창은 뛰어난 무장으로 내 오른팔이라 해도 부끄럽지 않은 장수이다. 이렇듯 세 가지 아군을 얻은 이상, 유비를 무찌르는 것은 손안의 달걀을 깨는 것보다 쉬운 일이다. 자, 야곡을 근거로 하여 이제까지의 패욕을 씻도록 하자."

양군이 전열을 가다듬고 새로이 정비하자 싸움의 양상은 새로운 국면을 맞게 되었다.

유비가 부장들과 함께 진영 앞에 나와서 말했다.

"필시 조조는 이번 서전에서 자신의 아들인 조창을 믿고 내세울 것이다. 그 조창을 단숨에 꺾어 기선을 제압한다면 위의 병사 몇만 명을 죽이는 것보다 더 큰 효과가 있을 것이다. 누가 조창의 목을 베어오겠는가?"

유봉과 맹달이 동시에 자처하며 나섰다. 그러자 맹달이 유봉이 나선 것을 보고 잠시 주저하는 모습을 보였다. 조창이 조조의 친아들인 데 반해 유봉은 유비의 양자였다. 그러니 유봉에게 있어 이번 일전은 자신의 명예가 걸린 중요한 일전이라고 생각했기 때문이다.

하지만 유비는 언제나 장수나 병사에게 공평했기에 비록 유봉이 자신의 양자라고 해서 특별히 유봉을 뽑지는 않았다.

"그럼 두 사람에게 명하노라. 각각 군사 5천 명을 이끌고 좌우의 선봉에 서서 조창과 겨루어 공명을 세우도록 하라."

"삼가 명을 받들겠습니다."

두 젊은 장수는 분연히 5천 명의 군사를 이끌고 선두의 좌우에 포진했다.

이윽고 야곡에 진을 치고 있던 적의 일군이 평야로 나와 전열을 펼치더니 장수 한 명이 뛰어나와 외쳤다.

"유비는 게 있느냐. 바로 이 몸이 위왕의 둘째 아들 조창이다. 아버지를 대신해 나왔으니 유비는 이리 나오너라."

멀리서 봐도 눈이 부실 정도로 치장을 한 것을 보니 조창이 분명했다. 포진의 왼쪽에 자리하고 있던 맹달이 나서려다 먼저 유봉에게 양보했다. 그러자 유봉 또한 화려한 투구와 갑옷을 자랑하며 뛰어나왔다. 두 사람의 대결은 10합도 지나지 않았는데, 누가 봐도 조창이 이길 것을 알 수 있었다. 유봉의 무예는 도저히 조창의 상대가 되지 않았던 것이다.

맹달이 급히 말을 달려 앞으로 나갔다.

"유 장군, 조창은 제가 맡겠소이다. 어서 물러서시오."

맹달이 유봉을 대신해 조창과 맞섰다. 유봉은 한마디도 못 하고 말을 돌려 물러섰다.

"유봉, 도망치느냐. 제 아비의 얼굴에 먹칠을 할 셈이냐."

조창은 맹달을 뿌리치고는 도망치는 유봉을 비방하며 쫓았다. 그때 조창이 이끄는 군사가 뒤편에서부터 무너지기 시작했다. 조창이 놀라 돌아가자 어느새 촉의 오란과 마초 등이 야곡의 기슭에서 나타나 퇴로를 끊으려 했다.

조창은 아버지 조조를 닮아 기략機略이 뛰어났다. 이미 다소의 피해를 입었지만 조창은 치명타를 맞기 전에 서둘러 군사를 수습해 오란의 부대를 향해 질풍처럼 달려들은 후 야곡의 본진으로 퇴각했다. 게다가 도중에 길을 가로막는 적장 오란을 단숨에 찔러 쓰러뜨리고 유유히 사라졌다. 그런 그의 모습은 과연 아비인 조조의 젊을 적 모습과 많이 닮아 있었다.

아버지 유비를 대할 면목이 없었던 유봉은 맹달에게 터무니없는 질투심을 품었다.

"내 패배가 더 커 보였던 것은 맹달이 옆에서 끼어들어 조창을 쫓아버린 탓이다."

그 이래로 유봉과 맹달은 거북한 사이가 되었다. 유봉은 무장으로서의 용맹함이 부족할 뿐 아니라 도량에 있어서도 유비의 양자라고 하기에는 부족함이 있었다.

한편 조조의 진영에서도 서전 이후로 날마다 사기가 떨어졌다. 한때는 조창이 유봉을 이겼다고 기뻐했지만 싸움의 형세는 고전을 면치 못했다. 촉의 장비, 위연, 마초, 황충, 조자룡 등 쟁쟁한 장수들이 진을 펼치고 야곡의 아래까지 진군해 있었기 때문이다.

조창도 유봉은 이겼지만 그 이후의 싸움에서는 촉의 맹장들이 눈에 불을 켜고 쫓아와서 어찌할 방법이 없었다. 허창에서 멀리 떨어진 이곳 야곡(협서성 한중과 서안과의 중간)에서 만일 대패를 당한다면 본국으로 돌아가는 일조차 어려워질 것이었다. 조조도 깊어가는 아군의 패색에 전전긍긍하고 있었다.

'병사를 수습하여 업군으로 돌아가 천하의 웃음거리가 될 것인가, 야곡에 머물며 끝까지 싸울 것인가. 촉군은 날이 지날수록 기세를 올리고 있으니, 이 사지에서 어찌하면 좋단 말인가.'

조조는 자신의 거처에 틀어박혀 혼자서 머리를 싸매고 생각에 잠겨 있었다. 그때 요리를 담당하는 관원이 식사를 가져다놓고 나갔다.

조조는 생각에 잠긴 얼굴로 밥을 먹기 시작했다. 따뜻한 합의 덮개를 열자 닭을 삶아낸 닭국이 담겨 있었다. 조조가 평소 좋아하는 부드러운 닭고기였다. 조조는 닭갈비鷄肋를 뜯어 입에 넣었다.

그때 하후돈이 장막을 걷고 들어왔다.

"오늘 밤 암호는 무엇으로 하시겠습니까?"

매일 저녁 정각에 조조는 암호를 정해 지시를 내렸다. 조조는 아무 생각 없이 계륵이라고 중얼거렸다. 닭의 갈비를 뜯고 있었던 터라 무의식중에 나온 말이었다. 하지만 하후돈은 조조가 그리 말한 데에는 무언가 깊은 뜻이 있다고 믿었다. 그가 성안의 요소요소를 돌며 경계를 보는 장수들에게 말했다.

"오늘 밤의 암호는 계륵이다."

부장들이 모두 의아해했다. 다들 계륵의 뜻을 풀 수 없어 당황스러워했다. 그때 행군주부 양수가 부하들을 불러 명령했다.

"수도로 돌아갈 채비를 하라. 행장과 무구들을 꾸리고 퇴각 명령을 기다리라."

하후돈은 깜짝 놀랐다. 그의 입에서 나온 말이지만, 사실 그도 그 뜻을 모르고 있었다. 하후돈이 양수에게 물었다.

"무슨 연유로 공의 부대는 갑자기 퇴군 준비를 하는 것인가?"

"그것은 계륵이라는 암호를 헤아려서입니다. 닭의 갈비는 먹고자 해도 살이 없고 버리고자 해도 아까운 맛이 있으니, 지금 아군이 직면한 상황이 흡사 살이 없는 닭의 갈비를 뜯고 있는 모양과 닮았기 때문입니다. 위왕께서 이를 깨닫고 아무런 이득이 없는 싸움을 접을 결심을 하신 듯합니다."

"과연 맞는 말인 듯하오."

하후돈은 양수의 말에 감탄했다. 그리고 이내 이러한 취지를 부장들에게 알렸다.

그날 밤도 조조는 마음이 심란하여 잠자리에 들지 못했다. 그러다 한밤중에 은부銀斧를 손에 들고 진중 안을 둘러보았는데, 그만 깜짝 놀라고 말았다.

"하후돈은 어디 있는가?"

조조의 목소리를 듣고 하후돈이 달려왔다.

"병사들이 어찌 갑자기 철수 준비를 하고 있는 것인가? 대체 누가 행장을 꾸리라고 명령했단 말인가?"

"주부인 양수가 대왕의 심중을 헤아려 명한 것입니다."

"뭐라, 양수가? 양수를 이리 부르라."

조조는 은부의 손잡이를 볼에 대고 눈썹을 찌푸렸다. 이윽고 양수가 와서 조조 앞에 엎드려 절하며 말했다.

"대왕께서 오늘 밤 암호를 계륵으로 하셨다는 말을 듣고 부장들이 그 뜻을 헤아리지 못해 곤란해하던 차에 제가 대왕의 심중을 헤아려 사람들에게 돌아갈 채비를 하라 했습니다."

조조는 자신의 심중을 거울 들여다보듯 훤히 꿰뚫어보는 양수가 두려워졌다.

"그런 뜻으로 계륵이라 한 것이 아니거늘, 어찌 네 마음대로 행동하느냐."

조조는 하후돈을 돌아보며 군율을 문란하게 한 죄를 물어 즉시 양수의 목을 치라 명했다.

새벽녘 진중의 기둥에 양수의 목이 걸렸다. 부장들은 조조의 냉혹함에 두려움을 느꼈고, 양수의 재능을 아까워했다.

양수는 실로 당대의 재사才士였다. 하지만 그 뛰어난 재능이 조조의 재능마저 뛰어넘을 때가 많아 조조는 항상 양수를 경계하고 두려워했다. 일찍이 이런 일도 있었다.

업군의 후궁에 많은 나무와 꽃을 옮겨 심어 화원을 만들었는데, 하루는 조조가 화원을 보러 왔다가 좋다 나쁘다 말도 없이 문에 '活활' 자만을 써놓고 돌아갔다. 사람들은 고개를 갸웃거리며 조조의 의중을 알 수 없어 전전긍긍했다. 그때 그곳을 지나던 양수에게 사람들이 뜻을 묻자 양수가 웃으며 말했다.

"화원이라고 하기에는 너무 넓으니 좀 더 작고 아담하게 만들라는 이야기가 틀림없습니다. 문門 안에 '活활' 자를 넣으면 바로 넓을 활闊이 되지 않습니까."

사람들이 화원을 다시 만들어 조조에게 보이자 이번에는 조조가 아주 흡족해했다. 조조가 자신의 뜻을 누가 헤아렸는지 궁금해하며 묻자 관원이 양수라 대답했다. 그랬더니 조조는 갑자기 아무 말도 하지 않았고, 그의 얼굴에도 웃음기가 사라졌다.

조조는 양수의 재능에 감탄하면서도 그가 자신의 의중을 지나치게 잘 헤아리다 보니 경계심이 느껴졌다. 그래서 그의 재능을 달갑지 않게 여겼던 것이다.

조조는 위왕의 자리에 오른 후 세자의 자리에 누구를 앉힐 것인지 자식들을 자주 살폈다. 어느 날 조조는 신하들에게 명했다.

"내일 장남인 조비와 셋째인 조식을 업군성으로 부를 것인데, 두 사람에게 성문을 절대로 열어주지 말라."

병사들이 성문을 열어주지 않자 조비는 어쩔 수 없이 돌아가버렸다. 이윽고 조식이 왔는데 병사들이 역시 성문을 열어주지 않았다. 하지만 조식은 다음과 같이 말하고 성을 통과했다.

"왕명을 받고 나아감은 시위를 떠난 화살과 같은 것인데 어찌 다시 돌아갈 수 있으리."

그 말을 들은 조조는 과연 자신의 아들이라며 크게 조식을 칭찬했다. 하지만 나중에 알고 보니 그 말은 조식의 스승인 양수가 가르쳐준 것이었다. 조조는 아들에게 실망했고 잔꾀를 부린 양수에게도 곱지 않은 인상을 갖게 되었다.

또 양수는 조식에게 '답교答敎'라는 문서를 만들어주며, 만일 조조가 어려운 질문을 하면 열어보라고 했다. 답교에는 조조의 서른 가지 질문에 대한 답이 적혀 있었다.

그렇게 조식의 뒤에 양수가 있다 보니 조식은 무슨 일에서건 장남인 조비보다 뛰어난 듯 보였다. 조비는 언젠가 자신이 아버지의 뒤를 이를 거라고 생각하고 있었기에 그런 양수가 곱게 보일 리 없었다. 그래서 기회만 되면 조조에게 양수에 대한 참언을 늘어놓았다.

'부자간의 세자 책봉 문제까지 끼어들다니, 아무리 재능이 출중하다고 해도 그와 같은 간신을 가만히 내버려둬서는 안 될 것이다. 언젠가 반드시 제거해야 한다.'

조조가 마음속으로 생각하고 있었다 해도, 양수의 죽음은 그 자신의 재능이 초래한 화라고 할 수 있었다. 다소 재능을 감추고 자신을 낮추어 자중했더라면 화를 면할 수 있었을 것이다. 하지만 양수가 죽고 나서 사흘도 지나지 않아 그의 말은 현실이 되고 있었다.

촉군은 오늘내일 중으로 야곡을 함락시키기 위해 쉬지 않고 공격을 가해왔다. 더욱이 마지막 날에는 양군이 접전을 벌였다. 조조도 싸움에 휘말려 촉의 위연과 칼을 섞으며 싸웠다. 그때 야곡의 성안에서 배신자가 불을 질렀다. 하지만 그 불은 배신자가 지른 게 아니라 촉의 마초가 야곡의 봉우리를 기어오른 후 배후에서 성안으로 쳐들어가 후방을 교란한 책략이었다.

성에서 나와 싸우고 있던 위군은 그런 사실을 알지 못하고 크게 동요했다. 후방의 소동은 전방의 군사들에게도 영향을 끼쳐 전열을 수습할 수 없게 되었다. 그러자 조조는 검을 뽑아들고 독려하며 소리쳤다.

"등을 보이고 도망치는 자는 누구라도 그 자리에서 목을 치겠다."

그 모습을 본 촉의 위연과 장비가 조조를 향해 달려들었다. 조조는 물러서자니 자신이 한 말을 어기는 게 되어 물러서지 못한 채 고전을 면치 못했다.

그런 조조를 도우러 말을 타고 달려온 사람은 방덕이었다. 그는 위연의 칼을 막으며 소리쳤다.

"대왕, 어서 한쪽의 활로를 뚫고 후퇴하십시오."

방덕은 번갈아가며 달려드는 위연과 장비의 군사를 혼신을 다해 막았다. 그때 뒤에서 조조의 비명 소리가 들려왔다. 방덕은 몰려드는 적을 물리치며 조조에게 달려갔다.

말에서 떨어진 조조가 양손으로 입을 막고 있었다. 멀리서 날아온 화살에 맞아 앞 이빨 두 개가 부러진 것이었다. 조조의 얼굴과 양손은 붉은 피로 범벅이 되었다.

"상처가 그리 크지 않으니, 정신을 차리십시오."

방덕은 조조를 말에 태우고 도망쳤다. 이미 야곡의 성은 불길에 휩싸였고 산 쪽으로 옮겨붙어 기세를 올리고 있었다.

위군의 완패였다. 양수의 말을 듣지 않은 것을 후회한 사람은 비단 위의 장수와 병사 들뿐이 아니었다.

조조의 얼굴은 부어오르고 상처는 심했다. 이윽고 철군하는 수레에 몸을 실은 조조가 잠꼬대처럼 되뇌었다.

"아, 그렇구나. 양수의 시신을 버리고 왔구나. 어딘가에서 후하게 제사를 지내고 묻어줬어야 했는데 말이야."

얼마 후 촉군이 다시 나타나더니 조조의 목을 노리고 맹렬히 공격해 왔다. 조조는 간신히 경조京兆(허도)까지 도망쳐왔는데, 도중에 그는 여기서 죽는구나 하며 눈을 감고 모든 것을 포기하기까지 했다.

97
한중왕에 오르는 유비

건안 24년, 한중을 평정한 유비는 한중왕에 오르고,
손권은 관우를 회유하고자 제갈근을 보내 양가의 혼담을 제안한다

위의 군사가 물러간 뒤에 유비의 촉군이 한중 지방을 장악했다. 상
용上庸은 함락되고 금성金城은 항복해왔다.

신탐申耽과 신의申儀 등지의 옛 한중의 무장들도 모두 촉군의 휘하
에 들어왔다.

유비는 백성과 군사 들을 안정시키고 정치, 군사, 경제 세 분야에 걸
쳐 문물과 제도를 획기적으로 구축했다.

유비는 단숨에 사천四川과 한천漢川의 광대한 지역을 영토로 편입했
다. 이제 촉은 강남의 오와 북방의 위에 비해서도 뒤지지 않는 강대국

으로 부상했다.

공명이 부장들을 모아놓고 의견을 나누었다.

"지금 동서의 양천兩川 백성은 모두 황숙의 덕에 감화되어, 황숙께서 왕위에 오르셔서 안으로는 백성을 다스리고 밖으로는 적들을 평정해주시기를 진심으로 바라고 있소이다."

공명이 유비의 즉위에 대한 말을 꺼내자 부장들 모두 공명의 말에 동의했다.

"반드시 그리하셔야 합니다. 군사께서 때를 살펴 황숙께 진언을 올리십시오."

어느 날 공명은 신하들의 대표로 법정과 함께 유비를 알현했다.

"주군께선 어령御齡도 쉰을 넘기셨고, 위엄과 덕이 사해 만민에 떨치어 이르지 않는 곳이 없으며, 이제 서천과 동천을 거느리고 계십니다. 이는 단순히 사람의 힘만으로 이룰 수 있는 공적이 아닙니다. 하늘의 도리와 뜻이라 하지 않을 수 없습니다. 부디 지금의 때를 피하지 마시고 하늘의 뜻에 따라 왕위에 오르셔야 합니다."

공명의 말에 놀란 유비가 고개를 내저으며 말했다.

"안 될 말이오. 나는 한실의 일족이 분명하지만, 허도에 황제가 계시오. 언제 어느 곳에서든 이 몸은 신하의 본분을 잊은 적이 없소이다. 만일 조조와 같이 왕위를 참칭하는 짓을 한다면 국적을 칠 대의명분을 유지할 수 없을 것이오."

"당장 제위에 오르시라는 게 아니라 한중의 왕에 오르시라는 건데 무슨 저어되는 일이라도 있겠습니까. 지금 천하는 양분되어 위와 오가 각각 북쪽과 남쪽의 패권을 쥐고 있습니다. 주군께서 서촉과 한중을 평정했다고는 하나, 저들 역시 앞으로 천하를 하나로 통합하려 하고 있습니다. 만일 황숙께서 지나치게 세상의 비방을 염려하여, 이른바 겸손의 미덕만을 길로 삼으려 하신다면, 황숙의 대기大器를 의심함은 물론이요, 삼군의 마음도 변할 가능성이 큽니다. 하늘이 허락하고 땅이 권하는 이때, 그 기운을 타고 왕위에 올라 그 기쁨을 휘하의 장수들과 삼군의 병사들과 함께 나누시는 게 나라를 부강하게 하는 대책일 것입니다. 바라건대 주군께서는 한 개인의 결벽潔癖에 얽매이지 마시고 마음을 크게 하시어 천지의 뜻에 따르시길 바랍니다.”

공명이 간절히 권했지만, 유비는 여전히 받아들이지 않았다. 아무리 신하들과 양천의 백성들이 바란다 해도 황제의 칙명이 없는 이상 스스로 왕위에 오를 생각이 없는 듯 끝까지 청을 물렸다.

하지만 공명을 비롯한 법정과 장비, 조자룡은 틈만 나면 진언을 했다. 마침내 유비가 그들의 진언을 받아들였다. 이에 문관 초주譙周는 표문을 만들어 허도에 있는 황제에게 유비가 한중왕에 오르는 일을 고했다.

건안 24년 7월 가을, 면양沔陽(협서성·한중의 서쪽)에 식전과 아홉 겹의 단을 쌓고 오색의 정기를 늘여 세우고 군신들이 도열한 후 즉위식이 거행되었다.

그와 동시에 적자인 유선을 세자로 삼고 허정을 그의 태부太傅, 법정을 상서령으로 임명했다. 군사 공명은 전과 다름없이 모든 병무의 감독을 맡았다. 그 밑에 관우, 장비, 마초, 황충, 조자룡을 두어 오호대장군五虎大將軍으로 삼았으며, 위연을 한중의 태수로 봉했다.

유비는 즉위한 후 황제에게 다시 표문을 올렸다. 앞서 사자를 통해 올린 표문은 제갈공명 이하 촉의 신한 120명이 연서해서 보낸 것이었고, 이번 표문은 유비 현덕이 직접 올리는 것으로 장중한 장문의 글로 채워져 있었다.

"뭐라! 지난날 돗자리나 짜던 놈이 어찌 한중왕의 이름을 더럽히는가. 참으로 가증스럽고 불손한 유비 이놈이 끝까지 나와 맞서려고 하는구나."

조조가 즉시 행동을 취한 것은 말할 필요도 없었다.

"유비 네 이놈, 내 백만 대군을 기다리고 있거라. 내 어찌 이대로 그놈이 한중왕을 참칭하는 것을 두고 볼 수 있으리."

위왕 조조는 길길이 날뛰며 분을 삭이지 못했다. 그때 군신들 중 한 명이 조조에게 간했다.

"대왕, 안 됩니다. 일단 화를 가라앉히시고 촉이 내부의 쇠란으로 혼란스러워질 때까지 기다렸다가 일거에 군을 몰고 가십시오."

그는 다름 아닌 자가 중달인 사마의였다. 사마의는 조조의 신하 중에서 근래에 인정을 받기 시작한 영재였다.

조조가 그를 힐끗 보며 말했다.

"흠, 그것도 좋을 듯하구나. 그런데 중달, 그저 촉이 쇠망하기를 두 손 모아 기원하고만 있을 수 없다. 그대에게 무슨 계책이 있는가?"

"신이 생각건대, 지난날 오의 손권은 누이동생을 유비에게 시집보냈다가 거두어들인 일이 있습니다. 그 후 그들은 절연한 채로 있으니 손권의 심중에는 원망과 원한이 가득할 것입니다. 지금 위왕의 어명으로 오에 사자를 보내 오가 형주를 공격한다면 위가 오를 돕는 한편 촉의 측면을 칠 것이라고 하십시오. 손권은 반드시 군사를 움직일 것입니다."

"그렇군. 먼저 오와 싸우게 한다……."

"형주가 위험에 처하면 한천도 위태롭고, 한천을 잃으면 촉 역시 궁색한 처지에 빠질 것입니다. 어찌 됐든 장강의 파도가 높이 일면 유비는 단 하루도 편히 잠을 잘 수 없습니다. 유비는 양천의 병사를 일으켜서라도 형주를 위험에서 구하려 할 것입니다. 이러한 형세를 만들어놓은 다음 위의 대군이 움직인다면 반드시 이길 수 있을 것입니다."

조조는 중달의 계책을 칭찬하며 받아들였다. 만총滿寵이 사자로 뽑혔는데, 그는 종종 오를 오가고 있었고 외교관으로 평판이 좋았다.

한편 오의 손권도 위와 촉의 형세를 지켜보면서 오의 앞날이 결코 순탄치 않을 것이라고 생각했다.

그때 위에서 사자가 도착했다. 손권이 장소에게 묻자 장소가 대답했다.

"분명 수교에 관한 일일 터이니 우선 만나보시는 게 좋을 듯합니다."

손권은 장소의 말에 따라 만총을 불러들인 후 사자로 온 연유를 물었다. 만총은 공손히 그 취지를 설명했다.

"위와 오는 본래 아무런 원한도 없는데, 요 몇 년간 공명의 농간에 휘둘려 싸움을 했습니다. 그런데 결과적으로 이득을 본 것은 누구입니까? 오도 아니요 위도 아닌 촉의 유비가 아닙니까. 위왕께서도 잘못을 깨닫고 동오와 오랫동안 순치脣齒의 관계를 맺고 함께 유비를 치고자 하는 뜻을 품고 계십니다. 바라건대 서로 침범하지 않고 양국의 우호를 공고히 하는 수교를 오늘 이 자리에서 맺기를 바랍니다."

만총은 조조의 서찰을 손권에게 건넸다.

곧이어 환영 만찬이 열렸다. 조조의 서찰을 본 손권의 기분이 흐뭇해진 듯했다. 만총은 속으로 이번 일에 대한 성공을 자신했다.

만총은 술이 취해 객사로 물러갔지만, 오의 궁전에서는 늦은 시각까지 긴장감이 흘렀다. 손권을 중심으로 중신들이 모여 앉아 위의 제안을 어떻게 할 것인지 계속 논의했다.

고옹이 말했다.

"위의 속내는 천하를 하나로 통일하는 것이니 이는 거짓임이 분명합니다. 하지만 그렇다고 해서 조조의 제안을 거절하면 위는 분명 오를 압박해올 것이고, 이는 촉에게 유리하게 작용할 것입니다."

대부분의 중신들 생각이 고옹과 다르지 않았다. 즉 불화부전不和不戰, 가능한 위와의 정면충돌을 피한 후 다른 이들끼리 싸우게 하고, 그 사이에 국력을 충실히 한 다음 이길 기회를 엿보아야 한다는 것이었다.

제갈근이 계책 하나를 제안했다.

"우선 사자 만총을 돌려보내고, 위에 우리 쪽 사자를 파견하는 것입니다. 그사이에 형주의 관우에게 사자를 보내 지금의 형세에 대해 논하고 저희에게 협력하도록 만드는 것입니다. 만일 관우가 이를 받아들인다면, 당연히 조조와 일전을 겨루는 것도 오에게 불리할 것이 없습니다."

장소가 중간에 물었다.

"만일 관우가 거절하면?"

"그때는 즉시 위의 제안을 받아들이고 형주를 공격할 수밖에 없을 것입니다."

"실로 묘안이긴 하나, 그것은 후자의 경우가 될 가능성이 대단히 높소이다. 유비에 대한 관우의 충성심은 온 천하가 아는 사실이고, 또한 관우에 대한 유비의 신임도 두텁습니다. 그러니 관우가 한 통의 서찰로 마음을 바꿔 오에 협력하리라고는 도저히 생각할 수 없소이다."

"그렇습니다. 단순히 서찰 한 통으로는 가망이 없습니다. 하지만 관우는 정에 약한 호걸입니다. 제 계책은 이렇습니다. 관우에게는 1남 1녀가 있습니다. 오의 세자의 아내로 관우의 딸을 맞아들인다고 하면, 부모의 입장에서는 크게 기뻐하며 응할 것이라 생각됩니다."

손권은 제갈근의 안에 고개를 끄덕였다. 그는 우선 제갈근을 사자로 삼아 형주로 보내는 한편 위의 조조에게도 사자를 보내 양쪽의 의사를 타진한 후 오의 입장을 결정해도 늦지 않을 것이라고 생각했다.

다음 날, 손권은 만총에게 예물과 답신을 건넨 후 만총을 위로 돌려보냈다.

위의 배가 떠난 후 제갈근이 탄 배도 출발하여 형주에 도착했다.

관우는 공명의 형인 제갈근이 오의 사자로 왔다는 보고를 받고도 마중을 나가지 않았다.

"무슨 일로 찾아오셨습니까?"

관우는 무뚝뚝하게 제갈근을 대했다.

제갈근은 불쾌하게 생각하지도 않고 오히려 관우의 무장다운 정직한 기품에 경의를 표하며 이야기했다.

"장군의 따님이 어느덧 묘령妙齡이 된 걸로 알고 있습니다. 저희 오후께도 후세를 이을 아드님이 계십니다. 장군의 따님을 오의 세자에게 시집보낼 마음이 없으신지요?"

관우는 그 말을 듣자마자 얼굴을 찡그렸다. 그러더니 자못 깔보는 듯이 제갈근의 입을 바라보며 쌀쌀맞게 말했다.

"그런 마음은 없소이다."

제갈근이 그 이유를 묻자 관우가 벌컥 소리쳤다.

"어찌 개의 자식에게 호랑이의 여식을 시집보내겠는가."

제갈근은 목을 움츠렸다. 더 이상 입을 열면 관우의 칼이 날아올 듯한 살기를 느꼈기 때문이다.

* * *

관우를 설득하러 간 제갈근의 임무는 실패하고 말았다. 관우에게 호되게 당한 제갈근은 황망히 오로 돌아와 손권에게 자초지종을 보고했다.

"관우가 참으로 기고만장하구나. 이는 나를 무시한 처사가 틀림없다."

손권은 대병을 일으켜 형주를 공략하기 위해 건업성 대각에 군신들을 불러 모았다.

그 자리에서 참모 보즐이 반대 의견을 피력했다.

"형주를 공격해서는 절대로 안 됩니다. 이는 위의 의도대로 조조를 위해 동오의 병마를 쓰는 것과 마찬가지입니다."

장내는 보즐의 말에 동의하는 사람의 목소리와 부정하는 사람의 목소리로 금세 소란해졌다.

그동안 오는 형주 문제에 대해 참을 만큼 참아왔다. 하지만 지금 제 장들의 얼굴에는 여태까지 볼 수 없었던 패기와 투지가 흘러넘치고 있었다.

보즐이 거듭 말했다.

"역으로 위의 병마를 동오를 위해 이용해야 할 때, 오히려 우리 손으로 형주를 공격하려 하다니! 형주를 취하려면 많은 병력과 군수를 희생해야 할 텐데, 그 국력의 낭비를 어찌 감당할 것이오."

그러자 주전론을 주장하는 사람들이 반박했다.

"그러한 희생도 없이 어찌 나라를 보전하고 발전을 꾀할 수 있단 말인가."

보즐이 그들을 노려보며 말했다.

"잠시 잠자코 들어보시오. 지금 조조의 아우 조인이 양양에서 번천樊川 지방에 걸쳐 진을 치고는 틈이 생기면 형주를 공격하려고 기회를 엿보고 있소이다. 그 역시 오로 하여금 먼저 싸우게 한 뒤, 그 이득을 취하려 호시탐탐 노리고 있다는 말이오. 그러하니 먼저 오는 조조가 제안해온 대로 동맹을 맺되, 조인의 군사로 형주를 공략하는 것을 조건으로 내세우면 되는 것이오. 위는 거절할 구실을 찾지 못할 것이고, 그러면 바로 우리가 의도하는 형세가 되지 않겠소이까?"

손권은 그렇게만 된다면 다년간의 숙원을 이룰 수 있다고 생각하며 보즐의 계책을 받아들였다. 손권은 즉시 조조에게 사신을 보내 상호불가침조약과 군사동맹의 체결을 제안했다.

오의 사신 일행이 왔을 때, 조조는 야곡에서 다쳐 빠진 두 개의 이를 치료하고 있었다. 치료가 끝나자 조조는 즉시 예빈각으로 가서 오의 사신을 접견하고 바로 조약을 체결했다.

조조는 무엇보다 손권과 유비의 연대를 두려워했다. 그러한 위협을 미연에 방지하고 촉을 고립시키기만 해도 큰 성공이었기 때문에, 조조는 오의 조건을 아무런 불만 없이 받아들일 수 있었다.

오가 제시한 조건은 즉시 위가 형주를 공격하는 것이었다. 조조는 만총을 번천군 참모로 임명하고 조인이 있는 번성에 파견하여 돕도록 했다.

그즈음 촉은 내치와 대외 방어에 전념했다. 한중왕 유비는 성도에 궁전을 짓고, 백관의 직제를 세우고, 성도에서 백수白水(사천성·광원현廣元縣 서북. 촉의 북쪽 경계)까지 4백여 리에 역사를 설치하고, 관의 창고를 짓고, 상업과 공업의 진흥과 교통편을 정비해나갔다.

그러한 치민경세治民經世의 방책은 모두 공명의 머리에서 나온 것이었다. 그 와중에 공명은 형주에서 위의 조인이 경계를 침범하여 형주 공략에 나섰다는 급보를 받았다.

사마司馬 비시費詩가 공명의 명을 받고 급히 관우를 만나 한중왕의 왕명을 전했다.

"형주의 운명은 지금 장군의 어깨에 달려 있으니, 형주의 군사를 일으켜 적을 공략하십시오."

관우는 변함없이 자신을 믿고 있는 유비의 두터운 마음에 감읍하는 한편, 그 중대한 임무에 뒤따르는 어려움을 생각하지 않을 수 없었다.

비시가 관우에게 거듭 말했다.

"이참에 더불어 장군을 오호대장군 중 한 분으로 봉하셨습니다. 인수를 받으십시오."

관우가 평소 성격대로 무뚝뚝한 표정으로 물었다.

"오호대장군이 무엇이오?"

"왕 아래에 새로 생긴 명예직입니다. 말하자면 촉의 최고군정관最高軍政官이라고 할 수 있습니다."

"나 말고 누가 임명되었소이까?"

"장군 외에 장비, 마초, 조운, 황충 이렇게 네 장군입니다."

"하하하."

관우는 불만스러운 듯 웃으며 말했다.

"마초는 망명해온 장군이고, 황충은 이미 나이든 할아버지인데, 그들과 나를 동열로 삼겠다는 뜻이신가?"

"장군께서는 불만이신 듯하지만, 오호대장군 직제는 이른바 왕을 보좌하는 울타리로 나라의 필요에 의해 만들어진 것입니다. 한중왕과 장군과의 의나 신임의 정도를 나타내는 것이 아닙니다. 필시 장군은 지난날 한중왕과 도원결의를 맺은 일을 떠올리며 자신과 황충을 동일시하는 것을 섭섭해하시는 듯합니다. 그것은 국가의 직제와 사적인 정을 혼동하는 것입니다."

관우가 급히 비시에게 배복하고 사죄하며 말했다.

"실로 공의 말이 옳소이다. 만일 제가 공의 충언을 듣지 못했다면 군신 간의 도리에 있어 되돌릴 수 없는 과오를 저지를 뻔했소이다."

관우는 인수를 받아들고 멀리 성도 쪽을 바라보며 절을 했다.

"어리석은 이 아우의 무례를 용서해주십시오."

하룻밤 사이에 형주성 안팎에는 관우의 휘하에 있는 장수들이 모두 모였다. 이는 평소에 관우의 명이 얼마나 엄하게 지켜지고 있었는지를 여실히 보여주는 것이라 할 수 있었다.

관우는 장수들에게 현재의 상황을 알리고, 이에 성을 나가 맞서 싸우는 것에 머물지 않고 적의 번천을 빼앗은 후 형주를 촉한의 전진기지로 삼을 것임을 역설했다. 그러자 부장과 병사 들이 우레와 같은 박수로 답하며 출정을 기뻐했다.

관우는 요화를 선진으로 하여 부장에는 관평, 참모에는 마량과 이적을 삼은 후 각 부대의 부장과 소속을 임명하고 미명에 출정할 것을 명했다.

그날 밤, 부장과 병사 들은 성에 화톳불을 피우고 출정 채비를 하며 밤이 새기를 기다렸다. 관우도 무장을 끝내고 '수帥' 자를 크게 새긴 깃발 아래 방패를 세우고 잠시 눈을 붙였다. 그런데 어딘가에서 온몸이 새카맣고 큰 멧돼지가 갑자기 달려오더니 관우의 다리를 물었다.

관우가 깜짝 놀라 멧돼지를 베었는데, 그 순간 눈이 떠졌다. 그것은 꿈이었다.

"무슨 일이십니까?"

아버지의 목소리에 양자인 관평이 달려와서 물었다. 꿈이었지만 멧돼지에게 물린 곳이 욱신거리며 아팠다.

"멧돼지는 용상龍象이라 하니 반드시 길몽일 것입니다."

관평의 말과는 달리 부장들 중에는 흉몽이라며 걱정하는 사람들도 있었다. 관우가 웃으며 말했다.

"사람이 쉰에 이르면 길몽과 흉몽을 가릴 것이 없네. 있다 하면 그저 절개를 지키며 떳떳하게 죽을 자리를 찾는 고민뿐이네."

조인의 대병은 성난 파도와 같이 양양에 돌진했다. 하지만 관우가 전군을 이끌고 형주를 출발했다는 소식을 듣고는 양양 평야의 서북쪽에서 삼엄한 포진을 치고 적을 기다렸다.

위의 진격이 생각보다 늦은 것은 조인이 번성을 출발할 때부터 참인 인 만총과 하후존夏侯存 사이에 작전상 의견차가 있어 쉽사리 출정을 결정하지 못했기 때문이다. 이에 관우군은 양양 근교에서 적과 대치하게 되었다.

이번 싸움의 서전에는 위의 적원翟元과 형주의 요화가 나갔다.

북소리에 맞춰 서서히 진군하던 양군은 서로 뒤엉켜 치열하게 싸움을 벌였다. 그러다 요화가 거짓으로 도망치기 시작했다.

하후존과 싸우고 있던 관평도 도망을 치자 형주군의 패색이 짙어 보였다. 이윽고 위군이 20리를 추격해왔고, 이번에는 반대로 조인과 하후존 등의 위군이 갑자기 보이지 않자 형주군이 동요하기 시작했다. 그러자 뒤쪽 저편에서 뿌연 먼지가 일어나더니 수많은 깃발과 병마가 모습을 드러냈다. 그중에서도 선명하게 보이는 것은 '수' 자 깃발을 휘날리는 관우의 중군이었다.

"이러다 퇴로를 차단당하겠다."

당황해서 말 머리를 돌려 철수하는 조인 앞을 불꽃같은 꼬리를 늘어 뜨린 붉은 준마가 울부짖으며 가로막았다. 바로 적토마를 탄 관우였다.

"아, 관우다!"

조인은 간담이 서늘해져 도망쳤다. 그 모습을 본 관우가 소리쳤다.

"위왕의 아우야, 그리 급히 도망치다 말에서 떨어지지나 말라. 내 오늘은 너를 쫓지 않을 터이니 천천히 도망치거라."

관우가 청룡언월도를 흔들며 크게 웃었다.

일부러 패주한 관평과 요화 양군이 저 멀리 뒤쪽에서 아군의 북소리를 듣고는 갑자기 말 머리를 돌려 공세로 전환한 것이었다. 작전은 성공이었다. 위군은 그물 안의 고기와 마찬가지였다.

하지만 그날 아침 아군으로부터 서전은 우선 적의 기세를 꺾으면 족하다는 방침을 들은 터라 관우는 더 이상 추격하지 않고 그저 퇴로를 잃고 사방팔방 도망치는 적을 적당히 토벌했다.

서전에서 형주군의 피해는 거의 없었다. 그에 반해 적에게 가한 피해와 심리적인 영향은 상당히 큰 것이었다. 조인은 간신히 목숨을 부지하여 돌아갔지만 하후존은 관평의 칼에 맞아 죽고, 적원도 요화에게 쫓기다 죽고 말았다. 이른바 적은 서전에서 선봉장 두 명을 잃었던 것이다.

둘째 날과 셋째 날도 조인은 불리한 싸움을 계속하다 마침내 양양에서도 퇴각하여 멀리 쫓겨나고 말았다.

드디어 관우군은 양양으로 들어갔다. 성의 백성들은 관운장이 온다며 길을 청소하고 술과 음식을 내왔다. 마치 친아비를 맞는 듯 관우를 환영했다.

그때 사마司馬 왕보王甫가 관우에게 한 가지 계책을 말했다.

"다행히 큰 승리를 거두었지만 여기에 심취하면 위험할 수 있습니다. 오가 있기 때문입니다. 지금 육구(호북성·한구漢口의 상류)에는 오의 여몽이 군사를 이끌고 주둔해 있습니다. 여몽이 허를 틈타 뒤에서 형주를 공격하면 그것을 막을 방도가 없습니다."

"맞는 말이오. 실은 내 걱정도 바로 그것에 있소이다. 육구에 변화가 생기면 바로 알 수 있는 방법은 없겠소이까?"

"요소마다 봉화대를 쌓은 후 위급시 봉화를 피워 연락하도록 해야 합니다."

"그대가 즉시 그 일을 맡아 봉화대를 쌓도록 하시오."

"명을 받들겠습니다."

왕보는 먼저 설계도를 그려 보인 후 관우의 의견을 참조해 서둘러 공사 준비를 했다. 그는 일단 형주로 돌아가서 인부와 장인 들을 모아 지형을 시찰한 뒤에 봉화대 구축에 들어갔다.

봉화대는 한두 곳이 아니었다. 육구의 오군에 대비하기 위한 것이니, 그들의 동정을 멀리서 조망할 수 있는 지점을 시작으로 강안 1, 20리마다 적당한 언덕과 산을 골라 조망대를 세우고 병사 5, 60명에게 교대하며 지키도록 했다.

그리고 일단 오의 움직임에 변화가 생긴 즉시 첫 번째 봉화대에서 봉화를 피워 올리면-밤에는 예광탄曳光彈을 쏜다-두 번째 봉화대에서 똑같이 봉화를 피워 올린다. 그렇게 세 번째, 네 번째 봉화대로 이어져 한순간에 봉화가 하늘을 내달리면 멀리 수백 리 밖에서도 이변을 바로 알 수 있는 식이었다.

왕보는 양양으로 돌아와서 관우에게 보고했다.

"공사는 착착 진행되고 있으니 이젠 시간문제입니다. 그런데 강릉 방면의 수비를 미방麋芳과 부사인傅士仁이 맡고 있는데 다소 걱정스럽습니다. 형주성을 지키고 있는 반준潘濬도 정사를 돌보는 데 사심이 많고 탐욕스럽다는 소문이 있으니 바람직하지 않은 듯합니다. 봉화대가 완성된다고 해도 그것을 관장하는 좋은 인물을 갖추지 않으면 오히려 방심하여 화를 초래하는 원인이 될 수 있습니다."

"흠, 사람이 중요하다는 말인가."

관우는 건성으로 대답했다. 자신이 뽑아 성을 맡기고 강릉의 수비를 맡긴 이상, 그들을 의심하는 마음이 생기지 않았다. 그래서 관우는 생각해보겠다고 말하며 왕보의 말을 흘려들었다.

일단 배후의 근심이 사라지자 관우는 양양에 들어와서 충분히 기운을 회복한 병사들에게 양강襄江을 건너도록 했다. 물론 그사이에 배와 뗏목 등을 준비했고, 당연히 강을 건널 때에 만반의 준비를 한 적이 반격해올 거라는 것도 각오하고 있었다. 그런데 이상하게도 대군은 아무런 저항도 받지 않고 강 건너편으로 속속 상륙할 수 있었다.

그로 인해 번성에 있는 위군의 내부 문제를 짐작할 수 있었다. 앞서 도망쳐온 조인은 목숨을 부지한 것을 천행으로 여겨 그 후로는 관우를 한층 두려워했다. 그는 형주군이 강을 건널 준비를 하는 것을 지켜보면서도 참모인 만총에게 방책을 구할 정도였다.

만총은 처음부터 관우를 강적으로 생각하고 조인이 양양을 나서는 것을 극구 만류할 만큼 수비적인 참모였다. 그래서 만총은 성을 굳게 지키는 게 가장 좋은 방법이며, 나가서 싸우는 건 승산이 없다고 말했다.

그런데 여상呂常 등의 생각은 전혀 달랐다. 성에 틀어박혀 지키기만 하는 것은 최후의 수단이며, 적이 강을 반쯤 건넜을 때 즉시 공격해야 한다고 말했다. 때를 놓치거나 싸울 때를 모르는 대장을 모시는 것은 비탄스러운 일이라 여겼다. 그렇게 서로 격론을 나누다 밤이 지나버렸다.

다음 날 아침, 관우의 깃발이 위군 쪽 강가에서 휘날리고 있었다.

여상은 자신의 주장을 굽히지 않고 혼자서라도 나가서 싸우겠다며 성문을 열고 상륙하고 있는 형주군을 공격했다. 하지만 관우의 모습을 본 여상의 부하들은 겁을 집어먹고 여상을 남겨둔 채 모두 성안으로 도망쳐 들어오고 말았다.

98
조조의 칠군七軍을 수장시키는 관우

번성을 구하기 위해 온 방덕은 관을 지고 나가 관우와 일전을 벌이고,
관우는 제방을 무너뜨려 증구천의 칠군을 물고기 밥으로 만든다

관우와 그의 정예군에게 포위되어 번성의 성이 함락되는 것은 시간
문제였다. 급히 원군을 청하는 파발이 위의 왕궁을 뒤흔들었다. 조조는
평의회에 참석하여 좌중을 둘러보며 말했다.

"우금, 그대가 좋겠소. 당장 번천으로 군사를 이끌고 가서 조인을 도
우시오."

위왕의 지명을 받는다는 것은 크나큰 영광이었다. 하지만 한편으로
는 그만큼 부담을 느끼면서 중책을 맡아야 했다. 더욱이 조인은 위왕
의 아우였다. 우금은 명을 받으며 조조에게 간했다.

"선봉장으로 삼을 용장 한 명을 내려주시길 청합니다."

"알았네. 누가 선봉에 서서 관우의 군대를 무찌를 자는 없는가?"

그러자 누군가가 말했다.

"이제야 나라의 은혜에 보답할 때가 온 듯합니다. 바라옵건대 제게 명을 내려주십시오."

사람들의 눈길이 그에게 집중되었다. 얼굴은 회색빛이었고 수염은 다갈색이었다. 서량 태생으로 오랑캐의 피도 섞여 있음이 틀림없었다. 피부색이나 머리칼이 그것을 반증하고 있었다. 그는 바로 방덕이었다. 방덕은 한중을 공략할 당시, 위에 사로잡힌 이래 조조의 녹을 먹고 있었다. 조조는 방덕이라면 관우의 호적수로 적당하다고 생각했다. 용맹무쌍한 관우를 대적하기에 우금은 실력이 부족했다.

"알았네. 방덕이 맡으라. 그리고 짐의 칠군七軍들도 함께 보내겠다."

조조는 신중에 신중을 기했다. 칠군이란 그의 친위군인 일곱 부대의 대장으로 위군 수백 만 중에서 선발한 호걸들이었다. 그런데 그날 밤, 칠군의 장수 중 한 명인 동형董衡이 은밀히 우금을 찾아왔다.

"저희도 장군을 모시고 출정하는 것을 더없는 영광으로 생각합니다만, 부장인 방덕이 선봉에 서는게 다소 불안한 마음이 듭니다."

"아니, 대체 무엇 때문에 그러는가?"

"방덕은 본래 서량 출생으로, 일찍이 마초의 심복이었던 자입니다. 그런데 마초는 지금 촉의 유비에게 중용되어 오호대장군 중 한 사람으로 있습니다. 그뿐 아니라, 현재 방덕의 형인 방유龐柔도 촉에 있습니다. 이러한 인물을 선봉에 세워 촉군과 싸운다고 하니, 어쩐지 마음이 미덥지 못합니다. 그리하여 이 점을 위왕께 말씀 올리고 재고해주시길 청하는 바입니다."

"흐음, 칠군이 불안해하는 것도 무리가 아니오. 내 급히 위왕을 뵙고 말씀드려보겠소."

밤도 깊었고 출정 준비로 분주했지만, 우금은 서둘러 왕궁으로 들어가 조조에게 고했다.

우금의 말을 들은 조조는 마음 한편에 불안감이 일었다. 그래서 급히 전령을 보내 방덕을 불러들였다. 그리고 군령이 바뀌었음을 알리고 그에게 내렸던 인수를 거두어들였다. 그러자 방덕이 놀라 물었다.

"대체, 어인 연유이십니까? 대왕의 명을 받들어 내일 아침 출정을 위해 일족과 부하를 모아 말과 갑옷을 갖추고 한창 준비를 하던 중이었습니다."

방덕은 얼굴빛이 창백해졌다.

"짐은 그대를 털끝만큼도 의심한 적이 없지만, 그대를 선진의 대장으로 삼는 것에 대해 군중에서 반대 의견이 나왔네. 이유는 그대의 옛 군주인 마초가 촉에서 오호대장군의 관직에 있으니 아마 그대와도 내밀히 연락하고 있으리라는 것이네. 즉, 그대가 딴마음을 품고 있을지 모른다는 것이네."

방덕은 자못 어처구니없는 얼굴로 입을 꾹 다물고 있었다. 그런 그를 달래듯 조조가 다시 말문을 열었다.

"그대에게 딴마음이 없다는 것은 나도 잘 알고 있지만, 다른 사람들이 극구 반대하니 너무 상심 말게."

"……"

방덕은 관을 풀고 머리를 바닥에 찧으며 자신의 부덕을 사죄했다.

"한중 이래로 대왕의 두터운 은혜를 입고 평소에 언젠가 그 은혜를 갚을 날을 학수고대하고 있었습니다. 그런데 오늘, 다른 사람들의 의심을 받아 대왕의 심기를 어지럽게 한 불충을 저지르고 말았습니다. 황송하옵니다."

방덕은 그 큰 몸을 떨면서 한탄했다. 그리고 비통해하며 말을 이었다.

"지금 촉에 있는 제 형님인 방유와는 오랜 세월 의절한 사이이고, 또 마초와는 헤어진 이후 일절 연락하고 있지 않습니다. 더욱이 마초는 저를 버리고 홀로 촉에 투항하였기에 오늘날 그와의 의는 끊어진 것과 마찬가지입니다."

방덕의 얼굴에서는 붉은 선혈이 흘러내리고 있었다. 조조는 손을 내밀어 방덕을 일으켜 세웠다.

"내 그대의 충의를 잘 알겠소. 내가 다른 자들의 말을 들은 것은, 그대의 입을 빌어 그대의 진심을 다른 사람들에게 알리기 위함이었소. 지금 그대가 한 말을 들으면 우금과 칠군의 부장, 또 병사들도 의심하는 마음이 깨끗이 사라질 것이오. 자, 이제 그대는 출병하여 다른 누구보다 큰 공을 세우도록 하시오."

그렇게 해서 방덕에게 인수가 다시 내려졌다. 방덕은 감격해서 눈물을 흘리며 큰 은혜에 보답하겠다고 맹세한 뒤 물러갔다.

방덕의 집에서는 출정을 축하하기 위해 지인들이 모여 있었다. 방덕은 돌아오자마자 시종을 시켜 시체를 넣는 관을 사오도록 했다. 그리고 아내인 이씨李氏를 불렀다.

"손님들을 잘 대접하고 계시는가?"

"초저녁부터 많은 분들이 당신을 기다리고 계셨습니다."

"내 곧 그리 갈 테니, 그 전에 이 관을 술자리 정면에 걸어두시오."

"아니, 이것은 장례에 쓰는 관이 아닙니까?"

"그렇소. 당신은 상관할 바가 아니니, 내가 말하는 대로 해두시오."

방덕은 의복을 갈아입고 술자리에 나갔다. 손님들은 모두 정면에 있는 관을 보고 의아해하다 마치 초상집에 온 것처럼 조용해졌다.

"이거, 실례했습니다. 실은 내일 아침 출정을 앞두고 갑자기 대왕께서 부르셔서 무슨 일인가 알현하고 왔습니다."

방덕은 오늘 있었던 일과 조조의 큰 은혜에 감읍해서 돌아온 일까지 상세하게 이야기했다.

"내일 번천으로 출발하여 적장 관우와 승패를 겨뤄, 크게는 대왕의 큰 은혜에 보답하고 작게는 일신의 결백을 밝히고자 하오. 이번 출정은 살아 돌아오는 것을 기약할 수 없으니, 이에 내 살아생전 친하게 지낸 여러분과 미리 이별을 고하고자 하오. 자, 날이 샐 때까지 마음껏 들고 마십시다."

그리고 방덕은 아내에게 말했다.

"내가 만일 관우를 죽이지 못하면 반드시 관우가 나를 죽일 것이오. 내가 죽으면 아이들을 나를 능가하는 무인으로 잘 키워 그 한을 씻어 주길 바라오."

방덕의 비장한 결의를 알게 된 사람들은 눈물을 보였지만, 아내인

이씨는 밤이 샐 때까지 남편과 손님들의 시중을 들며 끝내 눈물을 보이지 않았다.

아침이 밝아올 무렵, 업군의 거리에 징소리와 북소리가 요란하게 들렸다. 우금의 일족과 칠군의 대장이 출진하는 소리였다.

방덕의 집에서도 일찍부터 대문을 열고 길을 정결하게 청소해놓았다. 이윽고 방덕이 무사를 이끌고 나왔는데, 맨 앞에 병사들이 하얀 비단으로 감싼 관을 높이 들고 있었다. 문밖에 도열해 있던 5백여 명의 부장과 사졸은 그 관을 보고 깜짝 놀랐다.

"모두 놀라지 말라."

말을 타고 나타난 방덕이 부하들에게 이번 전쟁에 임하는 결사의 각오와 대왕에 대한 큰 은혜를 고하고 나서 덧붙였다.

"만일 내가 관우에게 죽임을 당해 허무한 주검이 되거든, 이 관에 시신을 수습하여 위왕께 보이라. 하지만 이 방덕은 수많은 싸움을 헤치고 온 무장으로 그리 쉽게 죽지 않을 것이다. 단지 오늘은 생사를 하늘에 맡기고 출정할 뿐이다."

대장의 결의에 찬 각오는 부하들의 마음에도 닿았다. 방덕의 출정의식은 조조의 귀에도 들어갔다.

"흐음, 과연 방덕이구나."

조조가 기뻐하는 모습을 보고 옆에 있던 가후가 물었다.

"대왕, 무엇을 그리 기뻐하십니까?"

조조가 방덕의 비장한 출정식을 이야기하자 가후가 다시 말했다.

"황송하오나, 대왕께서는 잘못 생각하고 계신 듯합니다. 관우는 세상에 흔한 평범한 장수가 아닙니다. 이미 천하에 이름을 떨친 지 30년입니다. 그런 관우를 대적하여 호각지세로 싸울 수 있는 자는 분명 방덕 외에는 없을 것입니다. 이것은 대왕은 물론이요 저도 똑같은 생각입니다. 하지만 이는 무용武勇만을 보았을 때의 일이고, 지략에 있어서 방덕은 도저히 관우를 따라가지 못합니다. 그러한데, 방덕이 비장한 결의와 혈기만으로 저렇듯 출정하는 것은 실로 적을 알지 못하는 무모한 용기에 지나지 않으니, 제게는 위험천만하게 보일 뿐입니다. 옛말에도 두 칼이 부딪히면 하나는 부러진다 했습니다. 방덕은 위에게 둘도 없는 장수이니, 속절없이 죽게 하는 것은 나라를 위해서도 결코 좋지 않습니다. 지금 당장 그의 마음을 진정시키는 것이 상책인 듯합니다."

"실로 맞는 말이오."

조조는 당장 전령을 보내 방덕에게 고했다.

"왕명입니다. 전장에 도착해도 절대로 경솔하게 행동하지 말고 적을 경시하지 말라, 적장 관우는 지략과 용맹을 겸비한 자이니 부디 신중에 신중을 기하여 움직이라, 하셨습니다."

"명심하겠다고 고하라."

방덕은 전령이 돌아간 후 크게 웃어댔다. 부장들이 왜 웃는지 물었다.

"대왕께서 너무 걱정하시니 오히려 내 마음이 약해지는구려. 그래서 일부러 크게 웃으며 그 의지를 더욱 강하게 하는 것이오."

본래 마음이 심약한 우금이 눈썹을 찡그리며 충고했다.

"적을 집어삼킬 듯한 장군의 의기는 좋소만, 대왕의 경계도 잊지 마시오. 적을 잘 살피고 싸우도록 하시오."

"적을 코앞에 두고 어찌 주저함이 있을 수 있겠습니까. 모두들 관우를 두려워하지만 그 역시 인간일 뿐입니다."

방덕은 끝까지 전의를 불태우며 삼군의 선봉에 서서 번천으로 진격했다.

* * *

번성의 포위가 완성되었다. 물 샐 틈 없는 포진이었다. 관우는 중군에 자리했다. 그리고 그는 한밤중에 속속 들어오는 급보를 듣고 있었다.

위의 원군 수만.

대장 우금, 부장 방덕, 여기에 위왕 직속의 칠군 대장도 각각 정예병을 이끌고 질풍처럼 진군 중.

선봉 방덕은 관우의 목을 취하지 않고는 물러서지 않겠다며, '필살관우必殺關羽'라고 쓴 하얀 깃발을 내걸고 관을 짊어진 채 30여 리 앞에 진을 치고 있음.

보고를 들은 관우의 얼굴빛이 변했다.

"한낱 필부가 나를 욕보이는구나. 좋다, 내 방덕이 가지고 온 관에 그를 먼저 집어넣어주겠다."

관우는 말을 불러 타고 양자인 관평에게 말했다.

"내가 방덕과 싸우는 동안 너는 즉시 번성을 급습하라. 위의 원군이 성 밖 30여 리까지 왔다는 걸 알면 번성의 적병들이 사기가 올라 반격해올 것이다."

그러자 관평이 아버지가 탄 말의 고삐를 붙잡았다.

"이는 아버지답지 않은 행동이십니다. 방덕이 아무리 허풍을 친다한들, 어찌 아버지가 직접 나서 그를 치려고 하십니까. 이는 검으로 파리를 쫓는 것과 같습니다. 방덕 같은 쥐새끼를 잡는 데는 저로 충분하니 제게 맡겨주십시오."

"흐음, 그럼 네가 먼저 그와 맞서보겠느냐?"

관우는 아들의 충언에 만면에 웃음을 띠며 속으로 생각했다.

'관평이 아비에게 간언을 할 정도로 다 컸구나.'

"다녀오겠습니다. 승전보를 가져다드리겠습니다."

젊은 관평은 즉각 말에 올라타 칼을 들고 병사들을 호령했다. 그리고 앞서서 달려나갔다. 곧이어 전방에 안개가 걷히듯 적의 선진이 보였다. 손 그늘을 만들어 바라보니 '남안방덕南安龐德'이라고 쓴 검은 깃발과 '필살관우必殺關羽'라고 쓴 흰 깃발이 보였다. 관평은 말을 멈추고 큰 소리로 외쳤다.

"강서의 필부, 지조 없는 장수야, 이리 나와 진정한 무장의 얼굴을 보아라."

멀리서 바라보고 있던 방덕이 그가 누구인지 물었지만 아무도 아는 사람이 없었다. 하지만 그의 말은 여느 장수에게도 지지 않을 만큼 늠름했다. 방덕이 전열을 헤치고나가 관평 앞에 모습을 드러냈다.

"너는 누구의 부하냐?"

"나를 모르느냐? 나는 오호대장군 관우의 양자 관평이다."

"아하하하. 젖비린내 나는 꼬마가 바로 관우의 양자 관평이었구나. 돌아가거라. 나는 위왕의 명을 받고 네 아비의 목을 가지러 온 것이지, 너와 같이 기저귀를 찬 꼬마의 목을 가지러 온 것이 아니다. 내 너를 죽이지 않고 돌려보낼 터이니 돌아가서 네 아비에게 비겁하게 숨지 말고 이리 나오라 일러라."

"네 이놈, 잘도 지껄이는구나."

관평은 칼을 휘두르며 방덕에게 덤벼들었다. 하지만 승패가 나지 않고 서로 무승부로 물러나고 말았다. 젊고 용맹한 관평이었지만 거친 숨과 함께 온몸에서 땀이 났다.

관우는 싸움의 형세를 전해 듣고 다음에는 관평이 반드시 패할 것이라 생각했다. 관우는 다음 날 갑자기 부하인 요화에게 번성 공격을 맡기고 관평의 진영으로 나왔다.

"오늘은 내가 방덕을 유인할 테니 너는 잘 구경하고 있거라."

관우는 아들 관평에게 말한 뒤 적토마를 타고 양군의 한가운데로 나아갔다. 관우의 수염이 전장의 미풍에 산들산들 휘날렸다.

"방덕은 없는가?"

관우가 적진을 향해 일성을 울리자 저 멀리서 누군가 달을 보고 울부짖는 호랑이처럼 대답했다. 그와 동시에 와하는 소리와 징소리와 북소리가 천지를 뒤흔들었다. 아군의 함성을 뒤로하고 방덕이 홀로 말을 타고 앞으로 나왔다.

방덕이 관우 앞에 우뚝 서자 위와 촉의 군사들은 물을 끼얹은 듯 숨을 죽였다. 방덕이 먼저 큰 소리로 외쳤다.

"나는 황제의 조서와 위왕의 직명을 받아 너를 징벌하러 왔다. 그런데 너는 내 위엄을 두려워하여 비겁하게 어린 양자를 내보내고 도망치더니 부하들의 비난이 두려워 이제야 나왔구나. 그렇게 죽음이 두려우면 어서 말에서 내려 항복하라."

관우가 코웃음을 치며 대답했다.

"강서의 쥐새끼가 조조의 갑옷을 빌려 입고 사람 흉내를 내는구나. 너와 같은 북쪽 변경의 오랑캐 때문에 오랜 세월 함께해온 나의 언월도를 더럽히게 된 것이 한탄스러울 따름이다. 방덕이여, 어서 관을 이리 가져오너라."

그 순간 모래바람이 일더니 방덕의 칼과 관우가 휘두르는 청룡언월도가 맞부딪혔다. 두 영웅의 들숨과 날숨이 뒤섞이고 말들이 서로 울부짖었다. 싸울수록 두 사람의 기백은 한층 격렬해졌고, 양쪽 진영의 병사들은 무언가에 홀린 듯 손에 땀을 쥐고 지켜보았다. 두 사람이 맞붙은 지 백여 합이 되자 갑자기 촉의 진영에서 금고金鼓를 울렸다. 그것을 신호로 위의 진영에서도 퇴각을 알리는 북소리가 울렸다. 방덕과 관우는 동시에 칼을 거두고 각자의 진영으로 물러갔다.

촉에서 울린 금고 소리는 관평이 만일의 사태를 염려하여 나이 든 아버지를 위해 울린 것이었다.

관우가 본진에 돌아와 휴식을 취하면서 부장들과 관평에게 말했다.

"과연 방덕은 대단한 호걸이다. 그의 무예와 용맹은 범상치 않구나. 내 상대로 부족함이 없는 적이다."

"아버지, 하룻강아지가 범 무서운 줄 모른다 했습니다. 하물며 오랑캐의 적장 한 명을 벤다고 한들 아무런 명예도 되지 않습니다. 반대로 혹여 아버지가 부상이라도 당하시면 한중왕께서 얼마나 상심하시겠습니까. 다시는 나가지 마십시오."

관평이 간했지만, 관우는 웃기만 할 뿐이었다. 관우가 나이를 먹은 것은 사실이지만, 정작 그 스스로는 나이를 잊고 있었다.

한편 위의 진영으로 돌아온 방덕도 관우의 용맹함을 칭찬했다.

"여태까지 사람들이 관우의 이름만 들어도 두려워하는 걸 보며 비웃었는데, 실로 관우야말로 희대의 영웅이라는 걸 내 절실히 느꼈도다. 내 무가의 몸으로 오늘 생사를 떠나 다시 없을 호적수를 만났도다."

우금이 그 말을 듣고는 '관우를 이기기는 어려우니 목숨을 함부로 다루지 말라'고 간했다. 그러자 방덕이 말했다.

"저와 같은 적을 만났는데 피할 것이라면 처음부터 무인의 길로 들어서지 않았을 것이오. 내일은 누가 이기고 지든 반드시 결판을 낼 터이니 두고 보시오."

다음 날 방덕은 다시 말을 타고 나와 관우를 불렀다. 관우 역시 그를 기다리고 있던 참이었다. 관우는 즉시 말을 타고 나가 고함을 치며 달려들었다. 두 사람이 싸우기를 50여 합에 이르자 방덕이 갑자기 말을 돌려 도망치기 시작했다. 관우는 그것이 계략임을 알면서도 뒤쫓았다.

"거짓으로 칼을 거두다니 부끄럽지 않은가. 어서 말을 돌리라."

그 모습을 본 관평이 급히 진영에서 말을 달려나오며 말했다.

"아버지, 방덕의 함정에 걸려들지 마십시오. 방덕이 활을 쏘려고 합

니다."

관평이 뒤쪽에서 소리쳤다. 그 순간 방덕이 쏜 화살이 관우의 얼굴을 향해 날아왔다. 관우는 왼쪽 팔을 들어 화살을 막았다.

"아버지!"

관평은 말을 달려 관우를 안았다. 그런데 방덕이 다시 활을 쏘고 칼을 휘두르며 덤벼들었다. 촉의 진영은 북을 치며 앞으로 나왔고 위의 군사들도 돌진했다. 어느새 양쪽은 뒤엉켜 싸우기 시작했다. 관평은 이 틈을 타 관우를 도와 아군 진영으로 들어갔다.

그때 위의 중군에서 퇴각을 알리는 징소리가 요란하게 울렸다. 방덕은 의외라고 생각했지만 후방에 무슨 일이라도 생긴 것이 아닌가 싶어 일단 서둘러 군사를 거두었다. 그런 다음 중군사령 우금에게 물었다.

"무슨 일이 생긴 것입니까?"

그런데 우금은 실로 예상치도 못한 대답을 했다.

"아니오, 무슨 일이 생긴 것은 아니지만, 허도를 떠나올 때, 위왕께서 특별히 전령을 보내시어 관우는 지략과 용맹을 겸비한 장수이니 가벼이 보지 말라 신신당부하셨소. 그래서 만일 그의 간계에 빠질까 봐 적진 깊숙이 들어가는 것을 멈추게 한 것이오."

방덕은 어처구니가 없었다. 우금으로 인해 오늘의 승기를 놓치지 않았다면, 관우의 목을 칠 수 있었다고 땅을 쳤다. 몇몇 장수는 우금이 방덕에게 공을 빼앗길 것을 두려워하여 급히 퇴각의 징을 울렸다고 했다.

한편 방덕의 화살을 맞은 관우는 다음에는 꼭 이 빚을 갚겠다며 치료에 전념했다. 팔의 상처가 깊지는 않았지만 좀처럼 낫지 않았다. 관평과 부장들은 관우가 조급해하지 않도록 세심히 신경을 쓰며 주의를 기울였다.

방덕이 지시한 듯 적은 매일같이 싸움을 걸어왔다. 방덕은 어떻게든 관우를 끌어내려고 병사들을 시켜 욕설과 험담을 해댔다.

"아무리 유인해도 넘어오지 않습니다. 방법을 바꿔 우리 선봉의 중군이 저들의 진영을 돌파하여 일거에 번성의 아군과 합세하면 어떻겠습니까?"

방덕이 우금에게 제안하자, 우금이 위왕의 훈계를 내세우며 말했다.

"관우와 같은 자가 적에게 정면을 돌파당할 만한 포진을 할 리가 없소. 그대의 말은 계책이라 할 수 없는 그저 자신의 용맹함에 대한 신념이 너무 강한 것뿐이오. 전쟁이라는 것은 한 사람의 용맹함보다 병사들의 결속과 그것을 이용하는 지략으로 승패가 갈리는 것임을 명심하고, 천천히 때를 기다리도록 합시다."

우금은 방덕의 말에 좀처럼 동조하지 않았다. 그뿐만이 아니었다. 그 후에 우금은 칠군의 대장들을 번성의 북쪽 10리까지 이동시키고, 자신은 중군을 이끌고 정면의 큰길로 진격할 태세를 갖추었다. 그리고 방덕의 부대를 움직이기 어려운 산의 뒤편으로 보내버렸다. 역시 우금은 방덕이 혼자 공을 세우는 것을 극렬히 경계하고 있었던 것이다.

* * *

관우의 상처도 날이 지나면서 아물어갔고, 한때는 풀이 죽어 있던 관평도 기운을 차렸다.

"이젠 걱정이 없소이다. 공세로 전환하여 교만해진 위에게 우리의 실력을 보여줘야겠소이다."

관평은 휘하의 부장들과 얼굴을 맞대고 작전을 짰다. 그런데 그때, 위군이 갑자기 진용을 바꿔 번성의 북쪽 10리로 옮겨갔다는 보고가 올라왔다. 관평은 아군의 공세를 두려워하여 포진을 바꾼 것이라 단정하고 즉시 관우에게 보고했다.

"적들의 포진이 어떻게 바뀌었는가?"

관우는 적의 포진을 살피기 위해 고지대로 올라갔다.

우선 번성의 성안을 살펴보니, 이미 그곳의 적은 외부와 단절되어 있었다. 사기도 없고 위축된 모습을 보니 아직 위의 원군과 연락이 닿지 않았다는 것을 알 수 있었다.

한편 성 밖 10리쯤 떨어진 북쪽을 보자, 그 부근의 산과 계곡과 하천 인근이 눈에 들어왔다. 위의 칠군의 대장들이 성안의 아군과 연락을 취하기 위해 일곱 갈래로 나뉘어 진영을 숨기고 있다는 것을 알 수 있었다.

"관평, 이곳의 지리를 잘 아는 자를 데려오너라."

"데려왔습니다. 이자가 이곳 지리를 잘 알고 있습니다."

지형을 한참 바라보던 관우가 그 사람에게 물었다.

"적의 칠군이 옮겨간 저 부근을 무엇이라 하는가?"

"증구천罾口川이라고 합니다."

"그럼 부군의 강은?"

"백하白河와 양강襄江으로 모두 비가 오면 계곡에서 흘러 들어오는 물이 합류하여 수위는 한층 높아집니다."

"계곡은 협소하고 뒤로는 험준한 봉우리구나. 다른 평지는 없는가?"

"저 산의 건너편은 번성의 뒤편으로, 천하의 요해로 불릴 정도로 사람과 말이 쉽사리 넘을 수 없습니다."

"그래, 알았네."

관우는 그 사람을 물린 뒤 마침내 계책을 세운 듯 말했다.

"적장 우금은 이미 내 손안에 있는 것과 마찬가지구나."

부장들이 이해를 못하자 관우가 다시 말했다.

"증구罾口에 들어가는 자 살아서 나오지 못한다, 라는 말이 어떤 병서에 있었다. 바로 우금이 제 발로 사지로 들어간 것과 같구나. 두고 보아라, 곧 칠군의 진영이 아수라장으로 변할 것이다."

그날 이후, 관우는 병사들을 독려하여 부근의 나무를 베어 수많은 뗏목을 만들었다.

"육지에서 싸우는데 어찌하여 이렇게 많은 배와 뗏목을 만드는 것일까."

병사들 모두 관우의 명령을 의아해했다.

이윽고 8월 가을이 되자 밤낮으로 계속 큰비가 내렸다. 양강의 강물은 하룻밤이 지날 때마다 놀랄 만큼 수위가 높아져갔다. 백하의 탁류도 흘러넘쳐 다른 하천과 하나가 되었다. 그러다 결국은 사방의 육지를 삼키고 눈길이 닿는 곳은 모두 누런 바다가 되어버렸다.

관우는 높은 곳에 올라 칠군의 진영을 살폈다. 강가와 가까운 진영도 계곡 쪽에 있던 진영도 점차 늘어가는 강물에 쫓기더니 날마다 조금씩 높은 지대로 옮겨갔다. 하지만 배후의 산은 험준했다. 마침내 적의 진영은 더 이상 높은 지대로 옮길 수 없게 되었고, 산 주변은 적들로 가득 찼다.

"관평, 관평."

"네."

"때가 왔다. 미리 말해두었던 상류에 있는 하천 제방을 무너뜨려라."

"알겠습니다."

관평은 부대를 이끌고 비를 맞으며 어딘가로 사라졌다. 양강에서 7리를 거슬러 오르면 상류에 하천이 또 하나 있었다. 관우는 한 달 전부터 그곳에 병사 수백 명과 인부 수천 명을 보내 높은 제방을 쌓아 강물과 빗물을 저장해놓고 있었던 것이다.

그날 우금의 본진에 독장督將 성하成何가 찾아왔다.

"이 큰비는 언제 갤지 모릅니다. 만일 양강의 강물이 더 늘어난다면 아군의 진영들은 물에 잠길 것입니다. 어서 빨리 이곳 증구천을 떠나 다른 곳에 진영을 차리십시오."

성하가 살펴본 바에 의하면 촉군은 진영을 고지로 옮기고 배와 뗏목을 분주히 만들고 있었다. 그래서 그는 적의 계략이 있음이 분명하니 우리도 가만히 있을 때가 아니라고 역설했다.

"괜찮소. 다 알고 있는 일이오. 그대는 너무 말이 많고 끈질기구려."

우금이 쓴웃음을 지으며 성가시다는 듯 말했다.

"아무리 비가 많이 왔어도 양강의 강물이 이 산을 집어삼킨 적은 없었소. 독군의 수장이라는 장수가 공연히 쓸데없는 말을 하여 소란을 피워서는 곤란하오."

성하는 단념하고 본진을 나왔지만 근심과 불만을 씻어낼 수 없었다. 그래서 그는 그길로 방덕의 진영을 찾아갔다. 그리고 자신의 생각과 우금의 말을 그대로 전했다.

방덕은 대단히 놀라 무릎을 치며 말했다.

"공도 그것을 깨닫고 있었구려. 맞소이다. 하지만 우금은 총대장이라는 자부심이 강해 우리의 의견을 받아들이지 않을 것이오. 이렇게 된 이상 군령을 어기는 한이 있어도 우리는 진영을 옮기도록 합시다."

밖에서는 여전히 빗소리가 들려왔다. 방덕은 이런 날에는 울적한 마음을 달래고 기분을 맑게 해야 한다며 돌아가려는 성하를 붙잡고 술을 내왔다. 그렇게 두 사람이 근심을 잊고 있는데, 갑자기 심상치 않은 비바람이 휘몰아치더니 강물 소리인지 북소리인지 구분이 안 되는 소리가 한순간 천지를 뒤흔들었다.

방덕은 재빨리 장막을 걷고 바깥을 살폈다. 산처럼 거대한 탁류가 진중 앞까지 차올라 있었다.

"홍수다!"

성하가 말에 올라 돌아가려고 하는데, 저편 병영과 막사가 거대한 파도에 휩쓸려버렸다. 어느 틈엔가 사람과 말이 파도에 휩쓸려 떠돌았고, 계속해서 밀려온 파도가 그들을 하늘 높이 들어 올렸다가 다시 진중 안을 뒤덮었다. 그런데 그런 홍수와는 무관한 듯 아비규환의 광경을 즐기고 있는 사람들이 있었다. 바로 병선과 뗏목을 타고 있는 관우와 촉의 병사들이었다.

"뗏목에 매달리고 배를 향해 헤엄쳐오는 적병은 투항하는 것으로 보고 건져주어라. 격류에 휩쓸려 떠내려가는 자는 어차피 목숨을 담보할 수 없으니 쓸데없이 활을 쏘지 말라."

관우는 병선 위에서 유유히 명령을 내렸다.

그날 관평이 상류에 있는 하천의 제방을 무너뜨렸기 때문에 백하와 양강의 강물이 일시에 밀려왔던 것이다. 증구천에 있던 위군 대부분은 물에 빠지고, 병마의 절반은 떠내려가고, 진중의 병영은 하룻밤 사이에 흔적도 없이 사라졌다.

관우는 밤새도록 배를 타고 돌아다니며 적병들을 물속에서 건져냈다. 이윽고 아침 햇살이 비쳐 건너편의 산등성이를 바라보니 그곳에는 아직 위의 깃발이 펄럭이고, 5백 명 정도의 적이 일진을 이루고 있었다.

"오, 저기 위의 장수인 방덕과 동기董起, 성하 등이 보이는구나. 호적수들이 한곳에 모여 있으니 포위한 다음 모두 활로 쏘아 죽여라."

촉의 병사들은 병선과 뗏목을 타고 적의 깃발이 펄럭이는 곳을 둘러쌌다. 그다음 일제히 화살을 쏘기 시작했다. 5백 명의 적병은 어느새 3백, 2백 명으로 줄어들었다. 동기와 성하가 어차피 도망갈 길이 없자 포기하며 말했다.

"이젠 백기를 흔들어 관우에게 항복할 수밖에 없구나."

하지만 방덕은 활을 당기며 소리쳤다.

"항복할 자는 항복하라. 나는 위왕 이외의 그 누구에게도 무릎을 꿇을 수 없다."

방덕은 남아 있는 화살을 쏘며 끝까지 저항했다.

"얼마 되지도 않는 적을 두고 언제까지 시간을 지체하느냐."

관우가 탄 배도 가까이 다가와 화살을 퍼부었다. 위의 장수와 병사가 하나둘 쓰러지며 물속으로 떨어졌다. 하지만 방덕은 여전히 관우의 배를 노리고 활을 쏘았다. 그리고 남아 있는 병사들을 격려하다 성하에게 소리쳤다.

"용장은 죽음을 겁내 구차하게 삶을 도모하지 않는다 하였네. 오늘을 내 죽는 날로 삼았으니, 자네도 후세에 오명을 남기지 마시게."

방덕의 말에 성하는 죽음을 각오한 채 창을 휘두르며 절벽 아래로 달려 내려갔다. 적의 뗏목 하나가 강가로 올라오려 했기 때문이다. 하지만 성하는 수많은 적에게 둘러싸여 칼을 맞아 죽고 말았다. 촉병은 함성을 올리며 방덕의 발밑까지 올라왔다. 그러자 방덕은 활을 버리고 바위를 닥치는 대로 집어 던졌다. 사력을 다하는 그의 모습은 실로 처절했다.

어느 순간, 촉의 병사와 뗏목은 자취도 없이 사라졌다. 방덕은 다시 활을 잡았다. 그의 주위에는 부하들의 처참한 시체만 즐비할 뿐 살아 있는 사람이 없었다. 그때 다시 사방에서 화살이 날아왔다. 마침내 천하의 방덕도 화살을 맞았는지 힘이 다했는지 풀썩 쓰러지고 말았다.

함부로 다가가지 못하던 촉군들 사이에서 배 한 척이 재빨리 다가갔다. 그때 죽은 체하던 방덕이 갑자기 일어났다. 그러더니 촉병을 발로 걸어차고는 무기를 빼앗아 배 속으로 뛰어들었다.

방덕은 눈 깜짝할 사이에 촉병 일고여덟 명을 베고 유유히 탁류 속을 헤치며 도망쳤다. 배는 피로 물들어 있었다. 너무도 순식간에 일어난 일이었다. 바로 그때, 또 다른 배 한 척이 쏜살같이 나아가더니 방덕이 타고 가던 배의 옆구리를 들이받았다. 그러고는 갈고리를 그의 뱃전에 걸어 단번에 배를 뒤집었다.

촉군은 그것을 보고 손뼉을 치며 환호성을 올렸다. 불사신 같았던 방덕이 배와 함께 물속으로 사라져버렸다. 그런데 방덕을 수장시킨 촉의 장수는 그것으로 만족하지 못하고 탁류 속으로 몸을 던졌다. 그는 소용돌이치는 강물을 가르며 헤엄쳐가서는 방덕을 사로잡았다.

관우는 배를 강가에 대고 촉의 장수가 방덕을 끌고 오는 것을 기다리고 있었다. 그 장수는 촉군에서 수상전의 달인으로 불리는 주창이었다.

관우의 앞에는 위의 총사령 우금도 잡혀와 있었다. 우금이 목숨을 살려달라고 애원하자 관우가 코웃음을 치며 말했다.

"한낱 개를 죽인들 무엇하랴. 형주의 감옥으로 보내 처벌을 기다리도록 하라."

다음은 방덕이 끌려왔다. 방덕은 꿋꿋이 선 채로 땅에 무릎을 꿇지 않았다. 관우가 방덕의 용기를 가상히 여기며 타일렀다.

"네 형인 방유도 한중왕을 섬기고 있다. 내가 중재하여 줄 터이니 너도 촉을 섬겨 오래 사는 것이 어떠하냐?"

방덕이 크게 웃으며 대답했다.

"누가 그것을 부탁하였더냐. 쓸데없는 짓이다. 나는 위왕 외에는 주인을 모른다. 얼마 가지 않아 유비도 나와 같은 모습이 되어 위왕 앞에 끌려올 것이다. 그때 너는 유비에게 위의 녹을 먹으며 살라고 권할 것인가?"

관우는 크게 화를 냈다.

"좋다. 네 소원대로 네가 준비해온 관을 써야겠구나. 앉아라."

방덕은 잠자코 땅에 앉았다. 방덕이 목을 앞으로 내밀자마자 검이 그의 목을 내리쳤다.

비는 그쳤지만 홍수로 불어난 물은 좀처럼 줄어들지 않았다. 방덕이 끝까지 분전한 곳에 분묘 하나가 만들어졌다. 그의 충성스런 죽음을 기리기 위해 관우가 만들어준 것이었다.

한편 그곳의 대홍수는 번천으로 이어졌고, 번성의 담장은 무너지고 성벽은 물에 잠겨버렸다. 오랫동안 성에 틀어박혀 싸우던 병사들은 더욱 지치고 사기가 떨어져 하늘을 원망하다 끝내 전의를 상실하고 말았다. 하지만 한 가지 다행스러운 것은 홍수로 인해 관우군의 포위망도 무너져 멀리 고지대로 퇴각할 수밖에 없었다. 그로 인해 공성전은 흐지부지되었다.

그사이 성안의 장수들이 수장인 조인과 의논한 끝에 결단을 내렸다.

"이제는 굶어 죽을지 성을 버릴지 두 길밖에 없습니다. 차라리 이 틈에 성을 버리고 밤에 몰래 배를 타고 어디든지 가서 잠시 몸을 숨기는 것이 현명한 듯합니다."

마침내 조인은 탈출 준비를 명령했고, 이를 알게 된 만총이 한심하다는 듯 분개했다.

"이번 홍수는 큰비로 산의 물이 흘러넘친 것입니다. 그렇기에 갑자기 빠지지는 않는다 해도 반달만 기다리면 반드시 본래의 상태로 돌아올 것입니다. 정보에 의하면 허창 지방도 수해를 당해 굶은 백성들이 폭도로 변하여 난동을 부리는 등 정세가 험악한 상태라고 합니다. 게다가 관우군이 이를 진압하지 않고 수수방관하는 것은, 만일 군대를 나눠 그곳으로 가면 우리 번성에서 추격해올 것을 염려하기 때문입니다."

만총은 조인을 설득했다.

"장군은 위왕의 아우이시니, 장군의 행동은 위에게 커다란 영향을 줄 것입니다. 그러니 부디 지금은 성을 끝까지 지키셔야 합니다. 만일 성을 버린다면 이는 관우가 의도하는 바로, 황하黃河 이남의 땅은 형주군에게 평정될 것이 틀림없습니다. 그리 된다면 무슨 면목으로 위왕과 고국의 사람들을 뵐 수 있겠습니까."

만총의 말은 조인의 눈을 뜨게 하기에 충분했다. 조인은 만총에게 사죄의 뜻을 전했다.

"만일 그대의 가르침이 없었다면 큰 실수를 범할 뻔했소."

조인은 즉각 성안에 팽배한 패배의 기운을 일소하기 위해 부장들을 불렀다.

"내가 한때 잘못 생각한 것을 부끄러워하고 있소. 나라의 은혜를 입고 성을 지키는 임무를 맡았음에도 잠시나마 성을 버리고 도망치려는 마음을 먹은 것은 진심으로 후회하고 있소. 만일 앞으로 성을 버리고 목숨을 부지하려는 자가 있다면 이렇게 처벌할 것이니 명심하길 바라오."

조인은 검을 뽑아 자신이 타던 백마를 두 동강 내고 물속으로 내던졌다. 부장들 모두 안색이 창백해져 이구동성으로 말했다.

"반드시 성과 운명을 함께하며 목숨이 붙어 있는 한 싸워 지키겠습

니다."

정말로 그날 이후부터 물이 조금씩 빠지기 시작했다. 성의 병사들은 생기를 회복하고 성벽과 담장을 보수했다. 그리고 새로운 방루防壘를 만들어 활과 석궁을 늘어놓고 사기를 올렸다. 스무 날이 지나지 않아 홍수는 완전히 사라져버렸다.

한편 관우의 명성은 우금을 사로잡고 방덕의 목을 치고 칠군의 절반 이상을 물고기 밥으로 만든 뒤, 온 천하에 널리 퍼졌다. 관우는 마침 둘째 아들 관흥關興이 형주에서 오자, 부장들의 공과 전황을 상세히 적은 서신을 유비에게 전하라며 관흥을 성도로 보냈다.

| 등장인물 |

황충黃忠(145~220)
남양군 사람. 촉의 오호대장군 중 한 명으로 자는 한승漢升이다. 형주목 유표를 섬기다 유비가 형주 여러 군을 평정할 때 유비의 공덕에 감복하여 귀순했다. 궁술에 능하여 한중 싸움에서 위의 하후연을 죽이는 등 많은 공을 세웠지만, 이릉대전에서 마충의 화살을 맞고 죽었다.

방덕龐德(?~219)
옹주 남안군 환도현 사람. 위의 무장으로 자는 영명令明이다. 마초의 부장으로 동관에서 조조와 싸우지만 패배한다. 후에 마초는 유비에게 투항하고 방덕은 조조의 힘줄에 빠져 그를 섬기게 된다. 형주 싸움에서 관을 지고 나가 관우와 싸우다 붙잡혀 죽었다.

하후연夏侯淵(158~219)
패국 초현 사람. 위의 무장으로 자는 묘재妙才이다. 조조의 사촌이자 상장上將으로 하후돈과 함께 처음부터 조조를 섬기며 수많은 전공을 세웠다. 한중을 평정한 조조가 한중의 수비를 맡겼지만 법정의 계책에 속아 정군산에서 황충의 칼에 맞고 죽었다.

맹달孟達(?~228)
부풍군 사람. 촉의 무장으로 자는 자경子慶이다. 유장을 섬겼지만 유비가 서촉을 취하는 데 공을 세웠다. 관우가 맥성에서 도움을 청하지만 거절하고 유비의 노여움을 두려워하여 위에 투항했다. 이후 제갈량의 북벌에 내응하여 낙양을 공격하려다 사마의에게 패하여 죽었다.

엄안嚴顏(146~?)
익주 파군 임강현 사람. 촉의 노장으로 강한 활과 큰 칼을 잘 쓰며 지조가 높았다. 유장을 섬겼으나 파군에서 장비에게 패하자 관문들을 지키던 유장의 군사를 설득하여 장비가 유비를 구하는 데 큰 공을 세웠다. 이후 서황과 장합이 가맹관을 공격하자 황충과 함께 물리치고, 천탕산 공략에서 하후덕을 죽였다.

관로管輅(209~256)
평원 사람. 중국 후한 말, 조위 초의 점술가로, 자는 공명公明이다. 주역과 수학에 정통하고 관상에 능하여 조조가 그를 태사로 임명하려 했으나 자신의 관상이 보잘 것없음을 들어 사양했다. 하후연이 정군산에서 죽을 것

을 예언했으며, 허창의 대화재도 예언하여 조조가 허창의 난을 평정하는 데 도움을 주었다.

좌자左慈(?~?)
조조와 같은 고향 사람이자 후한 말의 도인으로 자는 현방女放이다. 호는 오각이며, 아미산에서 30여 년 수행하여 둔갑천서를 얻은 후, 여러 가지 도술을 부려 조조를 놀라게 했다. 이에 조조가 그를 죽이려 하자 백학을 타고 사라지며 조조의 죽음을 예언했다.

유장劉璋(?~219)
이주자사로 자는 계옥季玉이다. 부친 유언의 뒤를 이어 익주목이 되었고 조조가 익주를 치려 하자 장송의 진언을 받아들여 종친인 유비에게 도움을 청했다. 유비가 익주를 취하려 하자 대항하다 결국 항복했다. 공안으로 옮겨간 유장은 형주를 탈취한 손권에 의해 익주목으로 다시 임명되었고 얼마 후 죽었다.

장합張郃(?~231)
기주 하간국 막현 사람. 위의 무장으로 자는 준예儁乂이다. 관도대전에서 자신의 계책을 받아들이지 않은 원소를 배신하고 조조에게 투항한 후 많은 전공을 세웠다. 당양 싸움에서 장비와 싸웠는데, 우열을 가리지 못할 만큼 용맹했다. 조조에서 조예까지 삼대를 섬겼으며 조예는 장합이 죽자 깊이 슬퍼하여 장후壯侯란 시호를 내렸다.

조창曹彰(189~223)
조조의 넷째 아들로 자는 자문子文이다. 조조의 아들 중 무예가 가장 뛰어났으며 수염이 금발이라서 사람들이 황수아黃鬚兒라고 불렀다. 조조가 죽고 조비가 왕위에 오르자 이에 불만을 품은 조창은 10만 군사를 이끌고 업군으로 왔다가 가규의 꾸지람을 듣고 군사를 내어주고 돌아갔다.

양수楊修(175~219)
홍농 사람. 위의 모사로 자는 덕조德祖이다. 조조가 경계할 만큼 지략이 뛰어났고 조조의 속마음을 잘 헤아렸다. 한중 싸움에서 조조가 아무렇지 않게 내뱉은 '계륵'이란 말을 듣고 부하에게 철군 준비를 명하자 이 사실을 안 조조가 그를 참수했다.